A PROPOS DE L'AUTEUR

Après cinq ans passés dans le désert d'Arizona où elle élevait des chevaux, Linda Lael Miller est revenue vivre à Spokane, dans l'Etat de Washington, où elle est née. C'est dans ces cadres grandioses de l'Ouest américain qu'elle place ses personnages, des héros aux tempéraments forts et impétueux à l'image de la nature sauvage qui les entoure.

La saison des mariages

LINDA LAEL MILLER

La saison des mariages

SAGA
LES MARIÉES DE BLISS COUNTY

SAGAS

HARLEQUIN

Collection : SAGAS

Titre original : THE MARRIAGE SEASON

Traduction française de FRANÇOISE RIGAL

HARLEQUIN

83-85, boulevard Vincent-Auriol, 75646 PARIS CEDEX 13.

Service Lectrices — Tél. : 01 45 82 47 47

www.harlequin.fr

ISBN 978-2-2803-4881-2 — ISSN 2426-993X

1

Les feuilles d'érable tombaient en pluie, jonchant le sentier de couleurs vives, pourpre et or. Il y avait dans l'air quelque chose de mordant, de pur et de frais, l'odeur de l'automne. Et, au-dessus, pas un nuage dans le ciel. Un vrai ciel d'azur du Wyoming.

Le temps idéal pour s'entraîner.

En ce samedi matin, le parcours était très fréquenté, et Becca Stuart — Bex, pour les amis — dépassa un autre coureur en le saluant. La municipalité de Mustang Creek avait fait tracer de nombreux sentiers destinés à la marche, au vélo ou à la course à pied. De l'argent dépensé fort judicieusement, à son avis, et elle ne ratait jamais l'occasion de profiter du fruit de ses impôts.

Une petite course. C'était le but qu'elle s'était fixé en cette belle matinée. Heureusement, en tant que professeur de fitness possédant sa propre salle, elle avait accès aux meilleurs équipements sportifs existants pour ses entraînements. Son prochain marathon couvrant les quarante-deux kilomètres traditionnels, sa stratégie était d'atteindre graduellement cette distance. Samedi prochain, elle devrait être fin prête.

De leur côté, ses amies estimaient qu'elle était cinglée. Et, d'après son expérience — car ce n'était pas sa première course d'endurance —, il se pouvait bien… qu'elles aient raison. Au trentième kilomètre, vous aviez carrément envie de tout abandonner. En revanche, si vous passiez ce cap… il vous poussait des ailes !

Le portable fixé à la ceinture de son short bipa.

C'était un texto.

Le lire en courant était possible, mais pas y répondre — à moins de s'arrêter, ce dont elle n'avait pas la moindre intention.

Le message venait d'une de ses meilleures amies, Melody Nolan qui, récemment mariée, était à présent Mme Spencer Hogan.

On se retrouve au ranch pour le déjeuner ? Hadleigh et moi désirons te parler.

D'après son podomètre dernier cri, si ses amies prévoyaient de se retrouver vers midi, c'était jouable. Ellc tapa donc « OK » sans réduire son allure.

Néanmoins, avant de s'asseoir en compagnie d'autres êtres humains pour déjeuner, une douche s'imposerait. C'était une faveur à leur accorder, car en dépit du froid elle transpirait abondamment, ce qui était normal. L'inverse aurait signifié qu'elle ne se dépensait pas assez.

— Bex ? Bex Stuart ?

La voix la fit émerger de sa brume d'endorphines et reprendre brutalement conscience du monde extérieur.

Elle venait d'atteindre la seconde boucle autour de Pioneer Park et l'endroit était plein d'enfants, jouant avec une énergie qui faisait plaisir à voir. Elle s'aperçut, atterrée, que la voix virile appartenait à Tate Calder, dont les deux jeunes fils se trouvaient parmi la foule de gamins s'ébattant sur le terrain de jeux.

Avec ses traits bien dessinés, sa chevelure châtain ondulée et ses yeux bruns, Tate semblait aussi à l'aise et séduisant qu'à l'ordinaire. Il portait une veste en cuir et un jean élégant, et elle… sa tenue la plus dépenaillée — sans compter qu'elle était ruisselante de sueur.

Génial !

— Bonjour, lança-t-elle.

Une réplique qui, si elle manquait de brillant, avait au moins le mérite d'être polie.

Légèrement essoufflée, elle continua à sautiller sur place, son corps branché sur pilote automatique. « Ne laisse pas ta fréquence cardiaque baisser. » Ce qui était peu probable, car la seule vue de cet homme lui faisait battre le cœur plus vite.

Elle avait déjà rencontré Tate Calder deux ou trois fois. C'était un ami de Tripp Galloway, le mari de Hadleigh. Les deux hommes avaient volé comme pilotes dans la même compagnie d'aviation privée, jusqu'à ce que Tripp décrète qu'il était temps de vendre l'entreprise pour rentrer à Mustang Creek.

— Comment allez-vous, Bex ?

— Bien.

Ça, c'était une réponse pleine de finesse ! On peut dire qu'elle avait le don de la conversation. Un vrai génie des mots.

— Vous semblez pressée, et je ne voudrais pas vous retenir, poursuivit Tate en souriant. Tripp m'a dit que vous vous entraîniez pour le marathon.

Il laissa passer un bref silence avant d'ajouter :

— C'est vrai ?

— C'est vrai. Ravie de vous avoir croisé, ajouta-t-elle avec un faible sourire plutôt amical mais tremblotant.

Elle voulut s'éloigner, mais continua à sautiller sur place. Résignée, elle finit par préciser :

— Je dois adorer me punir. Je ne vois pas d'autre explication.

Super ! Encore une repartie spirituelle.

Sur ce, furieuse contre elle-même, elle détala à toute vitesse, améliorant probablement sa moyenne, car elle n'avait nulle envie que cet homme se souvienne d'elle le visage luisant de sueur et la queue-de-cheval en vrac.

C'était bien sa chance !

Pourquoi avait-il fallu qu'elle tombe justement sur lui ?

Impossible de le nier, Tate était attirant. Néanmoins, elle avait l'impression presque subliminale qu'il était tout aussi rétif qu'elle à l'engagement. Sa femme était décédée, et elle, elle avait perdu Will en Afghanistan. Mais pourquoi parlait-elle d'engagement ?

L'esprit encore tourneboulé, elle termina son parcours et rentra chez elle. Là, elle prit une douche chaude, enfila son pull rouge favori et un jean noir, puis, certainement pour sacrifier aux forces cosmiques régissant la vanité, elle passa quelques minutes supplémentaires à se coiffer et à appliquer une touche de rouge à lèvres.

Enfin satisfaite de son image, elle quitta la maison, monta dans son puissant 4x4 et, après un bref arrêt en centre-ville, fonça rejoindre Melody et Hadleigh.

En arrivant au ranch des Galloway, quelques minutes plus tard, elle ressentit un pincement au cœur, une sensation douce-amère. Nichés au pied de hautes montagnes, entourés de ruisseaux cristallins et d'arbres vénérables, la maison, l'écurie, les autres dépendances — ainsi que les barrières et les corrals — semblaient faire partie intégrante du paysage, comme si ils étaient là de toute éternité.

Tripp avait repris l'exploitation quand son beau-père, Jim, veuf de longue date, avait fini par se remarier et s'installer en ville. Si la maison n'avait rien de luxueux, elle était spacieuse, chaleureuse et conviviale.

Secrètement, elle avait toujours désiré vivre à la campagne. Bien sûr, elle aimait son travail et avait la conviction de contribuer concrètement à la santé et au bien-être d'autrui en donnant ses cours de fitness. Et puis, si Mustang Creek n'était pas vraiment la campagne, elle n'avait rien d'une métropole trépidante. Pourtant, il y avait quelque chose de… régénérant à se retrouver ici, au sein de cette nature intacte et sauvage.

Avant qu'elle ait eu le temps de mettre le pied à terre, Melody et Hadleigh surgirent sur le perron et la saluèrent avec de grands sourires.

A la vue de ses deux amies, toutes deux enceintes et plus belles que jamais, elle éprouva un élan d'affection teinté, hélas, d'un zeste de jalousie.

La grossesse de Hadleigh était plus avancée que celle de Melody. C'était elle qui s'était mariée la première, et Tripp et elle, pressés de fonder une famille, n'avaient visiblement pas chômé.

Chez Melody, seconde dans la course, les signes étaient moins visibles. Elle était à peine plus ronde qu'à l'ordinaire, et son ample chemisier dissimulait sa grossesse. Quelqu'un ne la connaissant pas n'aurait rien deviné, mais toutes trois étant amies depuis l'âge de six ans, Bex était sensible au moindre changement. Elle vivait l'événement avec ses amies quasiment au jour le jour, partageant d'une certaine manière leur expérience, et rien n'aurait pu la rendre plus heureuse que leur bonheur éclatant.

Toutefois, Hadleigh et Melody savaient qu'elle se sentait un peu exclue, et non seulement elles comprenaient parfaitement ce sentiment, mais elles étaient convaincues que, bientôt, ce serait son tour de connaître le bonheur conjugal et la maternité.

Dès que les espoirs de Bex vacillaient, elles le remarquaient immédiatement et faisaient tout pour que son ciel redevienne serein.

Cette pensée la remua profondément, lui faisant monter les larmes aux yeux. Les passades amoureuses, les carrières brillantes, les plaisirs de la vie, tout cela allait et venait, alors que l'amitié qui les liait, toutes les trois, semblait aussi immuable qu'un socle en marbre.

Elle les rejoignit en annonçant gaiement :

— J'ai apporté le dessert ! Ne m'assassinez pas parce que j'ai acheté des pâtisseries chez Madeline. Puisque vous n'avez droit ni au vin ni au café, il faut bien que vous assouvissiez un vice quelconque, les filles ! Et puis ce n'est pas un gâteau qui va vous tuer.

Elle était sincère. Un gâteau ne pouvait pas faire de mal. Les problèmes ne se déclenchaient que quand la consommation montait à trois ou quatre par jour — pour ne pas dire dix.

— Quant à moi, vu que je viens de courir vingt-huit kilomètres, je peux me permettre quelques écarts, conclut-elle, avec un fond d'arrogance.

— Donne-moi ça, ordonna Hadleigh en lui arrachant le sac des mains, pendant qu'elle montait les marches. J'ai l'intention de manger le mien *avant* le déjeuner, alors, s'il te plaît, épargne-moi les sermons sur la nutrition. Quant à Tripp, qui a un métabolisme de requin, s'il a le toupet de faire une réflexion, il sera de votre devoir d'amies de le remettre à sa place.

Elle ouvrit le sachet, regarda à l'intérieur et huma le contenu avec délice.

— Oh ! Je n'y crois pas, gémit-elle gaiement en décochant

un coup de coude à Melody. C'est ceux à la crème fouettée au citron.

— Exactement, confirma Bex en riant.

A en juger par leurs réactions, si elle ne leur avait pas abandonné le sac volontairement, ces deux fripouilles n'auraient pas hésité à lui tomber dessus pour s'en emparer.

Melody fit un effort comique pour arracher le sachet des mains de Hadleigh, qui esquiva son geste avec toute la souplesse dont elle était encore capable.

— Eh, on doit partager ! protesta Melody, feignant d'être offusquée. Si tu crois que tu vas me piquer ma part, tu te fourres le doigt dans l'œil.

Hadleigh s'esclaffa et continua ses esquives, non sans une certaine gaucherie, vu son état. A voir le sachet de gâteaux être malmené de la sorte, Bex se demanda si la troisième pâtisserie — celle qui lui était réservée — avait des chances de survivre à cette dispute bon enfant.

Oui, elle était mince et musclée, et oui, elle dirigeait un empire de la forme. N'empêche qu'elle aimait autant qu'une autre les merveilles débordantes de crème fouettée de Madeline.

Hadleigh interpréta parfaitement son expression.

— Toi, tu peux boire du vin, nous pas, décréta-t-elle sur un ton gaiement accusateur.

Puis, tout en chassant Melody d'un geste dédaigneux, elle brandit les gâteaux hors de portée en clamant :

— Partis ! Ils ne sont plus qu'un souvenir ! Qui veut du café ?

Voyant que Bex ne pouvait s'empêcher de rire à ses clowneries, Hadleigh toisa sa svelte silhouette avec une colère affectée.

— Ris tant que tu veux, Becca Jean Stuart, mais un de ces jours, quand tu seras enceinte jusqu'aux yeux et que tu mourras d'envie de manger toutes les choses auxquelles tu n'auras pas droit, c'est nous qui rigolerons.

— Oui, compte là-dessus, renchérit Melody en faisant une nouvelle tentative pour attraper le sachet.

Un souffle de tristesse balaya l'âme de Bex.

Si Will, le frère aîné de Hadleigh et l'amour de sa vie, était revenu d'Afghanistan, tout aurait été si différent…

Elle avait tant aimé Will Stevens.

Peut-être que le dicton « Mieux vaut connaître l'amour et le perdre que pas d'amour du tout » était juste, mais il n'offrait pas vraiment de réconfort dans les périodes de nostalgie, telles que celle-ci.

« Allez ma vieille, du cran ! »

Après avoir chassé sa mélancolie, quand elle put de nouveau se fier à sa voix, elle déclara :

— Maintenant que vous avez mis le grappin sur le dessert, quel est le menu du déjeuner ? La rumeur a couru qu'on aurait droit à un vrai repas. Or il se trouve que j'ai bien besoin de carburant.

Hadleigh referma le sac de pâtisseries avec un soupir de résignation.

— J'ai préparé des lasagnes aux épinards et du pain à l'ail. Les hommes vont bientôt arriver, alors on ferait mieux de remplir nos assiettes avant qu'ils rentrent avec les gamins.

— Les *gamins* ? répéta Bex, perplexe.

D'ordinaire, « les hommes », c'était Tripp et Spence. « Les gamins » impliquaient donc la présence de quelqu'un d'autre.

— Tate et ses fils, répondit Hadleigh sur un ton léger.

Bex retint un gémissement. Evidemment, elle aurait dû s'en douter, songea-t-elle, pas vraiment surprise. Elle allait donc être confrontée à Tate Calder *deux fois* en une journée. Une preuve de plus que Dieu avait le sens de l'humour.

Ou pas.

Elle était là.

De nouveau.

Tout à l'heure, dans le parc, Tate avait immédiatement repéré Bex. Il faut dire qu'avec un physique pareil, il était difficile de la rater. Elle était svelte, tonique, avec des courbes propres à attirer le regard d'un homme, même dissimulées sous un pantalon informe et un T-shirt délavé. Sans oublier la chevelure soyeuse qui s'échappait de sa queue-de-cheval en folie.

Il n'en avait pas moins hésité à l'interpeller, car il se sentait plutôt rouillé — pour ne pas dire plus ! — en ce qui concernait les relations homme-femme. En fait, il avait perdu la main.

D'autant plus que cette femme particulière le troublait profondément, d'une manière qu'il ne s'expliquait pas. Elle lui insufflait l'envie de retenter sa chance, de vivre à nouveau pour lui-même et non plus uniquement pour ses enfants.

Mais qu'arriverait-il, s'il succombait au charme de Becca Stuart, si ses fils se mettaient à espérer, s'ils baissaient leur garde, commençaient à la considérer comme une mère et qu'ils voient soudain leurs espoirs se fracasser et tomber en miettes ? Pourraient-ils survivre au choc ?

N'ayant pas la réponse, il n'avait donc d'autres choix que de rester stoïquement philosophe.

Or, qu'il le veuille ou non — et il en était à la fois content et mécontent —, voilà que Bex et lui se retrouvaient de nouveau en présence.

Ses deux fils avaient bondi du 4x4 à la seconde où il s'était arrêté. Quelle chance qu'ils aiment autant être au ranch et soient distraits par les chiens et les chevaux, et heureux d'avoir tout cet espace libre pour courir ! Ils n'avaient pas dû s'apercevoir que leur père s'était figé en voyant Bex.

Il plaqua un sourire sur ses lèvres et s'approcha de la maison en saluant ses amis de la main le plus naturellement possible — tout au moins l'espérait-il. Bizarrement, quelques secondes plus tôt, il était tellement hypnotisé par Bex qu'il lui avait semblé qu'elle était seule sur le perron.

En fait, elle aurait pu tout aussi bien être le seul être humain sur la planète. Néanmoins, étant par nature un homme concret et réaliste, après cet étrange interlude, son champ de conscience s'était progressivement élargi, jusqu'à inclure les autres.

Tripp et Spence ressemblaient à ce qu'ils étaient : des hommes heureux en ménage et si satisfaits qu'ils en devenaient presque arrogants.

Hadleigh et Melody irradiaient littéralement, comme les femmes avaient tendance à le faire quand elles étaient non seulement heureuses en couple, mais glorieusement enceintes.

Du coin de l'œil il aperçut ses fils qui traversaient la cour en compagnie des chiens, les premiers en poussant des cris d'Indiens, les seconds en aboyant.

Bien sûr, une part de leur joie lui était directement adressée.

Cela faisait un moment que Ben et Adam menaient une campagne acharnée pour obtenir un chien. Bien qu'il ne soit pas contre l'idée — lui-même avait toujours aimé les animaux —, il louait une maison dont le propriétaire interdisait la présence d'animaux de compagnie. En adopter un était donc hors de question pour l'instant.

Dans l'intervalle, c'était Muggles, Ridley et Harley qui assumaient le rôle de compagnons à quatre pattes. Et c'était très bien ainsi.

Ben et Adam étaient des gosses équilibrés et en bonne santé et ils s'amusaient bien. C'était le principal.

De plus, un repas décent les attendait, certainement bien meilleur que sa propre version du déjeuner du samedi, qui se résumait généralement à une soupe à la tomate et des sandwichs au fromage grillé. Connaissant Hadleigh Galloway, il savait qu'elle leur avait préparé quelque chose de bien plus appétissant.

Inévitablement, vu qu'il était fait de chair et de sang, raisonnablement jeune et absolument normal, son regard se porta de nouveau sur Bex. Si la jeune femme frisait le sublime dans sa tenue de jogging, à présent, elle était à couper le souffle dans ce jean ajusté et ce pull rouge… qui ne dissimulait rien de ses formes.

Arrivé à quelques pas du perron, il s'arrêta, comme foudroyé. Ce fut le regard beaucoup trop clairvoyant de Tripp qui le força à avancer.

Il avait de nouveau l'impression que les Galloway et les Hogan s'étaient évaporés, ne laissant que Bex et lui sur Terre, et qu'il gravitait autour d'elle, telle une comète aspirée dans l'orbite d'un nouveau et étrange soleil, et soudain… il entra en collision avec la jeune femme, juste en haut des marches.

« Bon sang ! Qu'est-ce qui m'arrive ? », se demanda-t-il, désorienté, alors qu'il articulait avec peine :

— Désolé ! Je pensais à mes fils.

Imbécile !

Troublé et cherchant à donner un semblant de véracité à son mensonge, il lança un regard par-dessus son épaule, sans voir aucune trace des enfants ou des chiens.

— Ils sont partis par là, lui apprit Bex en pointant son doigt en direction de l'écurie.

Il laissa échapper un rire étouffé — et ridicule ! —, avant de réaliser brusquement qu'il avait agrippé l'épaule de la jeune femme et la tenait toujours, comme pour l'empêcher de tomber.

— Merci, répondit-il en s'empressant de la lâcher.

Juste après cette brève période d'expansion, l'univers se rétracta si vite que sa tête se mit à tourner.

Bex sourit — ce qui ne fit qu'accentuer son vertige —, et dit d'une voix qui lui parut très lointaine :

— Bonne chance, si vous espérez les rattraper. La bande a détalé si vite qu'à l'heure qu'il est, ils doivent déjà être au Canada.

— C'est fort possible, répondit-il, après avoir lutté pour retrouver son équilibre. Mes fils sont un peu hyperactifs.

C'était une conversation banale, sans relief particulier, alors pourquoi ressentait-il une telle impression d'étrangeté ?

De son côté, Bex paraissait très à l'aise. Ce n'était peut-être qu'une façade, car autour d'eux de l'électricité crépitait dans l'air. Et il était certain que les ondes circulaient dans les deux sens !

— Ne vous inquiétez pas pour vos fils, reprit-elle sur un ton léger. En ce moment, Mel et Hadleigh sont en mode « maman tigre ». Ce qui signifie que rien de grave n'oserait les menacer. Pas sous leur surveillance, en tout cas.

Mel et Hadleigh ? Ah oui ! Maintenant, il se souvenait de qui il s'agissait. Deux des personnes peuplant la Terre, en plus de Bex et de lui. Et quelque part, dans les parages, se trouvaient aussi ses enfants.

« Calder, ressaisis-toi ! »

C'est le moment que choisit la brise pour ébouriffer les cheveux de Bex. Or la jeune femme avait de très beaux cheveux… Ils semblaient boucler naturellement et tombaient plus bas que ses épaules, mettant en valeur la grâce de son cou. Mais ce n'était pas le moment de regarder son cou !

Elle avait raison. Ben et Adam ne risquaient rien. Non seulement le ranch était un endroit aussi sûr qu'un autre — davantage même que la plupart —, mais au moindre danger, les chiens déchaîneraient l'enfer.

— Comment s'est passé votre parcours ? demanda-t-il soudain d'une voix enjouée.

Il avait voulu se montrer poli et poser une question anodine, ne révélant pas trop d'intérêt, mais en vérité il brûlait de connaître tout ce qu'il y avait à savoir sur Bex Stuart : les films qu'elle aimait, les livres qu'elle lisait, le contenu de ses rêves, de jour comme de nuit.

Elle répondit une phrase du genre « Oh ! très bien », et il se surprit à fantasmer sur ses couleurs, ses chansons, ses odeurs et ses souvenirs favoris…

Etait-elle du matin ou un oiseau de nuit ?

Parlait-elle en dormant ?

Cependant, en même temps, une part de lui lui conseillait fortement de garder ses distances et de contourner le champ de mines émotionnel qui s'étalait devant lui.

Il n'était pas — n'avait jamais été — du genre impulsif.

Et pourtant…

Pourtant…

Avec un soupir, il secoua la tête, espérant rompre l'enchantement qui l'ensorcelait et réagir enfin en adulte et non comme un adolescent submergé par ses hormones.

« Fais un effort », s'ordonna-t-il.

Malheureusement, il avait bien peur de ne pas pouvoir.

Oui, Bex était plus que sexy. Et oui, cela faisait un moment qu'il vivait comme un moine. Il n'empêche que le monde était plein de femmes attirantes et disponibles et que Mustang Creek, aussi petite soit-elle, en possédait plus que sa part. Bien sûr, il lui arrivait de se sentir seul et il avait projeté de se remarier un jour. Mais rien ne pressait.

Après tout, avec deux enfants à élever seul, une entreprise à monter, sans oublier une maison à bâtir, il était déjà débordé. En d'autres termes, sa vie était suffisamment compliquée pour ne pas y rajouter une liaison. D'autant que son intuition lui soufflait qu'avec Bex il ne pouvait être question de demi-mesures, de retenir le cours des choses ou de prendre du recul.

N'empêche… qu'il y avait la couleur de ses yeux. Une nuance difficile à décrire — même s'il avait disposé de toutes ses facultés, ce qui n'était clairement pas le cas.

Jusqu'à présent, il aurait affirmé qu'ils étaient verts, mais dans la lumière oblique du début d'après-midi, ils semblaient plutôt mordorés. Il y avait aussi des reflets dorés dans ses cheveux, peut-être des mèches artificielles. Non, pas artificielles. Il y avait chez elle un manque total d'artifice, aussi bien dans ses manières que dans son physique.

De plus, parmi les femmes qu'il avait rencontrées, c'était une des seules qu'il aurait décrite comme « éblouissante ». Hadleigh était très jolie, cela allait sans dire, et Melody une vraie beauté. Mais Becca Stuart était *plus* que cela. Plus que belle.

Il connaissait son histoire, du moins en partie. Tripp lui avait parlé de son meilleur ami, Will, le frère aîné de Hadleigh. Bex avait aimé Will, dès son plus jeune âge, et quand il avait été tué en Afghanistan, elle avait été dévastée. D'après ce qu'en savait Tripp, elle n'avait plus jamais ouvert son cœur depuis.

Un sentiment qui lui était familier.

A présent, la meilleure chose à faire aurait été de se taire. L'ennui, c'est qu'il en était incapable.

— Le bruit court que l'on va faire un vrai déjeuner, dit-il, uniquement dans l'espoir de mettre fin au silence. Mes fils ne sauront jamais comment se tenir.

— Oui, Hadleigh fait les meilleures lasagnes aux épinards du monde.

Elle lui sourit avec gentillesse, comme si elle décelait ses efforts pour détendre l'atmosphère. Il résista — de justesse ! — à l'impulsion d'embrasser ses lèvres voluptueuses…

— Quoi qu'il en soit, vous feriez mieux de ne pas mentionner le mot « épinards », lui conseilla-t-elle. Je ne suis pas mère, mais les enfants sont les enfants. Alors si j'étais vous, je me contenterais de leur tendre l'assiette sans rien dire. Une fois qu'ils y auront goûté, ils vont se jeter dessus.

— Bon conseil, répondit-il, légèrement plus détendu.

Il commençait à reprendre ses esprits, mais pas assez vite à son goût ; il était encore envoûté, mal à l'aise.

Si Bex et lui avaient été au jardin d'enfants, il l'aurait sûrement poussée hors du terrain de jeux ou aurait tiré sur sa queue-de-cheval.

Le pire, c'était qu'elle voyait clair dans son jeu, il en aurait mis sa main à couper. Nullement dupe de ses efforts pour parler sur un ton décontracté, elle savait qu'il était troublé. Cependant, la légère rougeur qui colorait à présent son visage lui donna à penser… qu'elle l'était aussi, du moins un peu. Car cette rougeur ne devait rien à la fraîcheur de la brise automnale.

Il réussit à s'arracher au sortilège et s'écarta d'elle en lançant :

— Je ferais mieux d'aller chercher les garçons !

— Pendant ce temps, je vais retourner en ville acheter des pâtisseries, répliqua-t-elle en agitant ses clés.

Pour une raison inconnue, cette annonce l'atterra — cherchait-elle à le fuir ? —, ce qui dut se voir sur son visage, car Bex éclata de rire.

— Tout à l'heure, j'ai apporté des gâteaux, mais il semble qu'ils ne suffiront pas pour nos deux futures mamans, expliqua-t-elle. Et j'imagine que vos fils ne cracheront pas sur des cookies aux pépites de chocolat pour le dessert.

— Si vous faites ça, vous serez idolâtrée, élevée au rang de déesse.

— Parfait ! J'ai toujours eu envie d'être une déesse, répliqua-t-elle en le dépassant d'un pas léger.

Il n'aurait pas dû la suivre des yeux pendant qu'elle se dirigeait vers sa voiture… Elle avait, ma foi, un fort joli postérieur et une démarche de danseuse…

— Tate !

L'appel de Tripp lui fit l'effet d'un coup de poing dans les côtes.

— Hein ? répliqua-t-il en faisant volte-face pour voir son ami descendre les marches et lui taper sur l'épaule.

Sourire aux lèvres, Hadleigh, plantée sur le seuil de la cuisine, l'observait.

— Que dirais-tu de réorienter tes yeux dans leur axe et de dénouer ta langue ? lança Tripp en riant. Si tu n'y arrives pas, certains pourraient en déduire que tu as décidé d'arrêter de vivre en ermite et de reprendre le cours de ta vie.

— Il serait grand temps, grommela Spence, que Tate n'avait pas remarqué.

Pas plus que Melody qui, debout derrière lui, le tenait par la taille…

— Fiche-lui la paix, dit-elle. Comme si tu n'avais pas rechigné toi-même à suivre ce programme.

Spence, qui avait ouvert la bouche pour répliquer, la referma aussitôt. Ce qui fit rire tout le monde.

— Hé, Tripp, allons jeter un coup d'œil à l'étalon que tu viens d'acheter ! lança Tate, soucieux de tourner son attention sur quelque chose, n'importe quoi, qui ne soit pas les mystères de la féminité.

Une demi-heure plus tard, une fois que Bex fut rentrée, une cargaison de boîtes de gâteaux dans les bras, on servit le déjeuner.

Le conseil de la jeune femme concernant les épinards s'avéra des plus judicieux, remarqua Tate. Bien que son plus jeune fils, Adam, réputé pour son aversion générale pour les légumes, ait lorgné la verdure et la sauce tomate avec suspicion, il en grignota une bouchée sans lâcher son père des yeux. Immédiatement, il se prit d'un tel enthousiasme pour les lasagnes, qu'il finit par en redemander. Bien que le plat soit totalement végétarien et que Tate soit plutôt du genre steak-pommes de terre, il fut forcé de reconnaître que la préparation était un délice.

A la fin du déjeuner, Bex se leva de table et alla prendre les boîtes de chez Madeline sur le comptoir.

Les garçons lancèrent des cris de joie.

— C'est toujours sympa d'être aimé pour ses qualités, déclara Bex en ouvrant les emballages d'un geste théâtral. Cookies au beurre de cacahuètes, d'autres au chocolat, plus diverses variétés de gâteaux *à la crème*. Ceux qui n'ont pas un marathon à courir samedi prochain peuvent se servir.

Tate, en attendant que les femmes et les enfants se servent, examina la spacieuse cuisine — ce qui lui permit, détail non négligeable, d'obliger son regard à ne pas se fixer sur Bex.

La pièce, très bien équipée, était conçue pour être à la fois fonctionnelle et accueillante. Il appréciait surtout la simplicité du décor rustique. L'îlot moderne, doté de brûleurs et d'une plaque en céramique qui trônait au milieu, s'harmonisait parfaitement avec les placards en bois massif construits par Jim, des années auparavant. Quand Tripp avait arrangé l'endroit, après la vente de sa compagnie d'aviation privée et son retour à Mustang Creek, il avait conservé l'essentiel, et les nouveaux équipements, aussi élégants et modernes soient-ils, ne faisaient que renforcer l'ambiance simple et décontractée de la pièce. Une cheminée en pierre naturelle occupait un pan de mur et un dessus-de-table en patchwork — œuvre de Hadleigh — illuminait le long plateau en pin, avec ses chaises en bois assorties. L'effet général était aussi convivial qu'agréable.

Pour ses fils, Tate aurait aimé que sa maison dégage la même chaleur. Ce n'était pas une mince affaire, dans une maisonnée totalement masculine.

Bien qu'il ait pas mal lâché de lest sur les règles de vie, il tenait néanmoins à maintenir certaines conventions. En particulier le rituel du dîner. Ben, comme son frère, aurait volontiers mangé devant la télé ou l'ordinateur, mais il insistait pour que, chaque soir, ils dînent tous ensemble à table.

Un diktat qui ne le rendait pas toujours populaire.

La sonnerie d'un portable le fit brusquement retomber sur terre.

C'était Bex, l'heureuse gagnante.

Peut-être pas si heureuse que cela, à en juger par la mine soucieuse qui s'afficha sur son visage.

— Tara ? murmura-t-elle, avant de se lever précipitamment et de s'éloigner de la table, le portable pressé sur l'oreille.

Hadleigh et Melody échangèrent des regards inquiets.

— Ça ne sent pas bon, dit Hadleigh à mi-voix.

Ce à quoi Melody acquiesça, l'air préoccupé.

2

— Parle moins vite, Tara. Je ne comprends rien. Que se passe-t-il au juste ?

— Je l'ai quitté.

— Greg ?

— Qui d'autre veux-tu que je quitte ? répliqua Tara sur un ton irrité, dont Bex se serait volontiers passée.

Sa sœur aînée marquait un point : sa question était stupide. Il n'empêche qu'elle essayait d'appréhender la situation et que l'hystérie qui régnait à l'autre bout du fil ne l'aidait pas à raisonner avec logique.

— D'accord. Tu as quitté Greg. Et maintenant, où es-tu ? s'enquit-elle.

— Chez toi.

Génial ! Pour un déjeuner agréable et détendu, c'est réussi, songea-t-elle, accablée. Même si elle n'avait aucune intention de se ruer chez elle, simplement parce que Tara et Greg venaient de rompre, elle allait sûrement gâcher sa journée à s'inquiéter pour sa sœur. Alors que ce n'était sûrement qu'une nouvelle et fracassante dispute, avant que tous deux ne changent d'avis. Une fois de plus.

— Je serai bientôt à la maison et nous pourrons discuter, annonça-t-elle, au bout de quelques minutes de conversation.

Elle raccrocha en soupirant et rejoignit les autres. Voyant que Melody lui lançait un regard interrogateur, elle se sentit obligée de lui répondre.

— Trois fois rien, comme d'habitude, dit-elle.

— Laisse-moi deviner, répliqua Hadleigh en levant les yeux au ciel. Tara a de nouveau quitté Greg.

C'était un peu embarrassant d'admettre le fait devant Tate, mais le mal était fait.

— Oui, une petite dispute de couple, répondit-elle en essayant de prendre un ton léger. Je n'ai pas eu droit à beaucoup de détails et ne sais pas vraiment ce qui s'est passé, mais Josh et elle sont à la maison. Qu'importe ! Je m'occuperai d'eux plus tard. Chaque fois que je me précipite au secours de Tara, le temps que j'arrive, elle s'est déjà réconciliée avec Greg. Pour l'heure, je meurs d'envie de déguster une gourmandise décadente.

— Sers-toi, ma belle. Les hydrates de carbone t'aideront à encaisser le choc, dit Hadleigh en poussant une boîte vers elle.

Ce ne fut que quand les hommes emmenèrent les garçons dehors que Bex révéla le dernier scoop.

— Il l'a trompée.

Aucun commentaire.

— Greg a *trompé* Tara, précisa-t-elle.

Toujours aucun commentaire.

Elle considéra ses amies l'une après l'autre et lança, sidérée :

— Vous le saviez !

Melody hocha la tête et prit un cookie.

— Bex, pour info, nous sommes à Mustang Creek. Tu as oublié ? Allons, ne fais pas cette tête. Greg a déjà trompé ta sœur et ça n'a jamais empêché Tara de retourner avec lui. Comme tu l'as dit, tu fonces toujours à son secours en pure perte. J'aimerais aider, mais qu'est-ce que l'on y peut, si Tara s'ingénie à faire les mauvais choix ?

Bex ne répondit pas. Malheureusement, c'était on ne peut plus vrai.

Greg était le énième mauvais choix de sa sœur. Elle n'arrivait plus à se souvenir du rang qu'il tenait dans la liste ! Au lycée, Tara choisissait des petits copains qui étaient loin d'être des lumières, et elle avait fréquenté bon nombre de minables, avant de se fixer avec Greg — qui n'avait rien d'un prince ! Elle avait également renoncé à l'université au profit du travail de secrétaire qu'on lui offrait à la quincaillerie locale. Un boulot mirobolant consistant à tenir les comptes et à répondre au téléphone. En revanche, elle avait fait quelque chose de vraiment, vraiment extraordinaire : un enfant.

— Josh est formidable, fit-elle remarquer.

— Josh est fabuleux, renchérit Hadleigh avec conviction.

La question ne se posait pas. En dépit de la mésentente régnant entre ses parents, son neveu était un gamin adorable. Et c'était surtout pour lui qu'elle courait si souvent au secours de Tara.

— Je ne voulais pas que Tara épouse Greg, et elle ne m'a pas écoutée, reprit-elle. Je ne voulais pas qu'elle fasse un enfant avec lui parce qu'ils avaient des problèmes, bien avant d'entrer dans l'église, et elle en a quand même fait un. Après ça, j'aimerais savoir ce que je suis censée faire.

— Ce n'est pas ton combat, décréta Melody avec une calme résolution, confortée par Hadleigh qui acquiesça vigoureusement. J'aimerais bien que tu aies le choix, mais tu ne l'as pas. Tara doit se sortir *toute seule* du pétrin où elle s'est fourrée. Sinon elle n'avancera pas, dans sa vie.

— Sûrement, mais… Josh est sûrement effrayé, terrifié même, murmura-t-elle.

— Qu'à cela ne tienne, allons le chercher ! lança Hadleigh en se levant, imitée par Melody. Nous avons ici des chiens, des chevaux, de la nourriture à foison, des hectares de terrain et des garçons de son âge. Sans compter les fabuleux cookies que tu as apportés. Si tout cela ne suffit pas à le réconforter, je ne vois pas ce qui y arrivera.

— Ma sœur…

— Ta sœur n'a plus six ans, Josh, si, répliqua Hadleigh. C'est lui que nous allons secourir, pas sa mère. En route ! Tara pourra faire ce qu'elle veut : rester chez toi ou venir ici, à sa guise. La seule chose qui importe, c'est Josh. Nous devons le ramener au ranch pour qu'il se détende en jouant avec les fils de Tate et les chiens. Sinon, tu vas rester assise ici à te ronger les sangs à son sujet.

Bex hocha lentement la tête. Ses amies avaient raison. Sa maison n'offrait guère de distractions pour un petit garçon de six ans, alors que le ranch, immense terrain de jeux, était une source inépuisable de joie pour les enfants.

Et ainsi s'envola la promesse d'un merveilleux après-midi…

Alors qu'elles traversaient la cour, les fils de Tate les dépassèrent en courant, poursuivis ventre à terre par les chiens. Quel que soit leur jeu, il avait certainement pour thème une histoire de cow-boys. Tripp et Tate suivaient la bande d'un pas nettement plus paisible en bavardant.

— Je devine où vous allez, lança Tripp en les voyant se diriger vers les voitures.

— Je ne pense pas qu'il soit bon pour Josh que ma sœur s'épanche sur son épaule, expliqua Bex. C'est néfaste pour lui de voir sa mère dans le trente-sixième dessous. On va y aller à deux voitures. Comme ça, Tara pourra se défouler sur moi tout son soûl, pendant que Melody et Hadleigh ramèneront Josh ici.

Atrocement embarrassée par une situation qui n'était nullement sa faute, elle reprit à voix basse :

— Je ne voudrais surtout pas que Josh soit présent si Greg débarque, la bouche en cœur, avec ses excuses habituelles, parce qu'elles déclenchent inévitablement des discussions enflammées. Je n'ai pas de preuve qu'il ait un jour frappé Tara, n'empêche que je n'en mettrais pas ma main au feu. Cette fois, elle semble déterminée à divorcer et il pourrait mal le prendre.

— Je vais voir si Spence peut te retrouver chez toi ou, au moins, envoyer un adjoint, lui proposa Tripp en sortant son téléphone. Cela fera baisser la tension. Dans le cas contraire, vous n'irez nulle part sans moi.

Il était bien agréable de compter le chef de la police parmi ses amis les plus proches, songea Bex, en acceptant la proposition de Tripp d'un hochement de tête.

— Je suis d'accord, intervint Tate. Je n'ai jamais rencontré ce type, mais d'après ce que j'ai entendu, il n'a rien d'un petit saint. Vous ne devez pas rester seule là-bas avec votre sœur, Bex. Ramenez-la au ranch. Si son mari veut lui parler, il devra d'abord nous passer sur le corps.

Bex esquissa un rapide sourire pour le remercier. A défaut d'autre chose, elle bénéficiait d'un merveilleux groupe de soutien.

Si Tara s'obstinait dans ses projets de divorce — mais elle continuait à en douter —, cela risquait d'être animé, car non seulement elle n'avait pas de travail — dès qu'elle était tombée enceinte, elle avait démissionné de la quincaillerie —, mais elle n'avait en plus aucun bagage pour en trouver un autre. Bien que Greg travaille comme mécanicien, ils empruntaient constamment de l'argent à ses parents. En cas de divorce, il faudrait payer des avocats, une pension alimentaire pour Josh. Et elle soupçonnait que leurs finances étaient au plus bas.

Elle pourrait toujours engager Tara dans son centre de fitness. Non. Mauvaise idée. Elle n'avait aucune confiance en sa sœur pour faire le moindre effort. C'était l'histoire de leurs vies. Sa grande sœur était éblouissante, et elle l'avait toujours crue intelligente, jusqu'au jour où elle avait épousé Greg. Sans oublier tous ses petits copains losers du lycée…

Quelle glissade vers le bas ! Un gâchis. Un long et inextricable gâchis.

Spence ayant répondu qu'il n'y avait pas de problème et qu'il allait envoyer un de ses gars en surveillance tout de suite, le mini-convoi pour la mission « Sauver Josh et Tara » s'ébranla.

Mustang Creek n'était pas un endroit particulièrement rock and roll, mais en ce bel après-midi d'automne, la ville était animée, et au Bad Billy's burger, le troquet le plus populaire, c'était bondé. A son grand déplaisir, Bex aperçut la Corvette orange de Greg garée sur le parking.

Ainsi, son beau-frère était en train de boire. Si cela n'était guère surprenant, considérant les derniers événements, cela n'augurait rien de bon.

En arrivant dans sa rue, Bex vit que Spence avait respecté sa parole : le 4x4 d'un adjoint était garé sur le trottoir en face de chez elle. Dès qu'elle fut dans son allée, elle descendit de sa voiture et fonça vers Melody en lançant :

— Tu pourrais dire à Spence d'appeler Junie ? Il faut qu'elle demande à Billy d'arroser d'eau les boissons de mon futur ex-beau-frère.

Junie McFarlane était la standardiste du poste de police, et pour elle, Billy était capable de voler jusqu'à la lune en battant des bras.

— Bonne idée, répondit Melody, prenant aussitôt l'affaire en main. Mais j'appelle Junie directement. Nous sommes très liées, toutes les deux. Billy ne lui refusera pas ce petit service ! précisa-t-elle avec un clin d'œil.

Le propriétaire du bar était nettement plus vieux que Junie, et pourtant il était de notoriété publique qu'il avait un gros béguin pour elle. De la part d'un homme aussi brut de décoffrage que Billy, c'était à la fois risible et attendrissant. En tout cas, cela ne semblait guère gêner Junie, qui flirtait sans vergogne avec lui.

Bon, cette question au moins allait être réglée rapidement. Bientôt, Greg boirait de l'eau en quantité. Cela éviterait des débordements dus à l'alcool.

S'efforçant de rester calme, Bex entra chez elle.

Tara était affalée sur le canapé du salon, le visage marbré de rouge et un mouchoir en papier à la main. Josh, lui, fixait intensément un dessin animé, jusqu'au moment où il la vit entrer. Aussitôt son visage s'illumina et il bondit sur ses pieds.

— Tatie Bex !

— Salut, cow-boy ! lança Bex en se penchant pour le serrer dans ses bras. Il fait un temps magnifique dehors, tu ne trouves pas ? Moi, c'est Muggles, Ridley et Harley qui me l'ont fait remarquer. Aurais-tu envie, par hasard, de venir passer un moment au ranch pour les voir ? Tu leur manques beaucoup, tu sais. Et puis, Tripp a un nouveau cheval. Et Ben et Adam sont là-bas eux aussi. L'offre t'intéresse ?

— Oui ! Super !

Elle éclata de rire. Elle trouvait son neveu toujours bien trop sérieux, aussi son enthousiasme faisait-il plaisir à voir.

— Demande à ta mère si elle est d'accord pour que tu partes avec tatie Mel et tatie Hadleigh.

En réponse, Tara agita une main apathique.

Bex accompagna son neveu jusqu'à la voiture, le regarda s'asseoir sur la banquette, boucla sa ceinture, puis articula silencieusement « Merci », à l'intention de ses amies.

Bien ! Josh était en de bonnes mains. Deuxième point positif.

Après leur départ, elle rassembla son courage et retourna dans la maison. La suite du programme serait moins réjouissante, à son avis. Mais elle avait l'habitude…

Il fallait reconnaître que sa sœur avait connu des jours meilleurs. Son mascara avait coulé, son fond de teint n'était plus qu'un souvenir et son visage était tout congestionné. Sans compter ses cheveux en pétard.

— Je vais faire du thé, annonça Bex. Ensuite, tu me raconteras exactement ce qui s'est passé.

Le temps qu'elle passa à préparer leur thé, seule dans sa cuisine, lui permit de rassembler ses esprits pour se mettre dans l'ambiance — ou tout au moins essayer.

— Ce salaud de traître est tout seul désormais, déclara Tara, quelques minutes plus tard, en prenant sa tasse fumante à deux mains. Ça fait dix ans que je vis avec ce type et il n'a toujours pas compris que le concept de mariage implique la fidélité ! J'en ai ma claque.

— Tu le penses vraiment ? demanda Bex, assise dans un antique fauteuil à bascule, son siège favori quand elle avait besoin de réfléchir.

En réponse, Tara hocha la tête avec conviction.

— C'est vrai qu'il a toujours réussi à me rattraper en me berçant de belles paroles, reconnut-elle. Mais ça n'arrivera plus ! Je sais que tu m'as déjà entendue répéter la même chose une bonne douzaine de fois, n'empêche que je suis sincère. Je le pense vraiment !

Oui. Ça, Bex n'en doutait pas. Tara le pensait *vraiment*. Pour l'instant. Mais elle n'allait pas s'engager dans cette discussion maintenant.

— Josh et toi êtes les bienvenus, dit-elle simplement. Vous pouvez rester ici aussi longtemps qu'il le faudra.

— Je sais bien, répondit Tara en reniflant. Ce n'est pas la première fois que je me réfugie chez toi. Mais merci tout de même.

— Le seul problème, c'est que mon domicile est le premier endroit où Greg viendra te chercher, s'il veut « te bercer de belles paroles », comme tu dis si bien. Tu vois le policier assis dans cette voiture, de l'autre côté de la rue ? demanda-t-elle en désignant la fenêtre. S'il est là, c'est par la grâce de Spence Hogan et des services de police de Mustang Creek. Tu as l'air épuisée. Allons au ranch de Tripp et Hadleigh. Tu pourras faire la sieste, et si Josh a besoin de toi, il t'aura sous la main.

— Bonne idée.

*
* *

Il suffisait de voir le visage du neveu de Bex pour comprendre qu'il était en état de choc. Tate avait vu la même expression sur le visage de ses fils, le jour où il leur avait expliqué que leur mère ne reviendrait jamais. Qu'elle était partie pour une contrée paisible et qu'à partir de maintenant elle vivrait dans leur cœur à jamais. Heureusement, trois chiens, des hectares et des hectares de terre et deux compagnons de jeu enthousiastes remédieraient provisoirement au problème du petit Josh.

Il avait bien de la chance d'avoir une tante qui semblait gérer la situation avec une grande efficacité.

Bien qu'il se fût volontiers passé de cette nouvelle raison d'admirer Becca Stuart, il ne pouvait s'empêcher d'être impressionné par son sang-froid.

Les trois garçons se poursuivaient en poussant des hurlements de joie — en compagnie des chiens, bien évidemment. Ils se connaissaient bien ; ils fréquentaient la même école, et Adam et Josh étaient dans la même classe.

— Ça fait un bien fou d'entendre des rires de gamins, lança Tripp. Il me tarde d'avoir un fils.

— Parlons des couches, répliqua Tate. Et des poussées dentaires. Et…

— Stop ! Là, tu m'as refroidi, répliqua Tripp en riant. Mais, même si je ne suis pas pressé de traverser cette période, je l'avoue, je l'affronterai virilement.

— Et si tu as une fille ?

— Ça peut arriver, en effet, répondit Tripp, avant de contempler les garçons qui leur couraient autour. Je comprends ces petits gars. J'en ai été un. Les filles, c'est une autre chanson.

C'était peut-être irrationnel de sa part, mais Tate avait toujours désiré une fille.

— Moi, j'aimerais bien en avoir une, un jour, avoua-t-il en s'accoudant à la barrière du corral. Je suis sûr que l'expérience n'a rien à voir. La tenir à son bras et la conduire à l'autel pour, selon la formule, la donner à un autre homme, quel acte de foi ! Et je ne te parle pas de son premier rendez-vous ! Ça doit être horrible.

— Horrible, renchérit Tripp avec une grimace.

— Dis-moi, si je ne suis pas trop indiscret, qu'est-ce qui arrive à la sœur de Bex ?

— A mon avis, son mari n'est ni un bon ni un mauvais bougre. En tout cas, il n'est pas parfait. Je le connais, nous étions à l'école ensemble. Tara a choisi de se fixer avec lui, pour on ne sait quelle raison. Et leur mariage est un fiasco à répétition. Bex est trop gentille de ramasser chaque fois les morceaux. Parce que ce n'est pas la première fois qu'elle se retrouve engluée dans leurs scènes de couple. Sans parler de Josh. Si Tara n'avait pas sa sœur vers qui se tourner, elle devrait s'arranger avec Greg. Mais Bex a la loyauté chevillée au corps, et sa sœur le sait. Greg la trompe, elle le quitte, il s'excuse et elle revient. D'après ce que j'en sais, Bex est la seule des trois à se soucier des conséquences que cela peut avoir sur leur gamin.

Voyant une colonne de poussière s'élever sur le chemin, Tate demanda :

— Tu attends quelqu'un ou est-ce que c'est déjà le mari volage ?

— Une Corvette orange, c'est Greg, marmonna Tripp. Mieux vaut éloigner les gosses un moment. Je sais qu'en tant que père, ce type a des droits, mais si la rupture est consommée, je préfère que Josh reste chez nous, jusqu'à ce qu'on me montre un jugement du tribunal. A moins que Tara n'en décide autrement. Et si elle tourne casaque encore une fois, tu seras peut-être obligé de retenir Bex, lança-t-il en s'éloignant. En tout état de cause, les enfants n'ont pas à entendre la conversation.

Tate avait pris ses vœux de mariage très au sérieux, alors il n'hésiterait pas à s'interposer, car il imaginait facilement que Bex tiendrait tête à son beau-frère.

— Je vais faire rentrer les enfants et je reviens, au cas où il y aurait du grabuge, annonça-t-il.

Il siffla les chiens, avant d'appeler ses fils et Josh.

— La récréation est finie ! Rentrez dans la maison. Tous les trois.

— Papa ! protesta Ben, visiblement contrarié.

— Juste pour quelques minutes, précisa-t-il.

— Mais, papa, je...

— Tout de suite. Ne discute pas.

Au moins, son aîné comprenait quand un ordre était un ordre. Ben poussa un soupir à fendre l'âme et fit signe aux chiens.

— Allez, les gars, venez !

Les chiens vinrent se coller à lui, et Josh et Adam suivirent le mouvement.

Tate eut une petite inquiétude quand Josh vit la voiture de son père — que devrait-il faire si le gamin se précipitait vers Greg ? Mais Josh ne ralentit même pas et suivit ses camarades à l'intérieur.

Tate fut à la fois soulagé de sa réaction et triste de ce manque d'enthousiasme à la vue de son père. Mais ce n'était pas le moment de s'attarder sur ce détail.

Une fois les enfants et les chiens à l'intérieur, il s'empressa d'aller prévenir Hadleigh.

— Greg est ici, alors empêche les gosses de sortir, d'accord ?

— Pas de problème.

Rassuré, il ressortit et rejoignit Tripp.

— D'après toi, jusqu'où ce type n'est pas un mauvais bougre ? s'enquit-il. Sur une échelle de 1 à 10 ?

Il n'était pas inquiet, seulement curieux. A l'époque où Tripp et lui étaient pilotes, ils avaient affronté pas mal de turbulences. En tant que figures d'autorité dans l'avion, c'était à eux qu'incombait la tâche de gérer les passagers qui sortaient de leurs gonds.

— Je dirais pas plus de 6, répondit Tripp, les mains dans les poches, alors qu'ils se dirigeaient vers la Corvette. Beaucoup de fanfaronnades, et pas grand-chose derrière. On se connaît un peu. Ça pourra aider.

— Galloway ! beugla Greg, avant de claquer sa portière et de foncer vers eux.

C'était un colosse, mais flasque, avec une masse de cheveux bruns et une barbe de cinq jours. Il devait sortir du travail, car il portait une chemise avec son nom brodé sur la poche poitrine.

— Ma femme est là ?

— Oui, répondit Tripp.

— Je savais bien que ma belle-sœur l'amènerait ici ou chez Hogan. Je peux lui parler ?

— Non.

La colère embrasa le visage de Greg.

— Tu n'as pas entendu, j'ai parlé de ma *femme*, là ! Je veux lui parler !

Tripp ne broncha pas.

— Non, répéta-t-il. Ce sont mes terres. C'est ma loi qui s'applique. En ce moment, Tara ne peut voir personne. Elle a besoin de calme et de repos.

— Alors, je veux récupérer mon fils.

Bien que Tate ne soit pas du genre à se mêler des affaires d'autrui, le souvenir de l'expression sur le visage de Josh le poussa à intervenir.

— Il préfère rester ici à jouer avec mes fils. Pourquoi lui rendre la situation encore plus pénible ? Remontez dans votre voiture et allez-vous-en. Et quand votre femme et vous aurez décidé de discuter calmement, évitez de mêler votre gamin à vos affaires. Maintenant, c'est le moment de partir. La question n'est pas négociable.

— Bon sang ! Qui vous êtes, vous ?

— Un père. Votre fils n'est pas un pion. Alors n'essayez pas de poser la main sur lui. Parce que c'est perdu d'avance.

Heureusement, Greg fut suffisamment avisé pour comprendre que ni Tripp ni lui n'avaient l'intention de reculer. Jurant dans sa barbe, il retourna en traînant les pieds à sa voiture et démarra dans un crissement de graviers.

Quand Tate se retourna, il vit Bex, qui les avait rejoints.

Elle étreignit Tripp en murmurant :

— Merci. Vous avez été formidables.

Quand elle s'approcha de lui, Tate sentit son cœur battre un peu plus fort. Elle ne l'étreignit pas mais l'embrassa amicalement. Néanmoins, son baiser se posa bien près du coin de ses lèvres…

D'accord, ce n'était pas le baiser du siècle, n'empêche que…

C'était un joli début.

3

Bex, assise à son bureau, prit distraitement l'appel, persuadée que c'était son comptable qui la contactait pour fixer la date de leur rendez-vous mensuel.

— Bex Stuart, à l'appareil.

— Bex, c'est Alma. Josh m'a donné votre numéro de portable. Cela m'ennuie de vous déranger, mais je suis un peu désemparée.

Alma Wainwright était la secrétaire de l'école. Bex, secouée par un frisson d'inquiétude, lança :

— Il est malade ? J'arrive tout de suite.

— Non, ne vous inquiétez pas. Josh va bien. N'empêche que j'aimerais bien que vous veniez. Nous avons un problème. Tara ne répond pas à mes appels. Ils aboutissent directement sur sa messagerie. Quant à Greg, il m'a répondu sans mâcher ses mots qu'il s'en lavait les mains. Il s'est montré carrément insultant.

Pourquoi est-ce que cela ne la surprenait pas ? Après plusieurs jours de harcèlement constant pour parler à Tara, toujours réfugiée chez elle, Greg avait fini par débarquer au club de gym. Il avait dépassé comme une tornade le comptoir de la réceptionniste et foncé droit sur son bureau. Là, les deux mains plantées sur la table, il avait assené en la fixant dans les yeux :

— Si c'est comme ça que tu veux la jouer, tu n'as qu'à te charger d'eux !

— Vu la manière dont tu as traité ma sœur, c'est exactement ce que je veux, avait-elle répondu, refusant de se laisser démonter par ses manœuvres d'intimidation.

Même si Tara avait sûrement sa part de responsabilité dans cette pagaille, elle n'avait nullement l'intention d'en discuter avec lui.

— Alors tu as obtenu ce que tu voulais, Bex, avait-il répliqué, avant de tourner les talons et de s'en aller, abandonnant dans l'air des relents d'essence et de cambouis.

Et apparemment, il tenait parole : il se désintéressait de Tara et de Josh. Que se passait-il, avec l'école ?

Déterminée, elle saisit son sac.

— J'arrive, madame Wainwright.

— Je vais avertir Josh. Le problème l'angoisse beaucoup. C'est sa principale préoccupation. Je vous expliquerai de quoi il s'agit, quand vous serez arrivée.

Le « problème » ? Quel problème ? se demanda Bex, très inquiète, en se glissant au volant.

En ce moment, Tara avait tout d'une épave. Elle regardait la télévision la moitié de la nuit et dormait la plus grande partie de la journée. Il fallait absolument qu'elle se ressaisisse, mais Bex ne savait absolument pas comment l'aider. N'ayant jamais été mariée, et *a fortiori* divorcée, elle ne voyait pas par quel angle d'approche aborder le problème

L'école était un long bâtiment moderne en briques, datant de quelques années seulement. L'ancienne école — qu'elle avait adorée étant enfant — avait atteint un tel état de délabrement que la ville avait trouvé plus rationnel d'en construire une nouvelle, plutôt que de se lancer dans des replâtrages sans fin. Et elle avait beau pleurer cette perte, elle reconnaissait que le nouveau bâtiment était bien mieux que l'ancien. Rien que son terrain de jeux rendait jalouse la petite fille qui sommeillait en elle !

Elle gara son 4x4 sur le parking réservé aux parents et franchit la porte en verre à double battant. La réception se trouvait juste à l'entrée, et chaque visiteur était tenu de s'y présenter pour signer le registre. Après avoir accompli scrupuleusement cette obligation, elle fut dirigée vers le bureau d'Alma.

A Mustang Creek, Alma Wainwright était une institution. Déjà en poste quand Bex était élève, elle n'avait guère changé depuis : toujours la même coupe au carré et une paire de lunettes perchée au bout de son nez. A son entrée, elle leva les yeux sur elle et lui désigna une chaise. Bex s'assit docilement. Les vieilles habitudes étaient difficiles à oublier !

Alma s'empara d'une feuille de papier et la lui tendit.

— Voilà de quoi il s'agit, dit-elle. Depuis le début de l'année, personne n'a payé la cantine de Josh, alors qu'avec notre nouveau logiciel on peut le faire en ligne. S'ils remplissent les critères, ses parents pourraient l'inscrire au programme de cantine gratuite, subventionné par le comté de Bliss et l'Etat du Wyoming, mais ils se sont mis aux abonnés absents. Josh est très humilié de ne pas avoir de carte. Même s'il n'a que six ans, il comprend très bien qu'aucun arrangement n'a été pris. Nous ne permettrions pas qu'un enfant ait faim, alors il a droit, comme les autres, à son plateau. Malheureusement, nous devons décompter chaque repas, alors je vous en prie, pourriez-vous demander à votre sœur de régler la question ?

Bex ne put retenir un soupir accablé. Pauvre Josh. C'était si simple. Pourquoi Tara avait-elle négligé le problème ?

— Je vais payer tout de suite, dit-elle. Et j'aimerais que vous donniez immédiatement à Josh une carte de cantine. En ce moment, il traverse une période difficile. Il ne faut surtout pas lui rendre les choses encore plus pénibles qu'elles ne le sont déjà. Pourquoi ne m'en a-t-il pas parlé plus tôt ?

— C'est un enfant, il était embarrassé, répondit Alma en ajustant ses lunettes pour l'examiner de plus près. C'est pour ça que je vous ai appelée, Bex. Nous sommes à Mustang Creek. Je sais que ses parents sont séparés. Une fois de plus. Joshua est un gentil petit garçon et, franchement, il mérite mieux. Le système scolaire peut endosser sans préjudice la perte de ses repas, mais j'ai peur que cette histoire n'écorne gravement son estime de soi.

Alma aurait mieux fait d'être psychologue pour enfants que secrétaire d'école, bien que, d'une certaine façon, ce soit quelque part le même travail.

Bex rédigea le chèque pour le semestre entier et remercia chaudement Alma de se montrer aussi attentive aux problèmes des enfants et surtout, de l'avoir prévenue.

En quittant le bureau de la secrétaire, elle décréta que courir un peu ne lui ferait pas de mal, le marathon ayant lieu le lendemain. Juste une course rapide, parce qu'il aurait été ridicule de se surmener la veille d'une compétition. L'avantage, c'était que quand elle courait, elle n'avait rien d'autre à faire que réfléchir. Or il fallait absolument qu'elle reprenne la situation en main.

Comme par hasard, en sortant de l'école, elle tomba sur Tate. Ou plutôt, elle lui rentra dedans, tête baissée, vu qu'elle était en train de chercher ses clés au fond de son sac.

— Vous êtes pressée ? lança-t-il avec un rire étouffé.

— En effet, répondit-elle en rougissant. Comme d'habitude.

— Je vois ça. Ben a oublié son devoir de maths. J'ai voulu lui faire une faveur en venant le lui déposer. Mais la prochaine fois, il a intérêt à ne pas oublier son travail, s'il ne veut pas écoper d'un zéro. J'essaie de lui inculquer le sens des responsabilités, mais il n'a que huit ans. Et il a fait ses devoirs sans que j'aie eu besoin de le rappeler à l'ordre. Alors il a mérité un passe-droit. Et vous, qu'est-ce que vous faites ici ?

Bex se ressaisit et se força à sourire, ce qu'elle ne faisait jamais d'ordinaire. A l'évidence, Tate Calder ébranlait son assurance.

— Josh a oublié sa carte de cantine, répondit-elle.

— Ils gardent les cartes à l'école.

— Bon, voilà la vérité. Ses parents ont *oublié* de payer la cantine et je suis venue en quatrième vitesse régler le problème. C'est une expérience nouvelle pour moi. Je vais rentrer de ce pas à la maison, demander des explications à ma sœur, et ensuite j'irai courir. J'ai un marathon demain matin.

— Vous cherchez un compagnon pour courir ?

Est-ce qu'il parlait de lui ?

— Vous pratiquez la course à pied ?

Son sourire était ensorcelant. Elle pourrait bien devenir accro. Qu'est-ce qu'elle racontait ? Elle l'était déjà…

— Oui, répondit-il. Ça m'arrive.

— Quinze kilomètres. D'habitude, je cours une plus longue distance, mais demain, c'est le grand jour.

— Quinze kilomètres ne me font pas peur. J'ai couru des marathons, alors je sais que vous avez raison. Il ne faut pas pousser trop fort, la veille d'une compétition.

— Vraiment ? Je veux dire, vous avez couru des marathons ?

Elle se sentait un peu idiote de répéter mot pour mot ses propos, mais qu'y faire si elle avait perdu tout son vocabulaire ?

Il lui décocha le plus délicieux des sourires et répondit :

— Oui, quelques-uns. Où nous retrouvons-nous et à quelle heure ?

Visiblement, il lui jetait un défi. Et comme elle était toujours prête à les relever…

— A Pioneer Park, au début du sentier, disons dans vingt minutes ?

— Parfait ! On se retrouve là-bas. A tout à l'heure.

Cet homme était dangereux, se dit-elle en regagnant sa voiture.

Néanmoins, s'il avait pris la peine de venir déposer le devoir de son fils, il n'avait pas qu'un physique ravageur, mais aussi une grande tendresse intérieure. De plus, il avait affronté Greg bille en tête, alors que rien, hormis son amitié pour Tripp, ne l'y forçait. Et ce geste, ma foi, l'avait touchée.

Et en plus, il participait à des marathons.

Ayant une bonne dose de frustration à évacuer, elle allait lui montrer ce que courir voulait dire !

Comme il fallait s'y attendre, Tara était encore au lit quand elle rentra se changer. Sa sœur émergea de la chambre d'amis, les yeux bouffis et en grand besoin de café.

Il était bientôt midi.

Bex se rendit dans la cuisine et pressa le bouton de la cafetière électrique. Elle n'avait pas envie d'aborder le problème de la cantine, mais elle n'avait pas envie de laisser sa sœur se désintéresser de Josh.

— Tara, dit-elle en servant le café. Je comprends que ta vie est sens dessus dessous en ce moment, mais il faut que l'on parle de Josh.

— Qu'est-ce qu'il a à voir là-dedans ?

Comment sa sœur pouvait-elle dire une chose pareille ? Se montrer si peu concernée par son fils ?

Elle s'efforça de respirer calmement. Il fallait vraiment qu'elle aille courir.

— Parle-lui au moins, dit-elle simplement. Dis-lui que tu l'aimes. C'est tout ce que je te demande.

Pour l'instant, elle devait s'en tenir à cela et espérer qu'au cours des prochaines heures, Tara arriverait à rassembler le meilleur d'elle-même. A défaut de son instinct maternel.

Tate la retrouva à l'entrée du sentier. En le découvrant dans son T-shirt sombre et son pantalon de jogging gris, elle fut saisie d'un petit frisson d'admiration. Enfin, pas *si* petit que cela, en fait…

Il n'était pas seulement beau, grand et superbe. En réalité, ses atouts physiques comptaient bien moins pour elle que le fait qu'il soit passé à l'école déposer le devoir de son fils, en plein milieu de la journée. Elle ne comprenait pas pourquoi cela l'avait autant remuée, mais le fait était là. L'unique père célibataire de l'école primaire était, en plus, un ex-pilote sexy. Elle était loin d'être indifférente aux hommes, mais Tate les coiffait tous au poteau.

— On y va ? lança-t-elle.

Ils s'élancèrent et elle dut se forcer à garder une allure normale ; même si l'esprit de compétition la poussait à se dépasser, ce n'était pas le moment. A ce qu'elle pouvait voir, Tate était en grande forme. Il aurait pu facilement la laisser sur place. Pour ne rien gâcher, il courait avec la grâce d'un athlète-né et elle aimait la régularité de sa foulée.

— Quinze kilomètres à petite vitesse, ça vous va ? demanda-t-elle.

— A petite vitesse, ça me va très bien, car avec les garçons, je manque d'entraînement. J'aimerais courir plus souvent, sans jamais y arriver.

Malgré l'envie qui la tenaillait de l'interroger sur sa femme, elle s'en abstint. Will était toujours pour elle une blessure ouverte ; sans doute en était-il de même pour Tate. Elle se concentra donc sur ses foulées et observa :

— La température est idéale. Moins froide que fraîche.

— Le paysage aussi est parfait.

En effet, avec leurs pentes couvertes de forêts et leurs sommets enneigés, les montagnes étaient magnifiques, mais c'était elle que Tate regardait en disant cela…

— J'ai l'impression que l'on vient de me faire un compliment, auquel je ne sais quoi répondre, répliqua-t-elle ironiquement. Sauf en faisant remarquer que je me sens épuisée et que cela doit se refléter sur toute ma personne. Et aussi, que de nombreux kilomètres me séparent encore de la ligne d'arrivée, demain.

— Et si j'amenais Josh et les garçons déjeuner en ville pour assister à la fin de l'épreuve ? Ils seront sûrement ravis de vous voir franchir la ligne. Ça va les amuser d'attendre votre apparition. Est-ce envisageable ?

Pour elle, oui. Et elle trouvait très généreux de sa part d'inclure Josh à l'expédition. Cependant, Tara était comme une ampoule s'allumant et s'éteignant par intermittence. Par instants, elle était une mère géniale. A d'autres, comme en ce moment, par exemple, elle n'était pas là.

— Je n'y vois aucun inconvénient, seulement je ne suis pas sa tutrice. Je dois donc demander à ma sœur, mais je parie que vous aurez gain de cause. En tout cas, merci pour l'offre.

— Pour moi, en ce moment, vous assumez toutes les responsabilités d'une tutrice. Il n'empêche que sa mère doit donner sa permission, c'est évident. Tripp m'a appris que votre beau-frère était passé au club de gym. J'ai rencontré le gaillard. Il semble en colère, mais ne m'a pas paru dangereux.

Naturellement, elle avait fait part de l'histoire à Hadleigh et Melody. Ce qui expliquait pourquoi Tripp, et certainement Spence, étaient au courant.

— Greg ne m'aime pas et l'aversion est mutuelle, avoua-t-elle. N'empêche, j'aurais préféré que Tara s'abstienne de lui dire que j'avais cherché à la dissuader de l'épouser. Après ça, il n'y avait plus de retour en arrière possible. Il faut dire qu'à l'époque de leurs fiançailles, c'était déjà un coureur de jupons et que, comme il fallait s'y attendre, il a continué de plus belle après la cérémonie. Toute la ville était au courant, pourtant elle l'a épousé tout de même.

— Dans le mariage, la fidélité n'est pas négociable, laissa tomber Tate d'un ton sec.

Etonnée par sa véhémence, elle lui jeta un rapide coup d'œil. Son expression s'était brusquement fermée, comme si le sujet le touchait de près. Non. Elle devait se tromper. Aucune femme sensée n'aurait trompé un homme pareil.

— Donc, en plus d'être un père célibataire, vous avez entrepris de construire une maison et de monter à partir de rien un élevage de chevaux, enchaîna-t-elle, soucieuse de changer de sujet. Votre vie doit être plutôt stressante.

— Comme vous dites ! Ma vie est un vrai chemin de roses, épines comprises ! Mais ce n'est pas vous qui avez récemment franchisé une chaîne de centres de fitness ? Votre vie serait-elle aussi épanouie et chanceuse que la mienne ?

— Encore plus, répliqua-t-elle en souriant, avant de reprendre son sérieux. La réalité diffère parfois du rêve, mais j'ai travaillé dur pour arriver où j'en suis, alors je refuse de me plaindre.

— Vous portez toujours ce bracelet ?

La question, surgie de nulle part, faisait référence au bracelet du pacte de mariage qu'elle avait passé avec Melody et Hadleigh.

Tate l'avait donc remarqué…

— Toujours, répondit-elle.

Il lui jeta un regard oblique. Qu'il soit maudit ! Il n'était même pas essoufflé et courait à un rythme paisible et régulier, sans même paraître chercher à l'impressionner.

— Hadleigh et votre autre amie, Melody, portent le même, ajouta-t-il.

Elle hocha la tête sans donner d'explication.

— Je sais que vous avez du pain sur la planche, avec Tara, Josh et le reste, reprit-il, peu après. Mais je dois choisir des matériaux pour ma maison. Si vous avez un soir de libre, est-ce que cela vous ennuierait de venir avec moi ? J'aime bien avoir un second avis. Sinon, j'ai peur que ma maison finisse uniformément marron. Non pas que ce soit ma couleur favorite, mais c'est celle qui craint le moins l'énergie de mes fils. D'autant plus qu'ils meurent d'envie d'avoir un chiot. Vous les avez vus, avec Muggles, Ridley et Harley. Vous savez donc que je céderai, dès que nous serons installés sur la propriété. Pour des raisons évidentes, le marron n'en deviendra que plus recommandé. S'il existe une meilleure solution, sauvez-moi, je vous en prie.

— Choisir des peintures et du papier peint… Est-ce que c'est un rendez-vous ? Je ne voudrais pas me montrer présomptueuse, mais en guise de premier rendez-vous, cela me paraît plutôt… *intéressant.*

— Personnellement, j'estime que courir quinze kilomètres ensemble équivaut à un premier rendez-vous. Alors, techniquement, ce serait le deuxième. C'est moi qui offrirai le dîner.

Un rendez-vous. Elle avait rarement prononcé ce mot à voix haute depuis qu'elle avait appris la mort de Will. Bien sûr, elle dansait aux mariages et flirtait même épisodiquement, mais le reste du temps, elle se contentait de sortir entre filles et de s'immerger dans le travail. Cela faisait des années qu'elle n'avait pas été tentée par une relation sérieuse.

Il n'empêche qu'elle n'allait pas commencer avec Tate Calder. Elle n'avait pas de temps à consacrer à une famille clés en main, surtout maintenant que Tara et Josh habitaient chez elle. Et si Greg refusait de payer la cantine de son fils, le divorce risquait d'être tumultueux. Car, bonne nouvelle, Tara avait fini par reconnaître qu'elle n'avait plus d'autre option que le divorce… Et à présent qu'elle avait pris sa décision, Bex espérait qu'elle allait reprendre le contrôle de sa vie.

— Je vous propose un marché, dit-elle. Je serais plus que ravie de vous donner quelques conseils anti-marron en échange d'informations sur les garçons de six ans. Tiens, par exemple, les cartes de cantine ? Je me souviens que l'on en avait à l'école, mais à l'époque, on ne pouvait pas les charger sur Internet. Il ne m'est pas venu à l'idée de demander à Josh si la sienne était payée. A votre avis, qu'est-ce que j'ai pu rater d'autre ? C'est un gamin sensible, et il ne dit pas si son père lui manque. Je n'ai pas non plus de jeux vidéo ou des trucs de ce genre à lui proposer. Si je m'adresse à Greg pour obtenir des renseignements, il va m'envoyer paître sans ménagement.

— Gare à lui s'il s'avise de le faire, répliqua Tate sur un ton tranchant.

Elle retint un sourire. C'était plutôt rassurant de savoir qu'entre Tripp, Spence et lui, elle disposait d'un solide comité de soutien masculin.

— Marché conclu, dit-il. Bientôt, la classe de Josh part en excursion et les enfants doivent emporter un pique-nique. C'est mardi prochain. Si vous voulez, j'en préparerai deux et demanderai à Adam de les apporter. A la maison, j'ai deux placards. L'un intitulé « Que veux-tu qu'ils mangent ? », l'autre « Qu'est-ce qu'ils mangent quand tu as le dos tourné ? ». J'ai appris à les combiner. Au mieux j'espère. Par exemple, j'ai tenté en vain de corriger l'aversion du jeune Ben Calder pour les carottes cuites, avant de m'apercevoir qu'il acceptait de les manger crues. Le bonus c'est qu'ainsi, elles sont meilleures pour la santé. Je choisis mes batailles et, dans celle-ci, j'estime être sorti vainqueur.

— Tout cela m'a l'air bien compliqué, avoua-t-elle. Je ne me sens pas prête.

Ses nouvelles responsabilités l'effrayaient un peu. Plus qu'un peu, en réalité. Tara émergerait sûrement de sa stupeur actuelle, mais quand ? En attendant, c'était à elle de prendre le relais.

— C'est un processus où l'on apprend au fur et à mesure, et vous semblez très bien vous en tirer, lui fit remarquer Tate d'une voix douce.

Elle en était beaucoup moins sûre que lui. Quoi qu'il en soit, elle pouvait s'appuyer sur lui. Il semblait être un homme doté d'une solide expérience du terrain.

— Je fais de mon mieux, répondit-elle.

— Si cela ne vous ennuie vraiment pas de m'aider, accepteriez-vous de venir, un jour prochain, voir ma maison ? Cela vous aiderait peut-être à visualiser le projet.

— Un jour prochain, d'accord, répondit-elle sans hésiter. Après le marathon, ça vous irait ?

4

Le matin suivant, Tate se retrouva à cornaquer trois garçons au lieu des deux habituels. Il se sentait en mesure de les contrôler, même si la bande était plutôt du genre exubérant.

Après avoir pris un petit déjeuner civilisé — il avait insisté pour y inclure des fruits, en plus des crêpes et du sirop —, ils s'étaient rendus au parc. Josh semblait assez heureux, et Adam et lui s'entendaient bien. Quant à Ben, il appréciait visiblement d'être le leader du groupe.

En revanche, Bex aurait pu espérer de meilleures conditions pour son marathon. Car deux heures environ après le début de la course, un front orageux traversa la région et le temps se gâta sévèrement.

Heureusement, Tate gardait un parapluie dans son coffre, qu'il alla chercher dès que les nuages commencèrent à s'amasser dans le ciel. En fait, les garçons se fichaient totalement du mauvais temps, d'autant plus que le premier concurrent franchissait déjà la ligne d'arrivée au milieu des cris et des hourras de la foule.

— Je croyais que tatie Bex gagnerait, dit Josh, déçu.

C'était l'aspect délicat du métier de parent : les propos les plus anodins pouvaient avoir un impact majeur. La situation exigeait donc un maximum de tact. Tate prit son ton le plus dégagé pour répondre :

— La plupart des hommes arriveront en tête. Nous ne sommes pas exactement bâtis de la même façon que les femmes et nous courons plus vite. C'est comme ça. Ta tante peut gagner, mais le marathon féminin.

— C'est la même course, fit remarquer Josh.

Intéressante réflexion.

— Oui, mais les concurrents hommes et femmes sont jugés séparément. Leurs temps sont comptabilisés à part, répondit-il en lui tendant une brique de jus de fruits.

— Pourquoi ?

Les enfants prenant toujours ce que l'on disait au pied de la lettre, Tate pesa soigneusement sa réponse.

— C'est comme piloter un Cessna. Ce sont des avions légers et faciles à piloter, avec lesquels on peut faire n'importe quoi. En revanche, on n'a aucune envie d'en piloter un au milieu d'un orage, alors qu'un 757, qui est un avion plus gros, peut voler par presque tous les temps.

Bon, ce n'était pas l'explication du siècle, pour un enfant de six ans. Il finit par résumer sa pensée en termes simples.

— Les hommes et les femmes ne sont pas bâtis pareil. Sur de nombreux plans, les femmes ont l'avantage sur nous, les hommes, et…

Il aurait continué à développer ce concept, si de nouveaux coureurs n'avaient franchi la ligne d'arrivée sous les applaudissements de la foule venue nombreuse malgré le mauvais temps. Uniquement des hommes, comme il l'avait prédit. Et Josh, ravi du spectacle, ne prêta plus attention à lui et ses explications vaseuses.

Dès que les enfants aperçurent Bex, ils se mirent à bondir en criant et en agitant les mains. Elle réussit à sourire et à leur adresser un faible salut en franchissant la ligne d'arrivée, puis elle ralentit et prit la bouteille d'eau que lui tendait un des volontaires.

Si elle n'avait pas gagné, il s'avéra qu'elle avait fini troisième, ce qui impressionna beaucoup Tate. Il retint les garçons, jusqu'à ce qu'elle vienne à leur rencontre. Au lieu de lui tendre la veste légère qu'elle lui avait confiée, il en drapa ses épaules dans un geste qui lui sembla, on ne sait pourquoi, terriblement intime.

— Merci, murmura-t-elle en plongeant son regard dans le sien.

— De rien. Au fait, bravo !

Malgré la protection du parapluie, les gamins étaient

trempés, car ils ne tenaient pas en place. Heureusement, il ne faisait pas froid.

— J'ai beau prendre des précautions, mes pieds saignent toujours après ce genre de compétition, avoua Bex qui boitillait à ses côtés, alors qu'ils se dirigeaient vers le parking.

— Et, tel Rip Van Winkle, vous avez l'impression de vous réveiller après un sommeil de vingt ans, je sais. Un bon bain chaud fera des merveilles. Quel chrono avez-vous fait ?

— Le meilleur de ma vie, répondit-elle en souriant, manifestement aux anges.

Même trempée jusqu'aux os, même épuisée, elle était belle à tomber, et il eut le plus grand mal à empêcher son regard de glisser vers l'endroit où son T-shirt collait à ses seins. Pour une femme athlétique, elle gardait des courbes ultra-féminines, sans parler de ses longues jambes.

La voyant hausser furtivement les sourcils, il comprit qu'elle l'avait surpris en train de l'admirer.

— Je vous en prie, dites-moi si mon T-shirt est devenu transparent, gémit-elle. Je suis trop fatiguée pour baisser les yeux.

— Malheureusement non, répondit-il en déverrouillant les portières du 4x4 à distance. Mais je ne me plaindrais pas, si c'était le cas. Si vous désirez de l'aide pour vous débarrasser de vos vêtements mouillés, appelez-moi.

— Très généreux de votre part, mais je crois que je peux me débrouiller, ironisa-t-elle. Comment ça s'est passé avec Josh ? demanda-t-elle, redevenue sérieuse.

— Il s'est montré obéissant et poli, répondit-il, ce qui était la stricte vérité.

— Bien, dit-elle en souriant.

Mais son sourire se mua aussitôt en expression soucieuse, et elle ajouta, baissant la voix :

— C'est généralement le cas. N'empêche qu'il ne m'a rien dit de ses problèmes de cantine à l'école.

— Il doit s'angoisser pour le futur. Il comprend très bien qu'entre ses parents ça ne va plus. J'ai vu ça chez Ben et Adam quand leur mère est morte. Ils ne savaient pas ce qui les attendait, et cela les inquiétait énormément. La seule chose que vous pouvez faire, c'est être là pour lui et répondre à ses questions aussi honnêtement que possible. Pour info, je ne suis pas psychologue. Néanmoins, je crois que « Je ne sais pas » est une réponse parfaitement acceptable quand elle se justifie. J'ai moi-même utilisé cette formule très souvent. Elle a le mérite de ne pas promettre n'importe quoi et de ne pas donner de faux espoirs.

— Le souci, c'est qu'il ne pose pas vraiment de questions, rétorqua-t-elle en s'immobilisant, les cils perlés de gouttelettes de pluie.

Quels yeux incroyables ! Voilà qu'il se reprenait à penser qu'ils étaient verts.

L'attraction qu'il éprouvait pour Bex Stuart devenait hors de contrôle. Il devait y mettre fin, bien qu'il ait l'intuition qu'il avait peu de chances d'y parvenir.

— J'ai appris à la dure qu'il ne faut pas chercher à jouer les super-héros, expliqua-t-il. Je voulais absolument que tout aille bien pour mes fils et, finalement, j'ai été incapable d'empêcher... ce qui est arrivé.

Jugeant qu'il devenait trop moralisateur, il corrigea le tir avec un sourire, tout en ouvrant la portière passager.

— Si vous voulez savoir, c'est comme voler sans instruments de contrôle, précisa-t-il. Vous décollez en espérant vous poser avec le minimum de dégâts.

Elle rit en secouant la tête et posa le pied sur le marchepied.

— Vous ressemblez à Tripp, dit-elle. Il fait tout le temps ce genre de comparaisons. Est-ce que vous vous rendez compte que votre siège va être trempé ?

Il jeta un regard aux garçons déjà installés sur la banquette arrière, tout aussi ruisselants qu'elle et qui riaient aux éclats.

— C'est la voiture entière qui aura besoin d'un bon coup de séchoir, alors inutile de vous tracasser, assura-t-il. Est-ce que le rendez-vous de ce soir tient toujours ou êtes-vous trop fatiguée pour sortir ?

Elle s'assit et boucla sa ceinture.

— Tate, je crois que j'ai une dette envers vous. Et ce soir, je serai en forme. Quelqu'un va surveiller les garçons ou est-ce qu'ils viennent avec nous ?

Il avait beau adorer ses enfants, c'était hors de question.

— Vous les imaginez, en train de choisir des carreaux de salle de bains ou un comptoir de cuisine ? rétorqua-t-il, après avoir fait le tour de la voiture et s'être installé au volant. Hadleigh a proposé de les garder. J'ai accepté. Elle a dit qu'elle serait aussi ravie de s'occuper de Josh.

— Elle joue les entremetteuses, vous le savez ?

— Oui, j'ai remarqué.

Mais il ne précisa pas que cela ne le gênait absolument pas. Au contraire.

Cette robe rouge en soie était trop habillée, pour ce qui n'était, grosso modo, qu'une expédition à la quincaillerie. Bex se changea donc, une fois de plus. Et une jupe noir anthracite avec un chemisier blanc et un pull jaune pâle ? Oui, cela conviendrait beaucoup mieux. Inutile de dire qu'après avoir couru quarante-deux kilomètres, les talons hauts étaient exclus. Ses orteils ayant grand besoin d'être dorlotés, de banales chaussures noires plates et confortables feraient parfaitement l'affaire.

Elle n'avait aucune idée de l'endroit où ils iraient dîner et, à Mustang Creek, ce serait une tenue passe-partout — un peu trop sophistiquée pour le Bad Billy's Burger, mais suffisamment habillée, le samedi soir, pour Chez O'Henry. Il n'y avait guère d'autres restaurants décents en ville.

Si Tara regardait encore la télévision, au moins elle le faisait en compagnie de son fils. Cependant, la précipitation avec laquelle elle avait accepté qu'il passe la nuit chez Hadleigh et Tripp n'était pas vraiment bon signe. Résultat : Bex culpabilisait presque de sortir.

« Presque », se répéta-t-elle fermement. Comme à l'ordinaire, Josh s'amuserait bien au ranch, et elle, elle méritait de se divertir.

— Tu es très jolie, lança Tara, faisant preuve enfin d'un peu d'animation. Tate Calder vaut certainement un soupçon de mascara et du rouge à lèvres.

Bex songea à la chevelure châtain de Tate et à ses yeux sombres et magnétiques. Oui, il méritait cet effort, aucun doute là-dessus.

— Tout à l'heure, j'étais trempée comme une soupe, expliqua-t-elle. Comme par un fait exprès, les seules fois où nous nous sommes vus, je venais de courir. Ce soir, je veux être à mon avantage pour lui faire meilleure impression.

— Bex, tu es jolie quoi qu'il arrive, murmura Tara, les yeux brillants de larmes. Merci pour tout ce que tu fais pour Josh. Pourras-tu remercier Tate pour moi ? Et aussi Tripp et Hadleigh. Pour l'instant, je m'en sens incapable.

— Pas de problème. Nous retrouvons Tate au ranch. Tu es prêt, mon grand ?

— Oui ! s'exclama Josh en empoignant son sac à dos.

— Tu n'embrasses pas ta maman avant de partir ? suggéra-t-elle, après une hésitation.

C'était leur relation et elle estimait que Tara et Josh n'avaient pas besoin qu'elle s'en mêle. Cependant, ne sachant comment réagir avec sa sœur, elle soupçonnait que Josh était encore plus perdu qu'elle.

Tara attira son fils sur son cœur et murmura dans ses cheveux :

— Amuse-toi bien chez tante Hadleigh et oncle Tripp.

Comme Bex vit que sa sœur allait se mettre à pleurer, elle entraîna Josh en hâte. Alors qu'elle démarrait, elle faillit lui demander ce qu'il ressentait. Mais elle jugea qu'il valait mieux attendre et prendre d'abord l'avis de Tate.

Si Josh en parlait de lui-même, ce serait différent. Quand elle avait son âge, jamais il ne lui serait venu à l'idée de confier ses tourments à sa tante. En revanche, Hadleigh, Melody et elle n'avaient aucun secret les unes pour les autres. Et si Ben et Adam étaient la solution ? Peut-être que Josh se livrait à eux.

Quand ils arrivèrent au ranch Galloway, le 4x4 de Tate était déjà garé près de la maison. Les chiens accoururent à leur rencontre et accueillirent Josh avec effusion en faisant des bonds pour lui lécher le visage. Non seulement il adorait cela, mais il en avait besoin. Elle lui aurait bien acheté un chiot, mais pour l'instant sa sœur n'avait nulle part où aller, puisque Greg occupait toujours leur maison, et que sa situation était encore en suspens. Prendre un chiot aurait été une folie. En théorie, l'idée était formidable, mais si, par la suite, Josh devait abandonner l'animal derrière lui, ce serait un traumatisme.

Elle soupira. Elle aurait juré qu'avant, sa vie était simple.

Tate, son inoubliable sourire aux lèvres, sortit sur le perron pour l'accueillir. Elle fut soulagée de constater que, quoi qu'il ait à l'esprit, sa tenue ressemblait à la sienne, sauf que son pantalon était kaki et sa chemise bleue. Et il ne portait pas de cravate !

Alors que les chiens et Josh rentraient en courant dans la maison, il la prit par le bras et la guida vers sa voiture en lançant :

— Dépêchons-nous de filer, pendant que c'est calme. J'ai apporté tous les jeux vidéo que nous avions chez nous. Tripp va être aussi subjugué que les garçons. Pour l'instant, il est en train de les installer. Hadleigh fantasme déjà. Elle se voit jeter négligemment dans leur direction une pizza surgelée et regarder un film dans la pièce à côté, les doigts de pied en éventail. Vous leur direz bonjour quand on viendra récupérer les garçons. Allons choisir des peintures, des accessoires et tout ce dont on a besoin dans une cuisine, et finissons-en.

Il lui ouvrit la portière et alla s'installer au volant.

— Je connais Hadleigh et elle ne goinfrera certainement pas les enfants de pizza, lui fit remarquer Bex en bouclant sa ceinture.

— Je plaisantais. Elle a parlé de poulet rôti et de brocolis. Je lui souhaite bonne chance avec les brocolis, quoique tout soit possible. Les garçons sont désormais fans de ses lasagnes aux épinards. J'y suis un peu pour quelque chose, remarquez, puisque je leur ai raconté que les épinards étaient une plante sauvage dont se régalaient les cow-boys.

— Futé.

— En tout cas, ça a marché, conclut-il en reculant. Ben m'a certainement percé à jour, mais Adam a gobé la fable, et question nourriture, il est particulièrement difficile. A propos, si vous l'êtes aussi, dites-le-moi, parce que je pensais à un dîner thaï.

Il n'existait aucun restaurant thaï à Mustang Creek.

— J'adore la nourriture thaïe, répondit-elle en lui jetant un regard intrigué. Mel, Hadleigh et moi en mangions tout le temps, quand nous étions à l'université. Mais le restaurant le plus proche est terriblement loin.

— Pas en avion.

— Oh ! s'exclama-t-elle, désarçonnée. Vous avez un *avion* ?

— Quelque chose comme ça.

— Comment peut-on avoir *quelque chose* comme un avion ?

— Techniquement, il appartient à mon père, qui n'aime pas prendre des vols commerciaux. Nous avons donc conclu un arrangement. Il a acheté l'appareil, il loue le hangar et, s'il a envie d'aller quelque part, pour ses affaires ou son plaisir, c'est moi qui prends les manettes. Pendant mes absences, ma tante s'occupe des enfants, ce qu'elle adore. Conclusion, tout le monde est gagnant.

Bien que dévorée par la curiosité — elle aurait bien voulu savoir quel genre de métier permettait à quelqu'un de s'acheter un avion —, elle ne posa pas la question. Apparemment, Tate était issu d'une famille aisée.

— C'est l'impression que ça donne, fit-elle remarquer. Comment ferez-vous avec vos chevaux, si vous devez partir à l'improviste ?

— Tripp m'a présenté le vétérinaire local, un type sympa, qui souhaite s'associer avec moi, répondit-il en prenant la direction de l'aéroport municipal. Nous ne nous sommes rencontrés que deux fois, mais j'ai toute confiance dans le jugement de Tripp. Encore une solution gagnant-gagnant, puisque, de toute façon, je serai obligé de faire appel à ses services. Si je connais bien les chevaux, j'ai été élevé au milieu d'eux, je ne connais encore pas grand-chose à leur élevage. C'est Nate Cameron qui se chargera de ce domaine, pendant que j'assumerai les tâches quotidiennes et la construction des écuries. Quand je devrai piloter, il est d'accord pour s'installer chez moi pendant mon absence. Nous peaufinons encore les détails de notre business plan, mais ça semble en bonne voie.

Oui, l'affaire paraissait bien partie, d'autant plus qu'elle connaissait Nate Cameron, un homme agréable, fiable et compétent, qui avait été au lycée avec Tripp et Will. Il soignait principalement le bétail et les chevaux, mais avec un vieux vétérinaire proche de la retraite, il tenait aussi une clinique, ouverte plusieurs jours par semaine, à l'intention des animaux de compagnie.

L'évocation de Nate Cameron ramena ses pensées vers Tara. Au lycée, sa sœur était sortie pendant six mois avec lui. Pourquoi ne l'avait-elle pas épousé, à la place de Greg ?

Ce fut Tate qui la fit émerger de ses pensées. Tant mieux, car elles ne menaient nulle part !

— Mes fils veulent aller pêcher et j'ai un ami qui possède un chalet au bord d'un lac, pas très loin d'ici. Vous croyez que Josh pourra venir avec nous ? Je ne connais pas Greg, mais s'il est d'accord pour nous accompagner, je n'y vois aucun inconvénient. L'endroit est rustique, les toilettes sont à l'extérieur, le chauffage est au bois et les seules activités sont la randonnée et la pêche. Mais si Greg aime la vie au grand air et veut participer, il est invité.

C'était généreux de sa part. Très généreux.

Tate Calder venait encore de marquer un point.

— Je vais demander à ma sœur d'en parler avec Josh, répondit-elle. Je suis sûre qu'il sera enthousiaste. En revanche, je lui conseillerai de ne pas en souffler mot à Greg.

Qui probablement n'apprécierait pas l'idée. Pas le moins du monde…

5

C'était sûrement déloyal d'avoir oublié de préparer Bex à la rencontre avec sa famille, mais vu qu'il ne savait pas comment s'y prendre, Tate avait choisi de s'en remettre au sort. Au moment où l'avion atterrit en douceur sur la piste, il jugea tout de même prudent de lui en toucher un mot.

— Vous allez probablement rencontrer ma tante et mon père. A moins que nous n'ayons de la chance, et qu'ils soient sortis. Mais ma tante est généralement là. Après la mort de ma mère, elle s'est installée chez nous et a régenté la maisonnée d'une main de fer, comme un dictateur en jupon, à l'efficacité redoutable.

Les yeux mordorés de Bex s'écarquillèrent. Manifestement, elle était sous le choc et il ne pouvait l'en blâmer.

La maison familiale était assez loin, mais une jeep, garée près du terrain d'aviation, servait à faire la navette.

— Ici, le choix de matériaux est bien plus large qu'à Mustang Creek, expliqua-t-il en lui faisant signe de le suivre. L'architecte m'a suggéré de me rendre dans une région plus civilisée pour trouver ce que je voulais, et il s'occupera de la livraison. Puisque j'espère que ce sera la maison de ma vie, pourquoi lésiner ?

— Bon, répondit Bex, avec un manque flagrant d'enthousiasme.

Elle était magnifique dans sa jupe moulante et ce pull assorti à ses yeux, et nul doute que sa famille serait enchantée en voyant qu'il fréquentait une femme comme elle. Il n'empêche que faire les présentations si tôt, c'était pousser le bouchon un peu loin.

Car, après réflexion, courir ensemble comptait pour du beurre et, en réalité, cette soirée était leur premier rendez-vous digne de ce nom — en oubliant, bien sûr, les achats de matériaux.

Malgré l'absence de tourelles, la maison de son père ressemblait à un château miniature ; de l'avis général, elle était un peu… écrasante. Comment Bex allait-elle réagir ? Aurait-il dû lui livrer davantage d'infos concernant sa famille ? Quoi qu'il en soit, c'était trop tard. Autant régler l'affaire au plus vite. Il ouvrit la portière passager de la jeep avec une élégance digne d'un gentilhomme et, en dépit de sa jupe serrée, Bex monta à bord avec grâce. Ce qui ne le surprit pas. Après tout, c'était une athlète.

Plus il se répétait qu'il n'avait ni le temps ni l'envie de sortir avec Becca Stuart, plus il était convaincu qu'il passerait outre et allait la courtiser.

Ben et Adam l'aimaient bien, ce qui était un point primordial. Sans parler de l'indéniable attraction sexuelle qui régnait entre eux. Elle déclenchait en lui un désir primaire ; jamais il n'avait ressenti un tel attrait. Et cela n'avait pas varié d'un pouce, depuis le jour de leur rencontre.

Bien sûr, à ce moment charnière de sa vie, cette histoire tombait mal, mais les choses se passaient rarement comme prévu.

Tante Gina était à la maison. Et elle avait entendu l'avion. Impossible donc de reculer. Quand il se gara, elle était déjà sous le porche pour l'accueillir. Elle marqua un mouvement d'hésitation en découvrant qu'il n'était pas seul.

— Bonsoir ! lança-t-il.

Et, sans couper le moteur, il sauta à terre, grimpa les marches et l'embrassa, avant d'ajouter :

— Nous ne restons pas. Nous sommes venus faire des courses, alors je garde la jeep pour aller en ville. Au fait, je te présente Bex Stuart.

— Je… Ravie de vous connaître, bredouilla Bex.

— Tout le plaisir est pour moi, répondit tante Gina. Bien sûr, vous restez pour le dîner.

Elle toisait Bex d'un œil inquisiteur, et, la connaissant, Tate eut le sentiment qu'elle approuvait ce qu'elle voyait. Normal.

Il n'y avait pas grand-chose à reprocher au physique de Bex. Rien du tout, en fait.

Serait-il en train de caresser l'espoir que les deux femmes puissent s'entendre, un jour ?

— Une autre fois, pour le dîner, tante Gina. Quand je pourrai te prévenir assez tôt. Nous mangerons un petit quelque chose en ville. Bex a eu une longue journée. Il faut que l'on rentre tôt.

Exceptionnellement, tante Gina n'insista pas.

— En ce moment, ton père tient une audioconférence. Arrête-toi au moins au retour pour le saluer.

C'était un ordre.

— Nous passerons, promit-il en entraînant Bex vers la jeep.

Bex resta un petit moment silencieuse avant de demander :

— Est-ce que toutes les sorties avec vous sont aussi surprenantes ?

— Et vous n'avez pas vécu la partie la plus excitante, celle où l'on va examiner des comptoirs de cuisine et des fours intégrés !

— On peut dire que c'est un beau quartier, fit-elle remarquer alors qu'ils longeaient une avenue bordée d'allées discrètes et de pelouses taillées au cordeau.

— Pas assez accueillant, à votre goût ?

— Mais très impressionnant. Puis-je demander, en gros, ce que fait votre père pour vivre ? Il est dans les puits de pétrole, les mines d'or, de diamants ?

Amusé par son ton enjoué, il lui jeta un regard un coin.

— Rien d'aussi glamour. Il possède des usines qui fabriquent des pièces de moteur pour les plus grosses firmes automobiles du monde. Son audioconférence doit être avec le Japon, l'Allemagne ou un pays de ce genre. S'il fait beaucoup d'affaires aux Etats-Unis, il a aussi énormément de clients à l'étranger.

— Vous êtes un gosse de riche, alors ?

En effet, il l'avait été. Ce qui était à la fois positif et pas si positif que cela.

— Oui, mais j'ai tracé mon chemin tout seul, répondit-il. A part un fonds de placement pour mes études, mon père ne m'a pas donné un centime, et je ne lui ai rien demandé. Jamais. J'ai obtenu une bourse d'athlète, alors j'ai payé moi-même une grosse part de ma scolarité. Et l'argent pour acheter mes terres et bâtir ma nouvelle maison, je l'ai gagné en travaillant d'arrache-pied et grâce à quelques placements avisés. J'ai songé à lui proposer d'investir dans ma société d'élevage, malheureusement il m'en veut toujours, parce que j'ai refusé le boulot de pilote d'entreprise proposé par un de ses amis. J'aurais été trop souvent éloigné de chez moi, parfois des semaines d'affilée, c'est pourquoi j'ai décliné l'offre. Ne vous y trompez pas, c'est un homme formidable, mais dans mon enfance, il travaillait tellement que je l'ai à peine vu. Moi, je veux élever mes enfants et les voir grandir.

— C'est tout à votre honneur.

— Merci.

Il ne pouvait s'expliquer la raison qui le poussait à se confier autant à elle. Bien sûr il savait que Bex n'était pas du genre à vouloir l'épouser pour son argent, mais cela n'avait pas été le cas de Sandra, sa femme. Alors autant clarifier les choses, avant de se lancer dans une liaison éventuelle. Il s'était déjà trompé une fois. Une de trop.

— Cet avion est un bon compromis, reprit-il sur un ton détaché. Ça me plaît bien de continuer à voler de temps en temps. J'adore piloter. Et je ne vois aucun inconvénient à ce que les garçons restent avec ma tante, quand j'emmène mon père en voyage d'affaires. Il n'empêche que j'aurais aimé grandir dans un endroit comme Mustang Creek.

— C'est une ville géniale. Dans notre enfance, Hadleigh, Mel et moi nous sommes éclatées à faire de la bicyclette, à manger des glaces dans le parc, à jouer au ballon ! Des activités toutes simples, mais qui laissent de merveilleux souvenirs.

Tate tourna dans la rue principale de Cheyenne, très encombrée, et prit la direction de l'entrepôt recommandé par son architecte. D'après les dires de ce dernier, il faisait souvent affaire avec ce magasin, qui était fiable et proposait des matériaux de qualité.

— J'ai l'impression que vous n'avez pas fini, toutes les trois, observa-t-il. De vous créer des souvenirs, je veux dire.

— C'est vrai, même si les choses sont loin d'être aussi faciles qu'avant. Hadleigh, c'est la passionnée de la bande. Melody peut être d'une franchise brutale, et entêtée comme une mule. Et moi, j'ai aussi mes défauts, bien sûr. Pourtant, malgré mon esprit de compétition effréné, c'est moi la fédératrice de l'équipe. Si on se ressemblait, je doute que l'on s'entendrait aussi bien.

— Ce serait formidable que Ben, Adam et Josh forgent le même genre d'amitié. Ce ne sont encore que des gamins et ils se disputent parfois, mais ils semblent heureux ensemble et ça leur ferait le plus grand bien. Mes fils sont nouveaux en ville et Josh traverse une passe difficile.

— Alors cette partie de pêche est une super idée pour qu'ils se créent des souvenirs.

Ayant repéré le bâtiment qu'il cherchait, il s'engagea dans le parking et chercha une place des yeux.

— Ce n'est pas vous qui allez devoir décrocher les poissons de l'hameçon ! répondit-il en riant. Oui, on va sûrement bien s'amuser. Les garçons vont apprendre à pisser dans les bois, comme de vrais mâles.

— Hé ! Gare à vous si vous les encouragez à le faire ! répliqua-t-elle, faussement menaçante.

— C'est un instinct inné chez les hommes, il sera donc inutile de les encourager. Bon, expédions la corvée des courses ! Même si je me sens capable de sélectionner le meilleur placard de cuisine du magasin, ce n'est pas vraiment mon point fort.

Avant de la transporter à l'autre extrémité du Wyoming pour accomplir une mission aussi cruciale que celle de le conseiller pour « la maison de sa vie », Tate lui aurait facilité les choses en l'emmenant sur le chantier, afin qu'elle s'imprègne du site et des matériaux. A un moment, il avait évoqué l'idée, qui, entre-temps, était tombée aux oubliettes.

Bex devait néanmoins reconnaître que c'était assez amusant d'examiner les différents types de granit, de marbre ou de carreaux, de robinets et autres équipements de cuisine. Et encore plus en dépensant l'argent d'autrui ! Après tout, c'était Tate qui avait réclamé ses conseils. Il approuva les placards en épicéa qu'elle lui suggéra, ainsi que de ravissantes poignées en bronze, et n'offrit aucune résistance quand elle l'écarta d'un évier en granit pour l'entraîner vers un modèle en béton ciré d'une couleur un peu plus pâle que celle des placards.

— Un évier de ferme, voilà ce qu'il vous faut, affirma-t-elle sur un ton sans réplique, alors qu'ils inspectaient le rayon. Non seulement c'est beau, mais cela conviendra parfaitement au style rustique de la maison.

— Un… *évier de ferme* ? Je ne sais même pas de quoi vous parlez. Auriez-vous l'obligeance de m'éclairer. Pour moi, un évier est un évier.

Elle le lui expliqua, tout en l'entraînant vers le rayon électroménager.

Au début, il se cabra devant la cuisinière à gaz à six brûleurs. Non pas à cause du prix, pourtant substantiel, mais parce qu'il proclama que pour les cinq plats qu'il savait préparer, deux brûleurs suffiraient amplement. Elle lui rappela que les goûts évoluaient, comme les circonstances. Qui sait ? Un jour, il rencontrerait peut-être un cordon-bleu… ou se découvrirait une passion pour la cuisine. Sans compter que ses fils allaient grandir, qu'ils auraient probablement femme et enfants et que tout ce beau monde se réunirait certainement à Noël, Thanksgiving, aux anniversaires ou que sais-je encore. A ce moment-là, il comprendrait l'utilité de posséder une cuisine bien équipée.

Il parut emballé par le vaste tableau qu'elle lui brossait.

Sentant qu'elle avait emporté le morceau, elle termina son discours en effleurant d'une main légère et presque nostalgique le plateau rutilant.

— C'est la maison de votre vie, non ? Je crois pouvoir parler au nom de toutes les femmes en disant que j'adorerais avoir une cuisinière pareille. Ma règle c'est : si vous devez le faire, faites-le bien.

Après avoir choisi un réfrigérateur américain en acier avec un tiroir congélateur dans le bas, ils disposèrent enfin des équipements de base.

Tate paya le tout — d'un montant astronomique — et ne bougea pas un cil quand la caissière supposa que Bex était sa femme.

Sans aucun doute, c'était le premier rendez-vous le plus extravagant de l'histoire.

— Manger ! décréta-t-il, dès qu'ils quittèrent l'entrepôt. C'est la prochaine tâche à l'ordre du jour. Apparemment, prendre des décisions domestiques, en particulier à propos d'éviers, de réfrigérateurs et de cuisinières, donne une faim de loup.

Bex reconnut en souriant qu'en effet il était temps de dîner. Elle était ravie qu'il ait décliné l'invitation de sa tante. Les membres de sa famille étaient certainement sympathiques, mais partager le repas avec eux aurait été trop, et trop tôt.

D'autant plus qu'elle ignorait où la menait cette histoire — si elle devait mener quelque part. Tate était veuf et, pourtant, il n'avait jamais mentionné sa femme. Sans compter qu'il avait deux jeunes fils à élever, un imposant chantier à terminer et une entreprise à bâtir.

Sa propre situation n'était pas moins compliquée. Sa sœur et son neveu habitaient chez elle, et en ce moment des clubs de fitness sous sa franchise s'ouvraient dans tout le pays. Ce qui signifiait qu'elle serait obligée de voyager énormément. « L'expansion d'une entreprise entraîne de signifiantes courbes d'apprentissage », comme le répétait à l'envi son conseiller financier, un fan du sabir technocratique. Et surtout, malgré la dizaine d'années écoulées, au fond d'elle-même, elle doutait d'avoir totalement surmonté la mort de Will…

Si, rationnellement, elle avait compris que cette perte était définitive et s'était résignée à la précarité de la vie, sur le plan émotionnel, une part d'elle continuait à espérer voir son soldat perdu revenir à la maison.

Bien sûr, la situation présente n'avait rien à voir. Tate ne faisait pas la guerre. Malheureusement, il existait d'autres périls que les balles et les bombes et, comme tout un chacun, il pouvait mourir. Il pilotait des avions et bientôt élèverait des chevaux, deux situations pleines de dangers… La mort pouvait surgir près de chez soi, pas uniquement sur un lointain champ de bataille.

Elle repoussa ces pensées sinistres au fond de son esprit. Elle était en compagnie d'un homme attirant — pour ne pas dire sexy en diable — et, pour l'heure, n'avait aucun choix décisif à faire.

Alors, autant jouir de l'instant présent !

C'était un samedi soir et le restaurant était bondé. Pourtant ils obtinrent une table relativement vite. Faveur que leur attira certainement l'intérêt évident de l'aguicheuse hôtesse pour Tate, quand il lui expliqua que, non, désolé, il n'avait pas de réservation. Bex se demanda si elle devait en être amusée ou irritée.

— Ça marche toujours ? demanda-t-elle, une fois qu'ils furent installés.

— Quoi ? répliqua Tate, sur un ton ô combien innocent.

— Vos manières charmeuses, votre sourire enjôleur. Tout ce que vous venez d'utiliser pour obtenir cette table.

Affectant d'être vexé, il prit le menu, s'y plongea, puis releva le nez avec un sourire narquois.

— Supposons que je sois aussi charmant et doté d'un sourire aussi enjôleur que vous dites, j'ai unc question à poser. Est-ce que ce genre de trucs fonctionne sur vous ?

C'était la question piège. Attention ! Ils s'engageaient sur un terrain mouvant. Sentant un friselis, qui n'avait rien à voir avec la faim, lui chatouiller l'estomac, Bex prit son temps, avant de décréter, très sérieuse :

— La manière de sourire d'un homme signifie beaucoup pour une femme, or il se trouve que le vôtre est diabolique.

Elle avait l'impression d'être une idiote dénuée d'humour, mais qu'y faire, si elle était incapable de répondre à son badinage ?

Tate lui décocha un sourire aveuglant, avec un soupçon de fossette sur sa joue gauche pour augmenter le voltage.

— N'ayez pas peur, jolie damoiselle, la taquina-t-il. Vous êtes en sécurité avec moi. Traduction : détendez-vous un peu.

Après l'avoir étudiée un long moment en silence, il ajouta :

— Je dois encore y réfléchir, mais je crois que vous venez de me faire un compliment.

Nouvelle pause.

— Ma tante vous aime bien.

— Elle m'a à peine vue trente secondes !

— Mais c'est amplement suffisant. Je la connais bien. Elle a l'instinct d'un barracuda quand il s'agit de jauger les gens. Bien ! Nous commandons séparément ou vous voulez partager ?

Un peu déstabilisée par ce changement de sujet, elle répondit :

— Partageons. Et choisissons le menu. J'ai trop faim pour lire toute la carte. J'aimerais aussi prendre un verre de vin et je me sens coupable, parce que vous ne pouvez pas boire. Mais, considérant que j'ai les pieds en compote et que vous m'avez caché que l'on rencontrerait votre famille, je déclare… que nous sommes quittes.

— Jamais je ne boirais avant de piloter ou de conduire, n'empêche que j'ai joué les nounous pendant la moitié de la journée. Est-ce que cela ne mérite pas un soupçon de compassion ?

— Certainement. Dès que nous aurons atterri sains et saufs, je serai la première à vous tendre une bière.

— A la manière d'une servante d'auberge ? Vous enfilerez la tenue complète ? Je tiens beaucoup au corselet.

— N'exagérez pas !

La commande se fit donc en commun. Pour commencer, ils choisirent des rouleaux de printemps et une salade de mangue verte, suivis par des crevettes pad thaï et du poulet à la citronnelle. Tout était délicieux. Et le verre de chardonnay californien qu'elle prit lui plut beaucoup ; il convenait parfaitement pour accompagner le repas.

Plus tard dans la soirée, elle rencontra brièvement le père de Tate. C'était une version plus âgée de son fils, aux tempes argentées et au sourire chaleureux. Mais ils ne restèrent pas assez longtemps pour qu'elle se fasse une opinion sur lui.

Plus tard encore, alors qu'ils roulaient sur la piste de décollage, elle observa en bâillant :

— Votre père a l'air gentil.

— Il l'est, la plupart du temps. Cependant, les apparences sont parfois trompeuses.

— C'est noté. Je me permets toutefois de vous faire remarquer que personne n'est gentil *tout le temps.*

— C'est la troisième fois que vous bâillez. N'hésitez pas à dormir. Le vol n'est pas long, mais vous devez encore ramener Josh chez vous. Récapitulons. Vous avez couru un marathon, pris l'avion sans connaître votre destination, aidé un pauvre célibataire à créer ce qui sera, je crois, une cuisine d'enfer. Comme je l'ai dit à ma tante, vous avez eu une longue journée.

Elle soupira en admirant du coin de l'œil son profil de médaille.

En effet, elle était fatiguée, mais d'une manière agréable. Elle avait passé une soirée charmante et cette échappée était en soi un cadeau. C'est vrai, elle avait mal aux pieds et savait d'expérience que demain, ce serait pire. Si elle redoutait ce qui l'attendait au réveil, personne ne l'avait obligée à signer. Elle ne pouvait donc s'en prendre qu'à elle-même.

— De votre côté, comme vous l'avez modestement fait remarquer, vous avez passé la matinée à surveiller trois gamins, rétorqua-t-elle. Vous les avez emmenés assister à la course, ensuite vous avez piloté jusqu'à Cheyenne, vous avez fait des achats importants, ce qui n'était pas de tout repos, et maintenant vous nous ramenez au bercail. Conclusion : vous n'avez pas chômé non plus.

Le ciel étincelait d'étoiles, car l'orage de tout à l'heure était parti au sud, vers le Midwest. L'immense voûte de velours noir piquetée de diamants ressemblait à une création de Melody. Ce qui lui donna une idée…

Tate ne connaissait Josh que depuis quelques jours, il n'empêche qu'il avait déjà fait beaucoup de choses pour son neveu et elle souhaitait l'en remercier. Melody avait fabriqué une horloge extraordinaire pour Spence. Son amie ne créait que des pièces uniques et, à cette occasion, elle avait orné le fond de l'horloge d'une image de leur ranch. Tripp avait découpé les pièces de métal nécessaires à sa réalisation, et un artisan local fabriqué son châssis, avec du bois trouvé sur le domaine. Tous ceux qui voyaient le résultat pressaient Melody d'enrichir son entreprise de création de bijoux d'un volet « horlogerie d'art ».

Un objet unique, personnel… L'idée la séduisait beaucoup.

Une horloge personnalisée, avec la silhouette de la maison en rondins, conviendrait parfaitement à la nouvelle cuisine de Tate. Elle passerait commande à Melody dès le lendemain ! L'avantage, c'était qu'elle pourrait fournir à son amie les plans de la cuisine et la couleur des placards, pour que l'objet s'harmonise parfaitement à l'ensemble.

Voilà, l'affaire était réglée ! Elle avait trouvé son cadeau.

L'atterrissage fut aussi doux que le précédent. En descendant du cockpit, elle jeta un coup d'œil machinal à sa montre. Même si l'heure du coucher de Josh était dépassée depuis longtemps, il n'était pas si tard, considérant les deux trajets en avion, les courses et le dîner. De plus, demain, c'était dimanche et elle pourrait faire la grasse matinée.

Alors qu'ils roulaient vers le ranch des Galloway, Tate déclara, comme s'il avait lu dans ses pensées :

— Je crois que je vais dormir jusqu'au Jugement dernier. Bâtir cette maison était un challenge, je l'ai su dès le début, mais il me tarde de poser définitivement mes valises.

Il lui décocha un bref sourire, avant d'ajouter :

— Attention, je vous préviens, sur le plan alimentaire, pour un pilote vagabond, je suis très basique. Du café noir. Des tartines beurrées, sans confiture. Dans ma vie, j'ai goûté toutes sortes de nourritures exotiques, comme ce soir, mais donnez-moi un steak saignant et des pommes de terre au four, avec une salade et je serai le plus heureux des hommes.

— « Attention » ? Est-ce une manière de m'inviter à ressortir avec vous ?

— Pas très subtil, je l'avoue, mais oui.

Encore ce satané sourire !

— Dans ce cas, il va falloir que j'y réfléchisse, répliqua-t-elle. Je reviendrai vers vous plus tard.

6

Tate se resservit une tasse de café, avant de se pencher de nouveau sur les plans. Une des décisions les plus difficiles à prendre était la taille des écuries. Ses moyens lui interdisaient toute extravagance, mais ce serait bien plus pratique, et plus économique, de les construire d'emblée à la bonne taille, que de devoir les agrandir plus tard.

Finalement, peut-être devrait-il se résoudre à demander à son père d'investir. Cela faciliterait grandement les choses. Pourtant, il hésitait à le faire.

Il souhaitait inclure au projet un chalet dortoir jouxtant le bâtiment, au cas où, par chance, il serait en mesure d'engager du personnel pour l'aider à s'occuper des chevaux. Les employés pourraient ainsi vivre sur le ranch. Il fallait nettoyer les stalles, nourrir les bêtes, les sortir et, s'il voulait faire le commerce de chevaux de selle, les débourrer et les dresser. Au début, il pouvait tout assumer seul, mais transformer son élevage en entreprise rentable exigerait des renforts.

Le problème, c'était que dès qu'il prononcerait le mot « investissement », son père foncerait bille en tête. Et dès qu'il lui laisserait mettre un centime dans l'affaire, il croulerait sous les graphiques, les rapports, les coups de téléphone, alors que tout ce qu'il désirait c'était vivre sereinement sur son domaine et jouir du panorama spectaculaire sur le Teton en élevant tranquillement ses fils et ses chevaux.

Ce qui paraissait tout simple. En théorie.

La conception paternelle des affaires était probablement la

bonne, mais lui, il ne cherchait pas à faire fortune. Il souhaitait simplement offrir à ses enfants une vie épanouissante et mener, loin des villes surpeuplées, une existence paisible, dans un environnement sain.

— Mon vieux, il faut que tu te décides, grommela-t-il en fourrageant dans ses cheveux.

— A quoi ?

Perdu dans ses pensées, il ne s'était pas aperçu qu'Adam était entré dans la cuisine. Encore somnolent, les cheveux en pétard et vêtu de son pyjama Batman, son fils le fixait avec des yeux curieux.

Découvrant dans ses traits fins un reflet des siens, Tate fut forcé de reconnaître que, quels que soient ses problèmes actuels, ceux-ci disparaissaient dès qu'il regardait Adam.

— J'hésitais entre un café et un verre de jus d'orange, répondit-il. Toi aussi, tu as une grande décision à prendre : céréales ou gaufres ?

— Gaufres.

Bien sûr, Adam avait choisi les gaufres, car elles s'accompagnaient de sirop d'érable. C'était un produit précuit, à réchauffer dans le grille-pain, mais Tate nappa la surface de myrtilles fraîches et les accompagna d'un verre de lait.

— Vous vous êtes bien amusés, hier soir ? demanda-t-il, une fois qu'il eut servi Adam qui, la bouche pleine, répondit d'un hochement de tête. Alors, toujours partant pour la pêche ?

Nouveau hochement de tête catégorique.

— J'espère que Josh et son père pourront venir avec nous, poursuivit Tate.

La veille, il avait parlé de son projet aux garçons. Si ce week-end de pêche avait déclenché l'enthousiasme général, l'éventualité d'y inclure Greg n'avait suscité aucune réaction.

Adam fit passer sa bouchée avec une gorgée de lait.

— Josh veut pas de son père, dit-il.

— *Ne* veut pas, corrigea Tate mécaniquement.

— Il préfère que sa tante Bex vienne.

— A la pêche ?

En voilà une perspective alléchante ! En dépit du physique athlétique de Bex, il revoyait clairement sa silhouette élancée moulée dans sa jupe noire et ses courbes gracieuses sous son pull doré…

Le problème, c'était l'exiguïté du chalet. Il ne disposait même pas d'une salle à manger, uniquement d'un coin cuisine.

— C'est une fille, fit-il remarquer. Tu veux vraiment aller pêcher avec une fille ?

Bien sûr, il plaisantait. Cependant, les garçons étaient des garçons et, avec ses fils, il avait parfois l'impression de nager à contre-courant dans le noir. En d'autres mots : il avait du mal à comprendre ce qu'ils pensaient et pourquoi.

Après quelques secondes de réflexion, Adam secoua la tête.

— Ce n'est pas vraiment une fille, décréta-t-il.

Tiens donc ! Il était curieux de savoir d'où venait cette affirmation. Car son cadet avait absolument raison. Bex n'avait plus rien d'une fille. Elle était femme jusqu'au bout des ongles. Un état de fait dont il n'était que trop conscient.

— Comment ça ? s'enquit-il.

— Elle peut courir longtemps.

— C'est vrai.

— Oui. Elle peut courir aussi loin que toi, précisa Adam en engloutissant une cuillerée de myrtilles. Tu l'as dit toi-même.

La remarque était un peu vexante, mais l'orgueil masculin n'avait pas sa place ici. Et, en effet, il avait fait cette réflexion, pendant qu'ils attendaient que Bex franchisse la ligne d'arrivée. Cette capacité des enfants à se souvenir des propos les plus anodins ne finirait jamais de l'étonner.

— Ce que j'ai dit, c'est qu'elle pouvait parcourir la même distance, rectifia-t-il.

— Et c'était une longue distance.

— Oui, tu as raison.

— Alors, ça veut dire qu'elle peut pêcher, conclut Adam en haussant ses frêles épaules.

Le raisonnement était logique, du moins pour un garçonnet de six ans. Les filles pouvaient courir aussi loin que les garçons, donc les filles pouvaient pêcher comme les garçons.

Peut-être que c'était le cas, d'ailleurs. Tate sirota son café en réfléchissant à la réponse qu'il allait donner.

— Je pourrais lui demander de venir à la place du père

de Josh, dit-il enfin. Mais tu es sûr que ton copain le pensait vraiment ? Peut-être qu'il est simplement en colère contre son père.

— Josh a dit « tatie Bex », répondit Adam en nettoyant son assiette. Je peux regarder la télé ?

Tate acquiesça, car on était dimanche matin. S'il essayait de réduire au minimum le temps que ses enfants passaient devant les écrans, il leur lâchait un peu la bride le week-end. Tant qu'ils lisaient — ce qu'il les poussait à faire — et qu'ils obtenaient de bonnes notes à l'école, ils avaient le droit de paresser le dimanche.

Adam alla s'installer dans le salon, alluma la télé, et Tate se replongea dans les plans de son architecte.

Néanmoins, il avait la tête ailleurs.

Il avait beau n'avoir rencontré le père de Josh que ce fameux après-midi, au ranch, ce que Tripp lui en avait dit n'inspirait guère confiance. Le problème, c'était que, confronté lui-même à ce dilemme, il aurait également privilégié Bex, pour les accompagner…

Cependant, rien n'assurait qu'elle serait libre ou qu'elle accepterait. Non seulement elle était débordée, mais l'idée pouvait la rebuter.

D'après son expérience, toutes les femmes n'appréciaient pas la vie au grand air, mais ce n'était qu'une observation superficielle, et on aurait pu en dire autant des hommes. D'un côté, on avait les chaussures sur mesure et les costumes trois pièces, de l'autre, les selles et les bottes boueuses, et entre les deux, le reste de l'éventail. Personnellement, s'il adorait pêcher, il aimait également les douches chaudes.

Or, son ami Russ, le propriétaire du chalet, lui avait expliqué en passant, comme s'il s'agissait d'un détail futile, que le minuscule chauffe-eau, installé sous l'évier, servait uniquement à la vaisselle. La douche extérieure, qui pompait l'eau directement du lac, coulait… froide. Qu'à cela ne tienne, il suffisait de faire chauffer un seau d'eau sur le réchaud pour se rincer.

Quoi qu'il en soit, le chalet n'avait rien d'un hôtel cinq étoiles.

N'y ayant jamais séjourné, il ne connaissait pas précisément son degré de rusticité, mais, à vue de nez, il semblait se situer tout en haut de l'échelle — ou tout en bas, selon la perspective. Ce n'était que justice d'expliquer à Bex dans quoi elle risquait de mettre les pieds. Malheureusement, s'il le faisait, elle risquait fort de décliner son offre. Ce qui le rassurait un peu, c'était que, l'été dernier, Bex avait chaperonné un groupe de filles pendant une randonnée à cheval. Elle n'avait donc, a priori, rien contre le camping. Qui sait ? Si elle avait le temps de s'échapper quelques jours, peut-être serait-elle séduite par l'aventure.

Ce projet de week-end venait soudain de prendre un bel éclat rosé.

Hadleigh était dans son magasin de patchworks, en train de draper une de ses nouvelles créations sur un présentoir, quand Bex fit tinter la clochette en poussant la porte. Aussi habile avec une aiguille que si elle avait deux mains gauches, le talent de son amie l'avait toujours époustouflée. Au cours d'un débat philosophie autour d'un verre de vin et d'un plat de pâtes, préparé en un tournemain par Melody avec de l'ail, plusieurs poivres et une sauce à base de tomates du jardin, les trois amies avaient reconnu que c'était sûrement la diversité de leurs atouts qui expliquait la longévité de leur amitié. Comme elle l'avait d'ailleurs expliqué à Tate, durant leur escapade à Cheyenne. A l'époque du lycée, Melody avait été capitaine des majorettes, Bex star de l'équipe de volley, alors que Hadleigh brillait en économie domestique — matière rebaptisée depuis, pour une raison inconnue, « études familiales ». La facilité avec laquelle Hadleigh créait ses merveilles, donnait l'impression qu'elle aurait pu coudre en dormant.

Toutes trois ne s'étaient pas quittées tout au long de l'adolescence, puis à l'université, et même si elles n'étaient pas toujours d'accord sur tout, elles formaient néanmoins une véritable équipe.

Or, c'était manifestement le moment de réunir les troupes.

A cause de la foule qui grouillait en ville durant les saisons touristiques d'été et d'hiver, le magasin restait ouvert le dimanche. En revanche, l'automne était paisible à Mustang

Creek, et aujourd'hui, elles avaient des chances de ne pas être dérangées durant quelques minutes d'affilée.

— Mel apporte le déjeuner ! annonça Bex en entrant.

— Je t'en prie, dis-moi que ce sont des burgers à la dinde de chez Billy, répondit Hadleigh d'une voix suppliante, le regard illuminé d'espoir. Je ne pense qu'à ça depuis ce matin. J'en aurais volontiers dévoré un au petit déjeuner.

— Quel est ce phénomène entre vous, les femmes enceintes ? répliqua Bex, amusée. Vous communiquez par télépathie ou quoi ? Mel m'a dit exactement la même chose. Alors, a priori, ton rêve va être exaucé. Comment se porte notre petit tatou, aujourd'hui ?

Tripp, qui avait toujours eu le sens de la formule, avait emmené Hadleigh à sa première échographie. A la vue du fœtus, il avait décrété que son futur bébé ressemblait à un tatou. Un surnom qui était resté.

— Il va bien, répondit Hadleigh en passant la main sur son ventre rebondi. Il bouge beaucoup et s'amuse à presser avec plus ou moins de force sur ma vessie.

Elle jeta un regard à travers la vitrine pour regarder dans la rue et lança :

— Zut ! Une cliente arrive. Tu pourrais t'en occuper, s'il te plaît ?

— Bien sûr, répondit Bex, qui avait déjà noté, avec un mélange de pitié et d'envie, que ces derniers temps ses deux amies fonçaient régulièrement aux toilettes.

Peut-être un jour se retrouverait-elle dans la même situation fâcheuse. Ou peut-être pas.

Quand Mel franchit la porte, un emballage à la main, Bex venait juste de vendre des sets de table à une gentille dame entre deux âges, qui avait commandé l'article en ligne.

— Bon choix, les burgers à la dinde, la félicita Bex, après avoir remercié la cliente. Hadleigh en rêvait.

— Je connais l'oiseau, répondit Melody en posant le sac sur le comptoir. Billy nous a mis des cornichons en rab. Apparemment, il gobe tous ces racontars sur la grossesse. N'empêche que j'ai trouvé ça trop chou.

— J'adore ses cornichons maison et je ne suis pas enceinte,

rétorqua Bex en s'emparant du sac. Ça me ferait plaisir d'en manger. L'autre jour, vous avez piqué tous les gâteaux à la crème, alors, pour les cornichons, je suis prioritaire.

— Je vais fermer le temps du déjeuner, décréta Hadleigh. Passons dans l'arrière-boutique. J'ai dégagé suffisamment de place pour faire la dînette, et il y a une bouteille d'eau dans le frigo.

Le réduit qui servait d'arrière-boutique était toujours encombré de rouleaux de tissu, et des ouvrages en cours traînaient près des machines à coudre, mais il y avait une petite table entourée de quatre chaises.

Melody ne perdit pas de temps pour rentrer dans le vif du sujet.

— Une réunion de crise, pour quel motif ? demanda-t-elle en ouvrant la bouteille d'eau.

— Il n'y a pas de crise, enfin, pas vraiment, corrigea Bex. Il fallait simplement que je vous parle.

— Tu as écrit « RU », lui fit remarquer Hadleigh, faisant référence à leur raccourci perso pour « réunion d'urgence ». Alors, accouche, ordonna-t-elle en faisant passer les sandwichs.

— Tate a appelé. Il m'a demandé si je voulais aller pêcher avec ses fils, Josh et lui. J'ai besoin d'une seconde opinion, voire d'une troisième, avant de me décider. Il avait d'abord dit à ses fils qu'il souhaitait inviter Greg, mais… il a téléphoné ce matin pour m'annoncer que Josh veut que ce soit moi qui vienne.

— Je sais, répondit Hadleigh, nullement surprise. L'autre soir, Tripp a entendu les gamins en discuter. Ils croient chuchoter, mais ils se trompent lourdement. Ils sont pires que les vieilles sourdes à l'église. Quoi qu'il en soit, Josh n'a pas du tout envie que son père les accompagne. Il préférait que ce soit toi. Je confirme.

— Ça me flatte et en même temps, ça me brise le cœur, murmura Bex, émue. Josh devrait adorer son père, comme les fils de Tate.

— Ce dont ce gosse a besoin c'est d'un ancrage, observa Melody en leur distribuant des serviettes en papier. Or, en ce moment, cet ancrage, c'est toi. Quand Tara se sera ressaisie, elle pourra regagner sa confiance. Du moins, espérons-le… Souviens-toi à quel point on se sent démuni, dépendant, quand on est gamin. Quelqu'un doit vous nourrir, vous conduire à l'école, revenir vous chercher et, occasionnellement, vous faire sourire. Si c'est toi que Josh veut, c'est parce que, en ce moment, c'est toi qui assumes tout ça pour lui. Rien de plus logique. Bex, quelle est ta question, au juste ? Parce qu'à mon avis, Josh n'est pas le motif de cette réunion. C'est de Tate Calder qu'il s'agit. A quoi ça rime de discuter, puisque tu vas y aller.

— Le beau Tate t'attire, avoue-le, renchérit Hadleigh avec un regard entendu. Ce n'est pas moi qui t'en ferais le reproche, soit dit en passant. J'ai suffisamment prouvé que j'étais sensible aux œillades de Tripp. Il suffit de voir mon gros ventre. Alors, quel est le problème ?

— Je ne suis… pas prête.

— Ma chérie, ça fait dix ans que Will est mort, murmura Hadleigh, les yeux brillants de larmes. Je comprends que cela te paraisse déloyal de t'attacher à quelqu'un d'autre, pourtant ça ne l'est pas. Bex, Will me manque terriblement, à moi aussi, mais la vie continue. Et c'est très bien.

Bex, la gorge nouée, ne trouva rien à dire à cela.

Melody lui saisit la main et la pressa dans la sienne.

— Will t'aimait. *Nous* t'aimons. Et nous n'avons pas envie que tu restes toute seule dans ton coin *ad vitam aeternam*. D'où le pacte de mariage. A propos de mariage, rien ne presse. Inutile de te décider aujourd'hui. Contente-toi d'aller pêcher avec Josh. Tu vas bien t'amuser. Et plus tu passeras de temps avec Tate, plus ce sera facile de décider si c'est le bon avec un grand B.

— Nous ne sommes sortis qu'une fois ensemble, rétorqua Bex. Et vous devez savoir que l'excursion comporte un point noir : des toilettes extérieures. Quand Tate a téléphoné, c'était évident qu'il aurait préféré garder l'info pour lui. Je dois porter à son crédit qu'il ne l'a pas fait.

— Aïe, je reconnais que c'est un vrai problème, dit Hadleigh.

Bex baissa les yeux sur son bracelet et caressa le talisman créé pour elle par Melody. Un avion. C'était plutôt ironique, d'ailleurs, d'autant plus que, quand elle le lui avait offert, Tate n'était pas encore entré en scène. La breloque était censée représenter le succès de son entreprise, qui dépassait à présent les limites du Wyoming pour s'étendre aux Etats voisins. « Tu vas probablement rencontrer quelqu'un en voyage », avait plaisanté Melody.

Vu la tournure des choses, elle n'aurait peut-être même pas à sortir de chez elle !

— C'est un problème, oui, confirma-t-elle. Et puis, Tate traîne un lourd passé. Et même si Ben et Adam sont formidables, m'occuper de Josh suffit amplement à mon bonheur. Quatre mâles sur les bras, ce serait trois de trop.

— J'en déduis que tu vas y aller, répliqua Hadleigh en mordant dans son burger. Bon choix.

— Je n'ai pas dit…

— Je dirais même excellent choix, renchérit Melody en entamant son sandwich. Bex, appelle Tate pour lui dire que tu acceptes.

Comme ses deux amies se tournaient vers elle, impatientes de connaître sa décision, elle battit en retraite.

— Très bien, marmonna-t-elle, peu convaincue. Je l'appellerai. Et une fois sur place, j'utiliserai les toilettes au fond du jardin. Quand vous vous coltinerez deux gamins de six ans et un de huit, on en reparlera. Et il sera inutile de m'appeler à l'aide. Parce que tout porte à croire que je serai en mode « plutôt mourir que revivre ça ! ».

— Le pire, c'est que tu vas être obligée de décrocher au moins un poisson de ton hameçon, lui fit remarquer Hadleigh, avec une moue dégoûtée. Beurk ! Je déteste ça. A moins que tu ne laisses cet honneur à Tate.

— Moi, ce que je déteste à la pêche, ce sont les petits matins glacés, expliqua Melody en piquant une frite. Ils me fichent la frousse. La brume flotte sur le lac, on entend plein de bruits bizarres dans les bois… Je pense toujours que c'est le Bigfoot qui rôde.

— Le Bigfoot, j'y crois dur comme fer, affirma Hadleigh. Alors, si tu entends un grognement au beau milieu de la nuit, ne regarde surtout pas dehors…, chuchota-t-elle sur un ton dramatique.

— Je vais vous étrangler toutes les deux, les menaça Bex. Et, en représailles, je prends *tous* les cornichons !

7

La semaine avait été interminable, mais vendredi avait fini par arriver. « Le vendredi de pêche », comme l'appelait Tate.

Au moins, la plomberie de la maison était finie, l'électricité presque terminée, et l'aspect extérieur lui plaisait beaucoup, en particulier les deux fenêtres mansardées et le vaste perron de devant. L'intérieur n'était encore qu'une coquille vide encombrée de caisses. Quant aux planchers, ils seraient posés en dernier. Mais les travaux avançaient normalement, ce dont il se réjouissait.

Durant la semaine, il avait assisté à trois ventes de chevaux et acheté une jument — que Tripp lui gardait en pension —, sans compter le repas chili de l'école et le projet de Ben pour le cours de sciences. Si l'argent n'était pas encore un problème, son oisiveté commençait à lui peser, et il était stressé de courir après ses enfants et de devoir répondre à leurs incessantes questions à propos du chantier.

Et, pour ne rien arranger, il n'arrêtait pas de penser à Bex Stuart…

Elle avait accepté son invitation et il s'était forcé à ne plus l'appeler de peur de paraître insistant. Pourtant ce n'était pas l'envie qui lui manquait… Mais par chance, il avait plusieurs questions à résoudre.

Après avoir stocké les cannes à pêche à l'arrière de son 4x4, il retourna dans le garage chercher la boîte d'accessoires, un filet et essayer de retrouver la caisse étiquetée « Matériel de camping ». En tant qu'homme responsable de la petite expédition, il n'était pas question qu'il parte sans une lampe à kérosène, deux torches électriques, des piles neuves, son couteau de pêcheur — au cas où ils feraient une ou deux prises de taille légale —, sa fidèle poêle à frire et les denrées indispensables, genre sel et poivre. Il avait déjà chargé des conserves de haricots verts, de maïs, de nouilles au poulet, de soupe à la tomate, ainsi que des boîtes de biscuits salés, quelques fruits et des céréales — dans un récipient en plastique pour ne pas attirer les souris. Russ lui ayant assuré qu'il existait une supérette dans la bourgade la plus proche, ils pourraient acheter les produits frais sur place.

Heureusement, il disposait de trois gilets de sauvetage — Ben, ayant beaucoup grandi, en avait un neuf. Ce qui résolvait la question pour Josh. Bex ne devait pas avoir de gilet taille enfant à sa disposition et il doutait fortement que sa sœur ait pensé à ce détail. Mais le problème était réglé, Josh avait un gilet.

Il fit rapidement l'inventaire, chargea le 4x4, et, pris d'un doute soudain, téléphona à Tripp.

— Je m'apprête à partir pour la grande aventure et je me demande ce que j'ai pu oublier. Aide-moi un peu, parce que la sortie de l'école est dans trente minutes.

— Les cannes, le fil, les mouches et les hameçons ?

— Paré.

— Les trucs à grignoter ?

— J'ai assuré, répondit Tate, qui emportait sept variétés de barres aux céréales, des chips de blé complet et du pop-corn.

— La bière pour toi ?

— Tu me prends pour qui ?

— Le vin pour Bex ?

Tate jura.

— Pas encore, mais merci de me le rappeler. Quel est son cépage préféré, au fait ?

Heureusement, Tripp le connaissait. Enfin, pas précisément, mais après être allé se renseigner auprès de Hadleigh, il lui indiqua un chardonnay californien. Ah oui ! C'était le vin que Bex avait choisi au restaurant, quand ils avaient dîné à Cheyenne.

— Les sacs de couchage, la pharmacie d'urgence, des serviettes de bain ? énuméra Tripp.

Des serviettes de bain ? Bonne idée.

— Et n'oublie pas ta force morale, conclut Tripp.

— Ma… *quoi* ?

— Force morale. Tu sais, cette faculté qui te permettra *peut-être* de survivre à un week-end de pêche en compagnie d'une femme et de trois gamins. Je tiens de source sûre que Bex n'est pas vraiment emballée par les toilettes extérieures.

— Moi non plus, mais au moins c'est un chalet, pas une tente en plein bois. Et puis, je l'ai prévenue, alors que j'avais prévu d'attendre d'être sur place pour lui faire la surprise. Ça prouve que je suis un mec bien. Je mérite une plaque gravée à mon nom en récompense.

— Si tu survis à l'épreuve, je la ferai graver moi-même, lui promit Tripp, moqueur.

— Merci. Je n'en attendais pas moins de toi. Au cas où je ne reviendrais pas, envoie une équipe à ma recherche.

— Pas de problème. Mais je parie que Bex saurait habilement faire disparaître ton cadavre. Alors je te recommande d'être aussi charmant que possible.

— Je ferai de mon mieux.

Après avoir raccroché, il alla prendre deux serviettes de bain, jeta son sac dans le 4x4, récapitula mentalement sa liste une dernière fois, puis prit le chemin de l'école.

Les trois garçons l'attendaient déjà, mais comme il n'avait pas de lien de parenté avec Josh, il dut se rendre au bureau signer son autorisation de sortie.

— Aujourd'hui, les garçons étaient si excités par l'excursion qu'on ne pouvait pas les tenir, lui apprit la secrétaire. Alors armez-vous de courage pour le voyage.

C'était ce que Tate aimait, à Mustang Creek. Bien sûr, le fait que tout le monde soit au courant de chacun de vos faits et gestes était parfois très désagréable, mais les gens *se souciaient* sincèrement de vous.

Il sourit à Mme Wainwright qui, sous son air revêche et dominateur, était une dame au grand cœur.

Tout en l'observant par-dessus ses lunettes, elle lui tendit le document.

— C'est vraiment gentil de votre part d'inviter Joshua,

monsieur Calder. Becca Stuart est une très jolie jeune femme, n'est-ce pas ?

Ah, là, on était dans le côté « désagréable » des petites bourgades et de l'attention que leurs habitants portaient à leurs concitoyens… La rumeur devait déjà circuler dans toute la ville. Accablé, il hocha la tête et battit prestement en retraite en marmonnant :

— Bon week-end à vous.

Les garçons étaient toujours près du professeur qui surveillait la montée des élèves dans le bus scolaire. Il sentit un nœud dans sa gorge en les voyant discuter avec excitation entre eux, leur sac sur le dos et leurs petites baskets aux pieds. Ben rit en décochant une bourrade affectueuse à son frère.

Il ne regrettait vraiment pas d'avoir refusé le travail très bien payé que l'ami de son père lui avait proposé pour s'installer dans une petite ville. Ses enfants lui auraient trop manqué.

Il s'avança et tendit le papier au professeur.

— A présent, je crois qu'ils m'appartiennent.

— Je recommande l'usage d'une arme tranquillisante, lui conseilla le jeune homme en souriant. Ce trio semble déterminé à conquérir la nature sauvage, poisson après poisson. Il me tarde d'entendre le récit de leurs exploits, lundi matin. Vous avez prévu un filet assez vaste pour une baleine ou deux, j'espère ?

Sentant qu'Adam s'apprêtait à rendre sa bourrade à son frère, Tate posa une main ferme sur son épaule, avant de répondre :

— On m'a prévenu qu'ils étaient très remontés. Malheureusement, je n'ai pas de filet assez grand, alors toutes les baleines pêchées seront rejetées à l'eau. Allez, les garçons, en route ! On va chercher tatie Bex.

Sa proposition fut saluée par des hourras retentissants. Eh bien, jamais il n'aurait pensé être aussi populaire, se dit-il en riant.

Une fois que la troupe fut embarquée dans le 4x4 et les ceintures de sécurité bouclées, il envoya un texto à Bex, juste avant de sortir du parking de l'école.

Vous êtes prête ? On arrive.

Elle répondit presque instantanément.

Suis à la salle de gym. Retrouvez-moi là-bas.

Son club de fitness se trouvait sur leur chemin. Il lui était très reconnaissant d'avoir bien voulu se libérer, ce week-end, car d'après ce que Tripp lui avait dit, le développement de son entreprise lui imposait un emploi du temps surchargé. Ce qu'il allait sûrement connaître, lui aussi, dès que son élevage de chevaux serait lancé. Il espérait seulement qu'il lui resterait assez de temps pour s'occuper de ses fils.

Accrocher l'avenir de ses enfants à un rêve le rendait nerveux, même s'il avait confiance en sa capacité à tout faire pour que ce rêve se réalise. Il n'y avait jamais de risque zéro, quand on créait son entreprise.

Quoi qu'il en soit, durant le week-end, il n'allait se soucier de rien, simplement se détendre et prendre du bon temps.

Songeuse, Bex signa un dernier chèque et referma le registre. Les salaires étaient réglés et sa directrice s'occuperait du centre en son absence. Elle passa un rapide coup de fil à Tara pour lui dire qu'elle ne tarderait pas à partir, et cette dernière lui souhaita un bon week-end d'une voix morne, ce qui la désola. Et la fit réfléchir.

Est-ce que le besoin qui la tenaillait de régenter discrètement la vie de sa sœur était utile ou pas ? Elle avait offert à Tara un boulot de réceptionniste dans son club, ce qui avait paru la ravir. Il n'empêche… qu'elle avait du mal à déterminer si elle exerçait réellement une influence positive sur sa vie.

Tara n'avait même pas sourcillé en apprenant que Josh désirait que sa tante l'accompagne à la pêche à la place de Greg — ou d'elle-même. Elle avait accepté sans une seconde d'hésitation, déclarant que Josh serait bien mieux avec sa tante. D'accord. Bex n'y voyait pas d'inconvénient. N'empêche qu'elle n'était pas sa mère.

Elle regarda sa montre en soupirant. Tate et les garçons allaient arriver d'une minute à l'autre. Est-ce qu'elle était prête ?

Elle considérait que sa valise était d'une taille des plus modestes, alors Tate Calder n'avait pas intérêt à râler. Il fallait, pour ce séjour, des vêtements de rechange et au moins deux types de manteaux pour affronter toutes les variations climatiques. Et elle n'emportait que trois paires de chaussures.

En faisant rouler sa valise jusqu'au perron, elle s'aperçut... qu'elle pesait plus lourd qu'elle ne l'avait cru. Mais il était trop tard pour rectifier le tir.

Tate ne tarda pas à arriver. Il sortit de voiture et vint à sa rencontre, tandis que les garçons lui faisaient de grands signes de leur place.

— Pas un mot de reproche, ordonna-t-elle sévèrement, comme il empoignait sa valise. Et j'emporte *aussi* du chocolat. Vous avez quelque chose à y redire ?

— Non, m'dame, répliqua-t-il en hissant le bagage à l'arrière de son 4x4, où il atterrit avec un gros craquement.

— Nous partons quand même pour *trois* jours, fit-elle remarquer, furieuse de constater qu'elle était sur la défensive.

En plus, elle exagérait, car ils n'arriveraient au chalet que tard dans l'après-midi et repartiraient en fin de matinée, le dimanche. Alors trois jours...

Bon, d'accord. Elle avait peut-être pris trop de choses. Mais à peine.

— Rappelez-moi de ne jamais partir en vacances en Europe avec vous, ironisa Tate.

— En vacances avec vous ? Dans vos rêves ! riposta-t-elle en le foudroyant du regard. Allez, emmenez-moi dans ce coin paumé, sans salle de bains, où je vais devoir me lever à l'aube pour fixer des asticots à des hameçons. En vérité, j'en ai tellement marre de la paperasse que la perspective de vivre à la dure pendant quelques jours finit presque par me séduire. J'ai dit *presque*.

— Il faudra au moins trois heures de route avant d'arriver à bon port, alors vous aurez tout le temps de décompresser. Je me suis laissé dire que la vue là-haut était aussi belle de jour que de nuit. Et puis je vous ai acheté du vin.

Pourquoi diable fallait-il qu'il soit doté de ce charme juvénile, et à la fois raffiné jusqu'au bout des ongles ?

Alors qu'il lui ouvrait galamment la portière, elle s'installa en bougonnant :

— Avec de vraies toilettes, ce serait encore mieux. Désolée, je vous jure que je ne me prends pas pour une princesse, se récria-t-elle aussitôt, honteuse de s'être montrée désagréable. Ce sont tous ces problèmes à régler au bureau qui m'ont lessivée. Et merci pour le vin. C'est très prévenant de votre part d'y avoir pensé. Et puis, je suis sûre que la vue sera aussi belle que vous le dites.

— Vous avez le droit d'être lessivée de temps en temps, répliqua-t-il sur un ton léger, en se glissant au volant. Attendez la fin du week-end. Je prévois une lessivation totale en ce qui nous concerne tous les deux.

Le vacarme sur la banquette arrière appuyait cette théorie.

— « Lessivation », vous dites ? Le mot existe ? s'enquit-elle en se relaxant pour la première fois de la journée.

— Oui, je viens de l'inventer, répliqua-t-il en démarrant. Dans trois jours, nous déciderons s'il doit être ajouté au dictionnaire. Préparez-vous au pire. Mme Wainwright elle-même m'a averti que le trio de choc était particulièrement en forme.

— C'est bon à savoir…, murmura-t-elle dans un soupir. Au fait, je dois vous prévenir que je suis une pêcheuse exceptionnelle.

— Me « prévenir » ? demanda Tate en lui jetant un regard en coin. Que voulez-vous dire ?

— En fait, je n'y suis pour rien, mais… Zut ! Ça, je n'aurais pas dû vous le dire. J'aurais dû faire comme si je possédais un savoir-faire secret, alors qu'en vérité je n'ai qu'à lancer ma ligne pour que les poissons y mordent. Un genre de karma bizarre. D'aussi loin que je me souvienne, il ne m'est jamais arrivé de ne *pas* attraper de poisson. Dans mon enfance, mon père me fourrait une canne dans les mains et rigolait ensuite comme un bossu. Tout ce qu'il avait à faire, c'était me reprendre la canne pour remonter les poissons. D'après lui, c'était même surprenant qu'ils ne sautent pas directement dans le bateau pour atterrir à mes pieds !

— Si je comprends bien, vous êtes bonne pêcheuse.

— Non, vous n'avez rien compris. A la pêche, j'ai de la *chance*, c'est tout. Si on parle de musculation, là, je suis bonne, mais pêcher n'exige de moi aucune compétence particulière. D'ailleurs, honnêtement, à part être assise au soleil et admirer le paysage, je ne suis pas vraiment fan de cette activité. Si je vous ai averti, c'est parce qu'une fois que j'aurai un poisson au bout de ma ligne, ce sera à *vous* de prendre les choses en main.

— Vous êtes déjà la favorite de la bande, alors si les poissons bondissent hors de l'eau pour atterrir sur vos genoux, ça va devenir du délire.

— La favorite ?

— Les garçons n'arrêtent pas de parler de tatie Bex. Tous les trois vous adorent.

Elle comprenait ce sentiment venant de Josh — d'autant plus qu'en ce moment, sa mère n'était pas vraiment « émotionnellement accessible » —, mais pour Ben et Adam, c'était moins évident. Le fait que les deux garçons soient privés de mère devait sans doute expliquer cette adoration — puisque adoration il y avait.

N'étant pas certaine que Tate et elle sortiraient un jour ensemble, le fait que ses fils l'aiment autant avait quelque chose d'angoissant. Mais elle devait être en mesure de gérer le problème. Ou tout au moins de faire en sorte qu'il n'y ait *pas* de problème.

— Moi aussi je les aime, ces gamins, et je vous suis très reconnaissante de m'emmener. Aujourd'hui, j'ai eu droit à ma dose de casse-tête. Un coup de fil supplémentaire et j'aurais explosé en plein vol.

Les trois garçons avaient inséré un dessin animé dans le lecteur du siège arrière et le regardaient avec force cris et éclats de rire.

— Parce que l'ambiance vous paraît plus reposante ? répliqua Tate, pince-sans-rire.

Elle laissa échapper un petit rire.

— Je dirais qu'elle est tout aussi chaotique, mais nettement plus agréable, reconnut-elle. Oui, les garçons sont un peu bruyants, mais je m'en fiche. Si vous croyez que des rires d'enfants pourront un jour me rebuter, c'est que vous me connaissez mal.

— C'est vrai. Mais j'apprends à vous connaître. Ou devrais-je dire, *nous* apprenons à nous connaître.

Un peu troublée, elle réfléchit à ses propos et crut comprendre que lui non plus n'était pas intéressé par un engagement sérieux.

— Je sais déjà que votre couleur favorite est le marron, alors je suppose que vous avez raison, déclara-t-elle, s'attirant un éclat de rire.

— En fait, ma couleur favorite se situe quelque part entre le vert et le doré. Au fait, vous avez les plus beaux yeux qui soient.

Oh non... Elle était dans le pétrin, mais cela, elle le savait déjà.

— En me basant sur Tripp et vous, je commence à croire que tous les pilotes sont des beaux parleurs, rétorqua-t-elle. Vous imaginez que Tripp a traîné Hadleigh hors de l'église, *manu militari*, le jour de son premier mariage ? Qu'il ait réussi à la convaincre de lui pardonner ce geste reste un mystère pour moi. Il avait raison, bien sûr, n'empêche qu'elle était aussi furibarde qu'un ours harcelé par des abeilles.

— Considérant l'état intéressant de votre amie, je dirais qu'elle a fait plus que lui pardonner, observa Tate en mettant son clignotant pour dépasser un camion. En tout cas, Melody et elle semblent en pleine forme. Ce qui n'est pas le cas chez toutes les femmes enceintes.

Bex, qui s'attendait à ce qu'il évoque son épouse, patienta. En vain.

En même temps, elle ne lui avait jamais parlé de Will, elle.

La radio marchait en sourdine, certainement une chanson de Kenny Chesney, mais les garçons braillaient si fort qu'elle ne pouvait en être sûre.

— Il faudrait un mégaphone pour arriver à se parler, grommela Tate. Hé, les garçons, baissez le ton, voulez-vous, ordonna-t-il en élevant la voix. Je ne vous demande pas de chuchoter, simplement de contrôler le volume sonore.

— Désolé, papa, répondit Adam.

Après un calme relatif d'à peine quelques secondes, le vacarme retrouva son niveau précédent.

Bex ne put s'empêcher d'éclater de rire devant la mine résignée de Tate, qui sourit en secouant la tête.

— Comme vous pouvez le constater, mon autorité fonctionne à merveille, dit-il. Je dispose d'un tel pouvoir que je n'ai qu'à parler pour qu'ils obéissent au doigt et à l'œil. Avec un tel équipage à bord, il n'y aura plus un poisson à des kilomètres à la ronde. Leur demander de se taire, c'est comme exiger de la foule du carnaval qu'elle se tienne tranquille.

— C'est bien pour ça que l'on dit « les garçons sont des garçons », riposta-t-elle, heureuse d'entendre Josh s'amuser.

— J'espère que vous serez aussi enjouée au retour. Pour changer de sujet, je peux préparer des hamburgers et des spaghettis. Sinon, mes dons culinaires sont loin d'être impressionnants. Je coifferai de bon gré ma toque de chef pour l'un ou l'autre de ces délices gastronomiques, mais si vous avez envie d'autre chose, n'hésitez pas à intervenir quand nous nous arrêterons faire quelques courses. Adam mangerait volontiers des hot-dogs à tous les repas et c'est moi le méchant qui l'en empêche. A mon avis, ce petit finira avocat. Il vous sort un tas d'arguments irréfutables démontrant que les chips sont des aliments de premier ordre sur le plan nutritionnel.

— Si je comprends bien, préparer un confit de canard, accompagné de poires rôties et d'une salade d'endives est exclu, conclut-elle, très sérieuse.

— Aussi séduisante que me paraisse l'idée, je pense qu'elle ne déclenchera pas l'enthousiasme de notre petite troupe.

— Dans ce cas, je vais voir ce que je peux faire.

8

Le 4x4 tressautait sur un sentier à peine carrossable, défoncé par les ornières. Pourtant le petit écriteau décoloré, planté à l'entrée du chemin de terre et marqué « Granger », prouvait à Tate qu'ils étaient au bon endroit.

Le terme « au milieu de nulle part » n'aurait pu mieux s'appliquer !

Il avait beau s'y attendre, le lieu était sacrément isolé. Rien que des montagnes, un lac et les arbres typiques du Wyoming, plus quelques pins ponderosa, sapins de Douglas et trembles. Inutile d'essayer de téléphoner. Cela faisait cinquante kilomètres que l'on ne captait plus le réseau.

Ils cahotaient depuis si longtemps qu'il commençait à douter de l'existence même du chalet, quand il le vit enfin.

Naturellement, la première chose qu'ils dépassèrent fut les infamantes toilettes extérieures. Il se gara sur une zone relativement plane, à proximité d'un tas de bois qui, heureusement, était de bonne taille, car d'après le thermomètre du 4x4, la température avait baissé de dix degrés au cours de leur ascension. En dépit de la douceur de cet après-midi d'automne, il était résolu à allumer le poêle dès la tombée de la nuit.

— On dirait qu'on est arrivés, annonça-t-il en coupant le moteur. Les garçons, chacun s'occupe de ses bagages.

Le chalet était modeste et rustique. Une construction en rondins d'un seul niveau, avec des murs non crépis, deux petites fenêtres carrées encadrant une porte en bois massif et pas de porche. Elle était située sur une colline plongeant directement dans les eaux cristallines. Une volée de marches, de simples pierres plates fichées dans la terre, menait à une petite jetée en bois délavée. Heureusement, l'escalier rudimentaire était doté d'une rampe en pin.

Sinon, la vue était spectaculaire.

Au point que les garçons se turent quand ils descendirent de voiture. Un silence qui ne dura que quelques secondes, mais le fait en lui-même était parlant.

Bex le regarda, puis se tourna vers le paysage et soupira.

— D'accord, vous avez gagné, marmonna-t-elle. Je peux m'arranger des toilettes extérieures.

— L'éloquence ne doit pas être le fort de Russ. Il disait que c'était joli ici, mais c'est mille fois mieux que ça. Son grand-père a construit ce chalet dans les années cinquante pour venir à la pêche. Il possédait toute la rive de ce côté du lac. En face, l'Etat a racheté les terres à une compagnie forestière pour en faire une forêt. En revanche, quand il disait que l'endroit était tranquille, il ne mentait pas. Nous devons être les seuls êtres humains à des kilomètres à la ronde !

— Oui, je parie que si on est bloqués ici par l'arrivée de l'hiver, on reste coincés jusqu'au printemps suivant.

Avec un petit rire, Tate sortit leurs bagages du coffre et, un bon point pour lui, se contenta de prendre sa valise sans dire un mot sur son poids.

L'eau du lac réfléchissait le bleu du ciel, les arbres de la rive et les pics escarpés, déjà poudrés de neige, qui se dressaient au loin.

— Papa, on peut descendre au bord de l'eau ? demanda Adam.

— Non, pas tant que vous n'aurez pas enfilé vos gilets de sauvetage, répondit-il en ébouriffant la tête de son cadet. Tu sais nager, mais le lac est profond et glacé. Rien à voir avec la piscine municipale. Alors promets-moi que vous ne ferez pas les imbéciles. Interdit de chahuter en vous poussant à l'eau. Je veux ta parole.

— C'est promis.

— Je n'ai même pas pensé aux gilets, murmura Bex, catastrophée.

— Pas de problème, j'ai ce qu'il faut, répondit-il en lui

tendant le sac contenant les gilets et les serviettes. Je vais décharger le matériel et la nourriture. Comme je l'ai dit, les garçons s'occupent de leur sac. Pour le logement, si ce n'est pas vraiment du camping, je dirai que ça s'en rapproche beaucoup.

— Est-ce qu'il y a l'électricité ? demanda-t-elle en regardant le chalet d'un œil dubitatif.

Vêtue d'une veste en éponge marine à grandes poches, d'un jean et d'une paire de bottes, elle réussissait l'exploit d'avoir l'air plus sexy qu'un mannequin posant en maillot de bain au milieu des vagues…

— Un générateur, répondit-il en s'arrachant à sa contemplation. Nous cuisinerons sur le gril à gaz derrière la maison. Russ garde aussi une bonbonne de propane en réserve, équipée d'un brûleur.

— Donc, on ne pourra faire que des grillades et des fritures. C'est vraiment une expédition virile. Est-ce que ça posera problème si j'insiste pour utiliser des serviettes de table ?

— Vous pourrez faire sauter des trucs sur le gril, non ? répliqua-t-il, amusé. Je pense que le résultat sera moins réussi que sur la cuisinière dernier cri que vous m'avez obligé à acheter, mais pour trois jours, on s'en contentera. Quant aux serviettes, ne vous gênez pas. J'espère seulement que vous en avez apporté. L'idée ne m'a pas même effleuré l'esprit, même si les hommes des cavernes que nous sommes en utilisent à la maison.

Les garçons se pressaient déjà à la porte, impatients d'entrer et d'enfiler leur gilet pour courir au lac. Cette vision lui rappela son enfance, même si son père n'envisageait la pêche qu'en haute mer, avec des guides rétribués à prix d'or et à bord de yachts de location, où les pêcheurs étaient ligotés à leur siège.

Lui aurait préféré un million de fois passer ses vacances dans un endroit pareil.

— J'ai acheté des serviettes en papier, quand nous nous sommes arrêtés à l'épicerie du village, annonça Bex. Ce soir, pour le dîner, je pensais à une soupe aux tortellinis accompagnée de pain grillé à l'ail. Pour les garçons, la salade sera en option. J'en préparerai une et ils choisiront ou pas d'en manger.

— Ce n'est pas moi qui discuterai votre menu, dit-il en

sortant les clés de sa poche. Maintenant, allons explorer ce palais, et emmenons vite les enfants au lac, avant d'avoir une émeute sur les bras.

L'intérieur du chalet était en parfaite conformité avec l'extérieur. La pièce principale ne comportait qu'une table et deux bancs, visiblement fabriqués à partir d'une vieille porte, un canapé dans un coin et un buffet qui, espérons-le, contenait assez de vaisselle pour cinq. Car la cuisine exiguë suffisait à peine pour deux personnes. Son réfrigérateur devait dater des années quarante et elle n'était équipée que d'un évier et d'un comptoir d'environ soixante centimètres. Il y avait aussi le poêle, bien sûr, et deux minuscules chambres à coucher à l'ameublement sommaire, l'une dotée d'un lit double, l'autre de deux paires de lits superposés. Pas vraiment luxueux, mais nettement plus confortable qu'une tente. Le comble du luxe, c'était la vue que l'on avait des fenêtres à l'arrière, qui ouvraient sur le lac, où le soleil se couchait dans un déchaînement de pourpre et d'indigo. Il y avait aussi une porte, menant à une terrasse qui surplombait ce splendide panorama.

Qu'importait la façade peu avenante ! Qu'importaient même les toilettes extérieures ! En tout cas pour lui. S'il avait dû investir de l'argent dans ce chalet, il aurait réagi exactement comme Russ. Au diable la salle de bains ! Construisons une grande et belle terrasse avec vue sur la beauté de la nature !

— Regardez ! s'exclama-t-il. Il ne faut pas manquer ça.

Bex, agenouillée devant Josh, arrêta d'attacher son gilet et murmura :

— Oh… Ouah !

— J'ai vu des milliers de couchers de soleil dans un tas d'endroits différents, Bali, Gibraltar, le Groenland… Mais celui-ci est exceptionnel. Il n'y a pas à dire, j'aime le Wyoming. Je m'y sens comme chez moi.

— Tatie Bex, tu peux m'aider ? demanda Adam, qui se débattait avec les fixations de son gilet.

Un lac de rêve s'étendait à quelques pas de là, alors le coucher de soleil était pour lui la dernière de ses préoccupations.

— J'arrive, mon grand, répondit-elle.

Jugeant qu'elle avait la situation bien en main, Tate alla récupérer les sacs de provisions. A son retour, il faillit être renversé par les trois garçons, qui jaillissaient par la porte en courant.

Lorsqu'il revint dans le chalet, Bex fixait une fenêtre non sans une certaine anxiété.

— Ils ne risquent rien, j'espère ? demanda-t-elle.

— Non, ils ont juste envie de faire un tour. D'ailleurs, ils portent des gilets et ont l'ordre de ne pas se pousser dans le lac. Tout devrait donc bien se passer. Servez-vous un verre de vin et allons nous asseoir sur la terrasse. Comme ça, on gardera un œil sur eux. Dans une demi-heure, je vais allumer le poêle, sinon, il risque de faire un peu frisquet cette nuit. Je vais aussi mettre le générateur en marche.

— Je vous avertis que j'irai inspecter les toilettes, pour m'assurer qu'elles n'abritent pas un blaireau enragé ou une bête de ce genre. On dirait qu'elles datent de la préhistoire.

— J'ignorais qu'il y avait des blaireaux dans le Wyoming, répondit-il en étouffant un rire.

— Je me suis laissé dire que c'est la saison où ils migrent. Vous croyez qu'il y a un verre à vin quelque part ?

Zut ! Il aurait dû y penser quand Tripp lui avait suggéré d'acheter du vin.

— J'en doute fort, répondit-il, après avoir considéré le décor spartiate.

— Moi aussi, renchérit-elle, amusée. Pourtant, en dépit du manque de confort et du fait que je vais probablement être obligée de siffler mon vin à la bouteille, franchement, je suis heureuse d'être ici.

Il y avait pire qu'être assise auprès de Tate Calder en savourant son vin favori — et Hadleigh n'était pas étrangère au choix de Tate, elle en aurait mis sa main à couper — et ce, même dans un gobelet en plastique. Considérant la beauté et la sérénité du décor, le positif occultait le négatif. Tout au moins jusqu'à présent.

Une brise humide chargée de senteurs balsamiques balayait le lac, et il faisait frais en cette fin d'après-midi. Mais elle était habillée en conséquence et Tate avait allumé le brûleur du gril pour que sa soupe mijote lentement. Elle n'aurait plus qu'à y rajouter les pâtes au dernier moment.

Les choses marchaient donc comme sur des roulettes. Ce qui n'était pas le cas de sa vie privée… totalement désorganisée.

En revanche, elle avait une certitude : Tate et elle allaient coucher ensemble.

Elle le savait. Et elle savait qu'il le savait. Cette certitude s'imposait à elle, quelle que soit son envie de la réfuter.

D'ailleurs, est-ce qu'elle en avait tant envie que cela, de la réfuter ? Non.

Cela n'arriverait pas durant ce séjour, bien sûr. Pas avec trois paires d'yeux surveillant tous leurs faits et gestes, mais sûrement un jour prochain. A moins que Tate ne se transforme en affreux crapaud quand elle l'embrasserait, ce dont elle doutait fort.

Dire qu'ils ne s'étaient même pas encore embrassés…

Soudain, Josh se mit à crier en faisant des bonds sur la jetée. Un poisson était accroché au bout de sa ligne et, manifestement, il ne savait quoi en faire. Ce qui ne l'empêchait pas d'être excité comme une puce.

— J'en ai un ! hurla-t-il. J'en ai un ! Tatie, viens vite !

— Je reviens tout de suite, dit Tate en se levant. Puisque vous préparez le dîner, c'est à moi d'aller décrocher le poisson. J'en profiterai pour leur dire qu'il faudra qu'ils se débrouillent tout seuls avant la fin du week-end.

Bonne idée ! Son aventure à elle, ce seraient les expéditions aux toilettes. Si la cabane semblait antédiluvienne, elle n'avait pas l'air trop horrible quand même. En échange de la vue, ce n'était trop pas cher payé.

— Euh, Tate, j'ai honte de l'avouer, mais je ne décroche jamais le poisson de ma ligne, je crois l'avoir déjà mentionné, non ? lança-t-elle, comme il s'éloignait.

Il lui répondit d'un petit signe.

Elle sirota son vin et le regarda descendre les marches en savourant le spectacle. Indéniablement, il y avait quelque chose de spécial chez les hommes en jean et en chemise à carreaux…

La leçon « décrochage » fut brève, heureusement pour le poisson ! Attentifs, les garçons regardèrent Tate glisser habilement sa main sous les nageoires, extraire l'hameçon et remettre la truite à l'eau en douceur. D'où elle était, elle entendait tout ce qu'il disait. Elle le vit écarter les mains, certainement pour expliquer aux gamins la taille que devaient atteindre leurs prises s'ils désiraient les garder.

Les yeux écarquillés, Josh buvait ses paroles, rayonnant de bonheur.

Bex soupira. Jamais elle n'avait vu son neveu aussi heureux, même avant la séparation de ses parents. C'était difficile de reprocher à Greg toute l'étendue du désastre, car c'était Tara qui avait choisi de vivre avec lui. Or, une grosse part du problème venait du fait que leur couple était mal assorti. Elle avait beau s'efforcer de voir les bons côtés de son beau-frère, sa première impression sur ce type ne s'était jamais améliorée.

Tate revint et, après avoir été se chercher une bière, s'assit près d'elle dans un fauteuil en bois.

— Eh bien, nous ne rentrerons pas bredouilles de cette partie de pêche, déclara-t-il. Car nous aurons au moins attrapé un poisson.

— Attendez demain matin. A quelle heure partons-nous en expédition ?

— A l'aube.

— A… « l'aube » ? répéta-t-elle, consternée. Ah. Je ne connais pas ce mot.

— Très tôt le matin, précisa-t-il en riant.

— Ah… Et expliquez-moi donc pourquoi nous devons partir si tôt, je vous prie.

— Parce que, mademoiselle Stuart, c'est le moment où les poissons se réveillent.

— Les idiots ! Ils ne pourraient pas faire la grasse matinée !

— Ça, je n'en sais rien, répondit-il en étendant ses jambes. Pourquoi courez-vous le marathon ?

« Quel rapport avec les poissons ? », faillit-elle lui demander. Mais comme il était coutumier de ses brusques changements de sujet…

— Pour le sentiment d'accomplissement, répondit-elle, après quelques secondes de réflexion.

— C'est pareil pour moi. Je l'ai fait pour voir si j'en étais capable. Votre soupe sent merveilleusement bon. Il faudra appeler les enfants au moins dix minutes avant, pour qu'ils enlèvent leur gilet et se lavent les mains, mais les convaincre de remonter de la jetée risque de prendre un bon moment. Regardez Ben. Je connais mon fils, et il refusera de bouger tant qu'il n'aura rien pris. C'est devenu une compétition entre eux.

— Je comprends. J'ai moi-même un certain esprit de compétition.

— Vous croyez ? répliqua-t-il sur un ton qui aurait pu sonner agressif, si son sourire n'avait été aussi radieux.

Mieux valait régler certaines questions une bonne fois pour toutes. Oui, elle avait l'esprit de compétition, Tate refusait de parler de sa femme et il restait entre eux une foule de problèmes en suspens. Alors autant liquider celui-ci tout de suite.

Elle reposa son verre, franchit la courte distance qui les séparait, se pencha en s'appuyant aux bras de son fauteuil et, après s'être réjouie de son expression effarée, l'embrassa.

Ce fut la totale. Un baiser impliquant ses lèvres, les siennes, et le reste aussi, parce qu'elle n'avait pas froid aux yeux et Tate non plus. Quand il se termina, elle était blottie sur ses genoux et il avait posé sa bière pour l'enlacer plus à son aise — ou plutôt la plaquer contre lui avec fougue.

C'était exactement la réaction qu'elle aurait espérée, si elle avait répété ce moment dans sa tête. Ce qu'elle n'avait pas fait. Parce que si elle y avait réfléchi avant, jamais elle n'aurait cédé à son élan. L'impulsivité ne faisait pas partie de ses défauts.

— J'ai pensé que mieux valait se débarrasser du problème tout de suite, expliqua-t-elle, un peu essoufflée, en tentant de se dégager de ses bras.

Tate resserra son étreinte, mais finit par se résigner à la lâcher.

— Pour un galop d'essai, ce n'était pas mal, fit-il remarquer. Mais il faudrait pratiquer plus souvent.

A cet instant, de nouveaux cris s'élevèrent de la jetée. Cette fois, c'était Adam, triomphant, qui dansait sur place.

— Je crois que l'on a besoin de vos services ! lança-t-elle, soulagée de cet intermède. Je vais finir la soupe et préparer le pain à l'ail.

9

Le dîner était bruyant, ce qui n'avait rien d'inhabituel. En fait, Tate trouvait rassurant que les garçons aient autant d'énergie. Il se contentait, quand cela s'imposait, d'essayer de la canaliser. Car il y avait belle lurette qu'il était arrivé à la conclusion suivante : il ne serait jamais un de ces parents régnant sur sa progéniture d'une main de fer. Ce qu'il voulait c'était l'ordre, pas la dictature. Oui, ses fils étaient un peu turbulents, mais c'était propre aux enfants. Il était simplement heureux qu'au moment où il décrochait le poisson d'Adam, Ben en ait attrapé un à son tour. Tout au long du repas, son aîné se rengorgea en clamant que sa prise était plus grosse que celle des deux autres. Heureusement, Adam et Josh ne discutèrent ni n'infirmèrent ce fait, et la paix fut préservée.

— S'il vous plaît, débarrassez vos bols et vos assiettes, lança Tate, à la fin du dîner.

— D'accord, répondit Ben en faisant signe aux petits. On y va !

Heureusement, à la dernière seconde, et sans rappel à l'ordre, il se souvint de ses bonnes manières et ajouta poliment :

— Merci, tatie Bex. C'était très bon.

— Merci ! s'exclamèrent en chœur les deux autres.

La soupe avait été une grande réussite. Car si Adam avait refusé la salade, il n'avait pipé mot contre les brins de persil qui flottaient dans le potage. A l'évidence, Bex exerçait une influence bénéfique, car la moindre verdure suscitait de sa part un refus catégorique.

Les trois garçons avaient repris de la soupe, et ce n'était pas lui qui allait les en blâmer. Non seulement elle était délicieuse, mais c'était un choix très judicieux, parce que en gros c'était une soupe de pâtes au poulet améliorée, donc tout à fait acceptable pour des enfants.

— Vous êtes indéniablement la favorite, observa-t-il quand le trio des diables se rendit dans leur chambre regarder une vidéo sur l'ordinateur portable qu'il avait pensé à apporter. Ce dîner l'a prouvé. Je suis battu à plate couture.

C'était le générateur qui alimentait les équipements de base, comme la pompe et le chauffe-eau, mais il avait allumé la lampe à kérosène et sa lumière vacillante faisait étinceler les mèches les plus dorées de la chevelure de Bex. Elle le regarda avec des yeux rieurs.

— En ce qui concerne l'éducation des enfants, je prends des leçons d'un pro, dit-elle. Vous êtes loin d'être dépassé.

En parlant de « pro », ce baiser, tout à l'heure… Dommage qu'il n'ait pas été filmé, car il aurait aimé se le repasser en boucle. Non, mieux : le revivre. Et éventuellement, enchaîner sur d'autres.

— Je ne suis, au mieux, qu'un amateur, mais je m'applique.

— A mon avis, vous accomplissez du bon boulot, insista Bex. J'aimerais tant que ma sœur fasse aussi bien. Je veux dire, qu'elle commence à prendre des décisions importantes. Je préfère ne pas penser à ce qu'elle fabrique, ce soir. Je vous jure, Greg est capable de lui faire gober n'importe quoi. Et Josh n'a certainement pas besoin d'être coincé dans des montagnes russes toute son enfance. Mel appelle mon beau-frère « le grand manipulateur », et ce n'est pas moi qui la contredirai ! Il n'a pas arrêté de tromper Tara et elle est toujours prête à le reprendre. Qu'est-ce qui ne va pas chez elle ? Est-ce que c'est une situation acceptable ?

— Ma femme était infidèle.

Bon sang ! Il n'avait pas prévu de faire une telle confidence. Peut-être était-ce dû à l'ambiance intime du chalet, aux rires des garçons dans la pièce à côté ou à l'incertitude qui régnait dans sa vie. Peut-être aussi à cause de ce baiser mémorable. Quoi qu'il en soit, il l'avait dit.

Tout haut. Il n'en revenait pas lui-même.

Le silence prolongé de Bex prouvait qu'elle était aussi étonnée que lui.

— Infidèle… à vous ? demanda-t-elle d'une voix hésitante.

Si le souvenir restait douloureux, l'incrédulité dans sa voix était plutôt flatteuse.

— Oui. Quand je m'en suis aperçu, elle n'a pas nié. En fait, je crois que je porte une part de responsabilité, car je n'étais jamais à la maison. Si Adam ne me ressemblait pas autant, je pourrais même douter qu'il soit de moi. Ce qui n'aurait pas d'importance, parce que je l'aime, de toute façon. Néanmoins, c'est une des raisons qui m'ont convaincu d'abandonner mon travail. Tripp a eu une super idée. L'argent n'est pas tout dans la vie. Quand il m'a annoncé qu'il vendait l'entreprise, je me suis demandé ce que j'allais bien pouvoir faire.

— Vous n'êtes pas responsable, décréta-t-elle, visiblement outrée par ce qu'il avait vécu.

Il ne parlait jamais à personne de cette histoire. Alors pourquoi le faisait-il aujourd'hui ? Il soupira en fourrageant dans ses cheveux.

— Quand les choses tournent mal, c'est naturel de se demander si on n'aurait pas pu agir autrement, dit-il. J'étais beaucoup absent. Quand Sandra est tombée malade, on a pensé, tous les deux, que ce n'était qu'un virus. Nous ne nous trompions pas, mais il l'a durement frappée. Le mal a progressé à une vitesse hallucinante. Deux semaines après nous être mis d'accord pour signer les papiers de divorce, elle était emportée par la grippe.

Incrédule, Bex le fixa avec des yeux ronds.

— La *grippe* ?

— S'il existe un vaccin, c'est bien parce que le taux de mortalité de la grippe est important. Ma femme était une adulte en parfaite santé. Elle n'avait jamais fumé, elle surveillait sa ligne, et pourtant c'est arrivé. Son système immunitaire n'a pas supporté le choc. On ignore pourquoi, mais la maladie est mortelle pour certaines personnes.

C'étaient les explications que lui avaient données, à l'hôpital, de sympathiques médecins au ton raisonnable, s'appuyant sur une tonne de données statistiques. Rien de tout cela ne l'avait aidé.

— Je suis désolée, murmura-t-elle.

Lui aussi, et pas seulement parce qu'il s'était brusquement retrouvé veuf, mais parce que ses fils, hyper-sensibles, avaient décelé la mauvaise entente entre Sandra et lui juste avant de subir cette perte catastrophique. Il n'avait cessé de retourner dans sa tête les différentes façons de leur expliquer l'éclatement de leur famille, sans jamais imaginer qu'il devrait leur annoncer la mort de leur mère.

— Je l'ai été aussi, en dépit de tout ce qui s'était passé, avoua-t-il.

— C'est pour ça que vous avez refusé le travail lucratif que vous proposait l'ami de votre père et déménagé à Mustang Creek, conclut-elle.

— Oui. J'appréhendais leur réaction à l'annonce de notre divorce, et, soudain… tout a basculé. Mes fils avaient perdu leur mère. Je ne pouvais plus m'absenter des semaines entières, même si ma tante était prête à s'occuper d'eux. L'argent est une nécessité, nous le savons tous, mais mieux vaut gagner moins et trouver la paix de l'esprit. Ce boulot aurait impliqué de voler tout autour du monde pour transporter les grands pontes de la boîte. Vous imaginez, si j'avais été à l'autre bout de la Terre et que j'aie reçu un message m'annonçant que Ben ou Adam couvait peut-être une grippe ?

— Oui, très bien.

— Au premier éternuement, j'aurais planté ces messieurs importants sur place, modifié mon plan de vol et je serais rentré chez moi. Aussi, disons que si j'ai choisi cette voie, c'est autant pour moi que pour mes enfants. J'en suis aussi arrivé à me demander s'il était bon qu'ils grandissent dans une métropole. La vie citadine comporte des avantages, mais le danger rôde.

— Grâce à Spence, Mustang Creek est aussi sûre qu'une ville peut l'être. Bien sûr, il ne peut empêcher les gens d'attraper la grippe, mais il maintient la paix.

— Tripp pense la même chose, et c'est en partie ce qui m'a incité à venir ici.

— Et j'en suis heureuse.

Lui aussi s'en réjouissait. Ce qui lui donnait matière à réflexion. S'il n'avait pas l'intention de faire une croix sur les femmes, il avait décidé que s'engager durablement était une mauvaise idée. Il devait prendre en considération que ses fils pouvaient trop s'attacher à sa compagne du moment, et subir un nouvel arrachement, au cas où la relation échouerait.

Il se leva, prit leurs deux bols et lança :

— Vous avez cuisiné. A moi de faire la vaisselle.

— Non, travaillons en équipe. Vous voulez laver ou essuyer et ranger ?

— Je préférerais laver, parce que c'est vous qui avez trouvé la vaisselle et les sets de table. A propos, belle idée, votre décoration en feuillage. Un geste attentionné, qui est passé totalement au-dessus de la tête des garçons, vous en êtes consciente ?

Elle avait ramassé des feuilles d'automne qu'elle avait disposées dans un pot de confiture vide, avec des pignes de pin et quelques branchages pour faire un centre de table.

— En deux coups de cuillère à pot, Mel aurait créé une déco beaucoup plus artistique, mais j'ai fait de mon mieux. Et puis, si les garçons n'ont rien remarqué, vous *si*.

Là, il ne trouva rien à répliquer.

Dans le monde de l'entreprise, sa manière de flirter aurait reçu la mention « Progrès à faire », songea Bex, accablée.

D'abord, elle s'était ruée sur Tate et, sans prévenir, lui avait roulé un patin — d'accord, il y avait répondu avec fougue, mais n'empêche… Ensuite, elle avait fabriqué ce centre de table, quelques feuilles mortes dans un pot de confiture, parce que cela lui avait paru romantique. Très bien. Mais, aussitôt la vaisselle terminée, elle avait demandé à Tate… de l'escorter jusqu'aux toilettes !

Pas de doute, elle était une fille vraiment sexy, conclut-elle.

Pour sa défense, Tate avait paru si attirant sur la terrasse. Comment aurait-elle pu résister à l'envie de l'embrasser ? Et les feuilles étaient tout ce qu'elle avait pu trouver, car on était en automne et il ne restait plus de fleurs sauvages. Et puis, ce n'était pas sa faute si elle avait peur de se rendre toute seule aux toilettes. Des ours et des pumas hantaient ces montagnes. Et, si on devait en croire Melody et Hadleigh, le Bigfoot aussi !

La seule eau chaude disponible dans le chalet étant celle de l'évier de la cuisine, c'est là qu'elle se lava le visage, après avoir mis son pyjama, un modèle en pilou, pas vraiment affriolant, mais pratique. Et beau — tout au moins à ses yeux. Avec sa jolie couleur mordorée, le tissu lui avait tapé dans l'œil. Et elle s'était dit que dès qu'ils seraient tous endormis et que le poêle s'éteindrait, il ferait un froid de canard.

Elle venait d'enfiler des chaussettes en laine et s'apprêtait à se mettre au lit quand elle vit la première. Oui, la *première*. Une souris, un spécimen de bonne taille, traversa le lit en trottinant et disparut entre les oreillers, bientôt suivie d'une seconde.

Si elle n'était pas du genre à grimper sur une chaise en hurlant à la vue d'une de ces bestioles, elle n'en eut pas moins un mouvement de recul. Pour ne rien arranger, elle entendait des grattements, et des grattements qui provenaient manifestement… du lit.

Des toilettes extérieures, ce n'était pas l'idéal, mais elle s'y était faite. Pêcher à l'aube dans le froid, très bien. Elle l'avait accepté.

Un lit rempli de souris ? Ça, c'était hors de question !

Elle empoigna sa valise et la roula hors de la chambre — pas question non plus que des souris y élisent domicile ! — et, comme d'habitude, faillit entrer en collision avec Tate.

— Hou là, jeune dame ! Vous comptiez prendre la poudre d'escampette ? Je vous préviens, c'est moi qui ai les clés du 4x4. Quelque chose ne va pas ? s'enquit-il, redevenu sérieux, après l'avoir toisée d'un regard aigu.

— Oui, nous avons un problème.

— Lequel ? demanda-t-il en l'observant avec attention.

Ils étaient uniquement éclairés par le rayon de lune qui entrait par l'une des fenêtres, et chuchotaient comme des conspirateurs, parce que les garçons s'étaient enfin endormis.

— Il y a des souris dans ma chambre, voilà le problème, marmonna-t-elle.

— Vous en êtes sûre ? lança-t-il, après avoir juré tout bas. Je n'en ai pas vu trace dans l'autre chambre. Ni dans la cuisine.

— Evidemment ! Je sais quand même reconnaître une souris, riposta-t-elle, vexée. Et je peux aussi les entendre. J'en ai déjà compté deux, et pas sur le plancher, si vous voulez savoir. *Sur le lit.* Alors oui, j'en suis sûre ! Mais allez donc voir par vous-même.

— Donnez-moi une minute, répondit-il en empoignant la torche posée sur l'étagère près de la porte.

Quel exploit viril s'apprêtait-il à accomplir contre l'invasion des souris ? Elle l'ignorait. La seule chose dont elle était certaine, c'est qu'elle ne dormirait jamais dans ce lit.

Une minute après, Tate sortit de la chambre et grimaça.

— Je les ai entendues aussi, dit-il. Si cela ne vous dérange pas de partager la chambre des garçons, je coucherai sur le sofa. J'ai déjà déroulé mon sac de couchage sur le lit du bas. Vous devriez avoir suffisamment chaud.

Et lui serait transi jusqu'aux os, sans compter qu'il était trop grand pour le canapé. Elle lui aurait bien proposé d'y dormir à sa place, mais certainement pas avec une couverture pleine de crottes de souris.

— On pourrait partager le lit, suggéra-t-elle. Vous n'aurez qu'à ouvrir le sac de couchage pour que l'on se couvre tous les deux avec. Les souris véhiculent tout un tas de maladies et, à moins qu'il y ait des couvertures cachées quelque part, les seules disponibles sont sur ce lit.

Difficile de savoir si elle devait être offusquée ou flattée par la légère hésitation de Tate, qui se rattrapa aussitôt en déclarant :

— On dirait que je suis puni par où j'ai péché. J'avoue que, dans mon esprit, coucher avec vous n'impliquait pas trois petits voyous dans la même chambre.

— J'espère que vous ne ronflez pas.

— Personne ne s'en est jamais plaint, mais c'est toujours possible, répliqua-t-il, amusé. Et vous ? Oh. J'en déduis que non, ajouta-t-il vivement, comme elle lui lançait un regard meurtrier. Merci, je vais accepter cette offre très généreuse. Voyons voir, une belle femme ou un canapé inconfortable ? Si j'aime à croire que je ne suis pas un idiot, il m'est parfois arrivé de faire des erreurs.

— Je vous crois sur parole, vous venez d'en commettre une. Un conseil : ne demandez *jamais* à une femme si elle ronfle. Et surtout, n'allez pas m'annoncer, demain, que c'est mon cas. Je préfère ronfler dans une ignorance béate. Bon, on peut se mettre au lit ? Je ne sais pas pour vous, mais en ce qui me concerne, la journée a été longue.

— Coucher avec vous est un plaisir. Inutile de me le demander deux fois !

— Ce n'est pas *ce* genre de proposition.

— Qu'importe ! Je garde espoir.

— Je suis persuadée que vous saurez vous contenir, affirma-t-elle en désignant son pyjama avec une grimace.

Tate, lui, était vêtu d'un pantalon de jogging trop large et d'un T-shirt gris délavé, orné du sigle de l'université Purdue — d'après Tripp, leur école d'aviation, une des meilleures du pays, avait formé nombre de pilotes talentueux et même quelques fameux astronautes. Pourtant, il réussissait à paraître sexy, alors que de son côté, elle n'avait pas une once de maquillage et était affublée d'un pyjama qu'aurait plébiscité n'importe quelle grand-mère.

Alors, question charme…

— J'imagine très bien ce qui se cache dessous, répliqua Tate avec un clin d'œil.

Aïe ! Il fallait qu'ils arrêtent tout de suite ce badinage.

— Bon, assez discuté, déclara-t-elle. Si vous ne plaisantiez pas quand vous avez parlé de se lever aux aurores, il faut absolument que je dorme.

— Moi aussi.

Est-ce qu'elle allait vraiment partager un lit minuscule avec cet homme ? Il semblait bien que oui.

La pièce était sombre et silencieuse, à part les respirations des garçons et… des bruits furtifs. Des souris ? Oh non, pas dans cette chambre ! Pour finir de la faire enrager, une fois que Tate eut défait la fermeture Eclair du sac de couchage et l'eut étendu sur eux, elle fut incapable de trouver le sommeil. Pourtant, après la journée qu'elle venait de passer, c'était étonnant qu'elle ne soit pas tombée comme une masse.

D'ailleurs, Tate ne dormait pas non plus.

Il faut dire que pour deux adultes, l'espace était exigu. Rien qu'au rythme de son souffle, elle pouvait dire qu'il n'avait pas encore sombré dans le sommeil.

C'était agréable de sentir la chaleur de son corps. Comme ils ajustaient leur position, il lui enlaça la taille pour l'attirer fermement contre lui en murmurant à son oreille :

— Sur un lit aussi étroit, il est inévitable que l'on se touche. Je n'y peux rien, Bex. Alors, détendez-vous.

Se détendre ? La bonne blague ! Même s'il avait raison, elle n'avait pas du tout prévu de passer la nuit dans ses bras. Surtout avec des enfants endormis à proximité. Quand elle s'était imaginée au lit avec Tate Calder — et elle avait fantasmé sur le sujet une fois ou deux —, il n'avait jamais été question de *dormir.*

Le sac de couchage bien chaud était douillet comme un cocon et elle finit par s'assoupir. Elle entendit vaguement un des garçons — probablement Ben, car c'était lui qui occupait le lit du dessus — bredouiller quelque chose dans son sommeil.

Mais même une souris caracolant dans la chambre n'aurait pu la tenir éveillée.

10

De la brume flottait sur le lac.

Le soleil n'était encore qu'une vague lueur dans le ciel et, durant la nuit, une fine couche de neige avait recouvert le sol.

Même si Tate reconnaissait volontiers qu'il n'était pas fin cuisinier, ses œufs brouillés et son bacon frit auraient pu en remontrer aux meilleurs. Bien qu'il ait passé une nuit presque blanche à côté de Bex, il avait déjà préparé du café et des toasts, quand il entendit les garçons remuer.

La pêche. L'aube. L'horizon s'éclairait.

Quand il était sorti du lit, à 6 heures, s'il fallait en croire sa montre, Bex dormait encore profondément.

Josh, le premier à apparaître, se traîna dans la minuscule cuisine, les yeux lourds de sommeil, les cheveux en pétard et affamé, comme tous les gamins de son âge. Tate lui servit un verre de jus de fruits, un toast à la confiture de fraise, et retourna à ses œufs brouillés.

Ben et Adam suivirent de près, appâtés par l'irrésistible odeur du bacon. Tous avaient presque fini leur petit déjeuner, quand Bex émergea de la chambre, délicieusement ébouriffée. Si elle s'imaginait que son pyjama en pilou diminuait en quoi que ce soit son sex-appeal, elle se fourrait le doigt dans l'œil.

— Bonjour ! lança-t-il.

— Pour moi, ce n'est pas le jour, alors remballez votre gaieté intempestive, marmonna-t-elle d'une voix pâteuse, avant de loucher vers les fenêtres surplombant le lac. Vous êtes sûr que c'est la bonne heure pour pêcher ?

— Certain. L'aube et le crépuscule sont les moments où les poissons mordent le mieux. J'espère que vous aimez les œufs brouillés. Du café ?

— Vous plaisantez ? J'en veux un double. Et, vu que vous avez déjà bu le vôtre et préparé le petit déjeuner, indiquez-moi la direction des bols. Je me servirai moi-même.

Tate tendit sa spatule et pointa le bon placard. S'il était de ceux qui se réveillent frais et dispos, ce qui lui avait bien servi lorsqu'il était pilote, Bex, à l'évidence, faisait partie des gens ayant besoin de temps — et de café ! — pour émerger des profondeurs du sommeil.

Tandis qu'elle fouillait dans le placard en quête d'une tasse, il leur prépara une assiette d'œufs brouillés à chacun, y ajouta des toasts et renvoya les garçons dans leur chambre.

— Allez vous habiller. Nous aurons fini dans quelques minutes. Et vous enfilez tous vos parkas et vos gilets de sauvetage, compris ? Il fait frais, ce matin.

Il retint un sourire en voyant Bex le foudroyer du regard et s'installa. Il y avait quelque chose d'intime à s'asseoir en face de quelqu'un à la table du petit déjeuner, en particulier une femme avec qui on avait passé la nuit — même en tout bien tout honneur. Au réveil, il avait senti le poids délicat des seins de Bex sur son bras et la caresse de ses cheveux soyeux sur sa joue. Une des raisons qui l'avait incité… à se lever en vitesse.

— J'ai une bonne nouvelle, vous ne ronflez pas, annonça-t-il.

Un commentaire certainement malvenu, car elle le foudroya d'un nouveau regard meurtrier par-dessus le rebord de sa tasse.

— Merci. C'est *très* rassurant. Est-ce de la *neige* que j'aperçois dehors ?

— Nous sommes en montagne, ça arrive à cette période de l'année, répondit-il en coupant un morceau de bacon. Elle fondra dès que le soleil sera levé.

— Parce que vous croyez qu'il va se lever un jour ? Vous êtes optimiste.

Il faillit lui dire qu'après leur petit tour de lac, il irait à la ville voisine avec les garçons pour acheter des pièges à souris et des appâts et qu'il en profiterait pour se procurer un sac de couchage supplémentaire — en arrivant, il avait repéré une boutique qui vendait des articles de sport —, mais il n'en fit rien. Rien ne lui assurait que Bex l'avait remarquée, cette boutique. Et il aimait bien partager son sac de couchage avec elle…

Dormir à deux dans un lit aussi étroit ne favorisait pas le sommeil, et pourtant il ne demandait pas mieux que de réitérer l'expérience. Si sa femme, Sandra, s'était montrée plutôt enthousiaste au lit, en dehors du sexe, elle n'avait jamais aimé qu'on la touche, sauf pour un baiser formel le matin ou pour se dire au revoir. A l'inverse, Bex et lui s'étaient parfaitement adaptés l'un à l'autre, et même sans le moindre contact intime, leur nuit correspondait bien plus à l'image qu'il se faisait du mariage.

Deux personnes à l'aise l'une avec l'autre.

Un compagnonnage mêlé d'attirance et vécu main dans la main.

Pourtant, après sa désillusion et la tragédie subie par ses fils à la mort de leur mère, il s'était juré de ne plus se remarier. Jamais.

Josh entra dans la cuisine en se débattant avec les attaches de son gilet de sauvetage.

— Tatie, tu peux me montrer comment on fait ? demanda-t-il avec une perplexité mêlée d'irritation. Ben dit que je me suis trompé.

Tate jeta un regard à Bex. Elle n'avait pas encore fini sa première tasse de café. Il décida donc de prendre les choses en main.

— Viens me voir, bonhomme, dit-il. Regarde bien comment je fais, d'accord ? Et ne fais pas attention à Ben, quand il joue au grand frère. C'est parce qu'il a l'habitude de commander Adam.

— D'accord, répondit Josh, qui le laissa ajuster les courroies en observant avec attention ses gestes.

Une fois son gilet fermé, il retourna dans la chambre.

Tate but une gorgée de café et grimaça. Bex ne s'était pas plainte que son café était trop corsé — mais peut-être que pour elle il ne l'était pas assez ! Chez lui, il utilisait des dosettes, alors il s'était débrouillé comme il pouvait en versant la quantité au jugé. Il trouvait qu'il avait eu la main un peu lourde.

— Ben est gentil avec Josh, fit remarquer Bex.

— C'est vrai, mais il se complaît un peu trop dans son rôle d'aîné au pouvoir suprême. J'ai beau aimer mon fils, c'est la vérité. Bien sûr, les enfants doivent apprendre à s'affirmer et Ben n'est pas une brute, mais il est conscient d'être le chef de cette petite meute, et je ne veux pas qu'il embête les plus petits.

— Voici mon souhait, lança Bex en levant sa tasse, comme pour porter un toast. Que Tara arrive enfin à s'affirmer. Malheureusement, elle cherche désespérément à plaire, et Greg l'a compris dès leur première rencontre. Qu'importe ! Malgré mon inquiétude pour la suite, j'ai décidé de profiter pleinement du moment présent et de m'éclater avec les toilettes extérieures et les asticots.

— Vous oubliez les souris.

— Ah oui ! Et les souris !

— Et la neige.

— Merci. Je rassemble mes forces, dans l'attente des prochains divertissements.

— Les garçons sont si excités que cela devrait être drôle, dit-il en se levant pour porter l'assiette de Bex et la sienne dans l'évier. On fait comme hier soir ? Vous lavez, j'essuie ?

— D'accord pour le travail d'équipe si vous promettez de vous occuper du poisson, répliqua-t-elle sans bouger de sa chaise.

— Pas de problème.

— Parfait !

Ce fut seulement une heure plus tard qu'il réalisa exactement à quoi il s'était engagé.

Bex Stuart était une sorte de déesse de la pêche — dans la mesure où un tel être existait. Une fois qu'ils eurent jeté l'ancre au milieu du lac, entassés tous les cinq dans le bateau, elle lança sa ligne la première. Immédiatement, elle eut une touche. Elle se tourna vers lui en haussant les sourcils, comme pour le prendre à témoin, et tendit la canne à Ben.

— Tu peux le remonter pour moi ?

Si elle n'avait déjà été la favorite des garçons, elle le serait devenue immédiatement, car il ne fallut pas longtemps aux garçons pour comprendre qu'elle lançait sa ligne et vous laissait sortir le poisson. Et, du poisson, elle en attrapait.

Toute la bande passait un moment formidable. A l'exception de Tate, trop occupé à décrocher les poissons pour jeter sa ligne. Parmi le menu fretin, il y avait quelques prises dignes de passer à la poêle.

Une fois le bateau à quai, alors que les garçons remontaient en courant l'escalier, il ne put s'empêcher de demander à Bex :

— Comment diable faites-vous ?

— Je vous avais prévenu, répondit-elle, les yeux pétillants de malice.

— Je vous traiterais bien de sorcière, si le terme « ensorceleuse » ne semblait pas plus approprié, marmonna-t-il.

Puis il lui prit la main, l'attira vers lui et l'embrassa.

La bouche de Tate était chaude, douce mais insistante, et ses mains tenaient fermement ses épaules. En dépit du froid et de l'humidité de la brume, Bex s'abandonna sans restriction à son baiser, et le frisson qui la secoua n'avait rien à voir avec le temps.

Pourtant, ce fut elle qui se dégagea la première de leur étreinte. La situation hautement périlleuse devenait à chaque seconde plus explosive, et ils n'avaient aucun moyen d'y remédier — pas plus durant ce séjour qu'à leur retour à Mustang Creek, elle en avait bien peur. Tate aurait toujours ses fils et, de son côté, elle aurait non seulement Josh, mais Tara sur les bras. Sans compter qu'elle gérait une entreprise en pleine expansion et que Tate avait une maison à construire et un élevage à monter.

Conclusion : la situation était trop compliquée.

— Vous m'avez embrassé la dernière fois, alors j'ai pensé que c'était mon tour, expliqua-t-il avec un sourire nullement repentant. Qu'y puis-je, si je ne résiste pas aux femmes qui attrapent un poisson par seconde ?

— J'ignorais qu'il existait un protocole, en matière de baisers. Et nous ferions mieux de nous séparer avant que les enfants ne nous surprennent. Depuis le chalet, on nous voit très bien, je vous signale.

— Si vous croyez qu'ils ne sont pas conscients de l'alchimie qui existe entre nous, vous vous trompez. J'ai appris, à mes dépens, que ce n'est pas parce qu'ils ne disent rien qu'ils ignorent ce qui se passe. En plus, nous couchons officiellement dans le même lit, et ça, ça ne leur a pas échappé.

— Nous ne couchons pas *vraiment* ensemble, rectifia-t-elle en se reculant.

— J'aurais pourtant juré que l'on avait partagé le même lit, rétorqua-t-il en faisant un pas en avant.

Elle fut obligée de s'arrêter, car elle n'avait plus d'autre issue que l'eau glacée.

— Où vouliez-vous que je dorme ? rétorqua-t-elle. J'étais épuisée.

— Bex, nous sommes deux adultes consentants, et c'est notre vie privée. La vôtre et la mienne. Nous sommes les seuls concernés. Personne n'a à donner son opinion ou même à le savoir.

Elle plongea son regard au fond de ses yeux sombres en tentant d'ignorer les mèches qui bouclaient dans son cou.

— C'est vous qui venez de dire que les garçons étaient au courant, murmura-t-elle.

— Oui, mais tout ce qu'ils ont senti jusqu'ici, c'est que… nous nous aimions bien.

En effet, on pouvait le dire comme ça.

— Et puis, ce n'est pas vraiment un secret, puisque vous allez le dire à Hadleigh et Melody, ajouta-t-il. Tripp m'a prévenu que vous n'aviez pas de secret les unes pour les autres.

— Oui, jc lcur dirai probablcmcnt, admit-cllc.

— Nous ne nous sommes embrassés que deux fois, fit-il remarquer en souriant. Une fois à votre initiative, l'autre de la mienne.

— Parce que vous tenez un registre ?

— Bien sûr. Le prochain baiser, ce sera votre tour. Et il me tarde d'y être. A présent, je vais emmener l'équipage en ville pour quelques courses. J'en profiterai pour les faire déjeuner. Libre à vous de nous accompagner. Cependant, je comprendrais que vous hésitiez à voyager en compagnie d'une bande de gamins affamés se glorifiant des poissons que *vous* avez attrapés, et que vous préfériez jouir d'un peu de paix et de sérénité. Si vous avez une liste de souhaits pour le dîner, c'est le moment.

— Qu'est-ce qui vous fait croire que je vais préparer à dîner ? rétorqua-t-elle en se campant devant lui, mains sur les hanches.

— Oh. C'est ce que j'ai dit ?

— Vous l'avez laissé entendre, en tout cas.

Elle posa son doigt sous son menton en affectant de réfléchir.

— Attendez voir… Vous avez fait le petit déjeuner, vous assurez le déjeuner, donc, je suppose qu'en toute justice le dîner me revient. Des tacos, ça vous dirait ? Je crois que le seul ingrédient qui me manque, ce sont les tortillas. A priori, tout le monde aime ça, mais qu'en est-il d'Adam ?

— Vous tombez bien, il les adore. Abstenez-vous seulement de mettre de la laitue dans le sien. Vous voyez, quoi que vous en disiez, les petits garçons n'ont aucun secret pour vous. Donc, va pour les tacos. En fait, à part pour la pêche, vous vous passez très bien de moi, conclut-il avec un soupir désolé.

Malheureusement, elle avait peur du contraire. Jugeant que mieux valait garder ses doutes pour elle, elle demanda :

— Quand allons-nous manger le poisson que nous avons pris ?

— Au petit déjeuner demain. Et ce « nous » est trop généreux. Je n'ai même pas touché une canne à pêche !

— Au *petit déjeuner* ? s'exclama-t-elle, horrifiée.

Dans un vieux western qu'elle avait vu, les héros faisaient frire des truites sur un feu de camp pour le petit déjeuner. Si le chalet constituait un sacré progrès, par rapport à une simple couverture déroulée sous les étoiles, ils n'en allaient pas moins manger un vrai repas de cow-boy… Elle n'était pas sûre d'être une grande fan.

— Bon, si ça peut vous faire plaisir, marmonna-t-elle. Je vous laisse la réjouissance des courses. Je profiterai de votre absence pour me laver. J'ai remarqué une douche, à l'extérieur.

Il la laissa grimper les premières marches de l'escalier rustique qui menait au chalet, puis lança :

— Dommage que je parte, sinon j'aurais insisté pour monter la garde.

— Je n'en attendais pas moins de vous.

— L'avantage, c'est que les garçons ne s'ébattront pas dans les parages. Je ne sais pas pour Josh, mais ça ne gêne pas du tout mes fils d'entrer dans la salle de bains pendant que je prends ma douche. D'ordinaire, pour me poser une question cruciale du genre : « Est-ce qu'il reste du beurre de cacahuètes ? » Pour eux, l'intimité est encore un concept abstrait.

Avant qu'il s'en aille, elle avait un service à lui demander. Elle hésitait un peu, mais, au fond, elle lui faisait confiance.

Alors qu'ils remontaient vers le chalet, elle demanda donc :

— Comme il n'y a pas de signal ici, ça vous ennuierait d'apporter mon téléphone en ville pour consulter mes messages ? Je me fiche de ceux concernant le boulot. En revanche, comme je vous l'ai dit, je suis très inquiète de la rencontre entre ma sœur et Greg, hier soir. Je voudrais vérifier si Tara ne m'a pas envoyé quelque chose.

— Vous disiez que cette fois, elle était résolue à le quitter, fit-il remarquer, perplexe.

Les mains dans les poches de sa veste, il semblait immense, dans la lumière du matin.

— Ils ont une relation… particulière.

— Comment allez-vous réagir si votre sœur renonce à divorcer ?

Ça, elle n'en savait trop rien.

— Ce n'est pas ma vie, répondit-elle au bout d'un moment. Et puis, peut-être qu'en dépit de ses failles, Greg est pour elle le seul et l'unique. J'aurai certainement du mal à l'avaler, surtout avec Josh pris en tenailles entre eux, mais c'est à elle de décider.

— Excellente réaction. Et c'est pourquoi la réponse est « non », annonça-t-il en ouvrant la portière du 4x4. Je ne prendrai pas votre portable et ne consulterai pas vos messages. Je vais en ville avec les garçons acheter des tortillas, et vous, vous allez oublier votre sœur et votre beau-frère pendant un jour ou deux. Vous avez besoin d'un répit. Tara n'a qu'à se débrouiller toute seule.

Elle ouvrait la bouche pour protester mais s'en abstint. Une fois de plus, Tate avait raison. Et c'était exaspérant.

Il était indispensable de prendre des décisions difficiles, et Tara était la seule à pouvoir le faire.

Quant à elle, elle avait un autre problème à affronter : ne pas tomber amoureuse d'un homme chargé d'un passé compliqué et de deux jeunes enfants.

11

Il n'y avait guère d'endroits où l'on pouvait manger à Downright, Wyoming. Suivant le conseil d'un employé de la supérette, Tate emmena les garçons chez le glacier local. On y servait des sandwichs et… des glaces.

Les garçons dévorèrent leur sandwich jambon-fromage, pressés d'arriver à la récompense : une coupe glacée, nappée de chocolat chaud et surmontée de crème chantilly. Tate, lui, ne mangea pas, mais but une tasse de café décent. Après avoir commandé deux rouleaux à la dinde à emporter, il fit remonter les enfants dans le 4x4, tâche peu aisée, car ils débordaient d'énergie et s'amusaient comme des petits fous.

A la quincaillerie, plus de pièges à souris.

— Cette année, les rongeurs sont un fléau, expliqua la fille du service clientèle. C'est la période où les petites bêtes veulent échapper au froid. Et, comme l'été a été caniculaire, elles grouillent. Revenez voir mardi.

Mardi, ils seraient rentrés à Mustang Creek.

— Merci, répondit-il.

Donc, pas de pièges à souris. Et il oublia délibérément de passer au magasin de sport pour acheter un sac de couchage…

Finalement, les nuages de neige disparus et la brume dissipée, la journée s'avérait ensoleillée. Quand ils s'arrêtèrent devant le chalet, il entendit que Bex avait mis de la musique classique. Du Vivaldi. Il reconnut *Les Quatre Saisons*, une œuvre parfaitement appropriée au séjour. Après l'été et ses souris, l'automne était arrivé et l'hiver pointait déjà, apportant l'espoir du printemps. Les quatre saisons, quoi ! Lui aussi aimait la musique classique, en particulier Vivaldi. Encore une chose que Bex et lui avaient en commun.

— Enfilez vos blousons et allez mettre vos gilets de sauvetage, ordonna-t-il, comme les enfants se bousculaient pour sortir. Bex et moi allons déjeuner. Pendant ce temps vous pouvez vous balader, mais restez en vue, compris ? Et pas de plongeon dans le lac.

— D'accord ! répondit Ben en entraînant son frère et Josh à sa suite.

Tate rentra à l'intérieur et déposa les sacs sur le comptoir.

— L'expédition n'a été qu'un demi-succès, annonça-t-il. Je pensais trouver des pièges à souris, mais, croyez-le ou non, la quincaillerie est en rupture de stock. Il faudra que Russ règle le problème lui-même. Votre douche s'est bien passée ?

Bex semblait toute fraîche et rose, avec ses cheveux humides. Elle devait sûrement s'être maquillée, mais il aimait le fait de ne pas en être certain. *Peut-être une touche de mascara ?*, songea-t-il en la regardant vider les sacs d'épicerie. Avec son sweat rose à capuche, son jean délavé et ses bottes, elle ressemblait plus à une jeune et jolie étudiante qu'à une femme d'affaires avisée.

Une fois de plus, elle le surprit en train de l'observer, et ses joues de pêche s'empourprèrent. Qu'importe ! Ce n'était pas comme s'il avait cherché à dissimuler l'intérêt qu'il lui portait.

— Même si votre ami réussit à éradiquer toutes les souris, et Dieu sait le temps que cela prendra, personne ne peut dormir dans cette chambre tant que la literie n'aura pas été nettoyée, affirma-t-elle. Moi, je voterais pour un matelas neuf. Au fait, vous n'avez pas pensé à acheter un autre sac de couchage, je parie ?

Il haussa les épaules en affichant un air détaché.

— Eh bien si, j'y ai pensé, répondit-il sur un ton neutre. Mais l'arrangement présent me plaît beaucoup trop.

— Tate Calder !

— Quoi ?

Il lui décocha une œillade de pirate, avant de dire avec une grosse voix :

— Ne craignez rien, milady. Avec moi, votre vertu est en de bonnes mains.

Jugeant qu'il devait avoir l'air d'un idiot, il reprit un ton normal.

— Je n'ai pas du tout envie d'être surpris au lit avec vous en train de faire autre chose que dormir. Cela risquerait de déclencher une avalanche de questions, et des plus embarrassantes. Bien sûr, un jour, il faudra que j'évoque le sujet avec mes fils, mais pour l'instant, ils sont trop jeunes. A propos d'un autre genre d'appétit… J'ai acheté notre déjeuner. Est-ce que l'on s'installe sur la terrasse, pour garder un œil sur les enfants ? Ils portent leur gilet, mais d'après mon expérience, un désastre est toujours possible. Dix minutes sans surveillance, c'est ma limite à ne pas dépasser.

Bex éclata de rire.

— Merci pour les tomates et les oranges, dit-elle. Je prends une bouteille d'eau. Vous en voulez une ?

— Avec plaisir.

En sortant sur la terrasse, il se dit une nouvelle fois que ce genre de bien-être, ces rapports à la fois simples, directs, respectueux et mêlés d'humour, correspondaient exactement à ce qu'un mariage devrait être. Bien entendu, la tension sexuelle entre Bex et lui les empêchait d'être *totalement* à l'aise l'un vis-à-vis de l'autre, il n'empêche que…

Mais mieux valait arrêter d'analyser ce qu'il se passait entre Bex et lui et admirer le bleu du ciel traversé d'écheveaux de nuages, écouter les garçons chahuter sur le quai et se gorger de la brise qui agitait le feuillage des trembles en oubliant tout le reste.

Oui, mieux valait ces petits bonheurs simples.

Bex le rejoignit, et ils choisirent chacun un fauteuil et déballèrent leur sandwich. Les rouleaux à la dinde, qui avaient survécu à la demi-heure de trajet, étaient délicieux. S'ils n'étaient pas aussi savoureux que ceux de Billy — et il commençait à devenir fan de ses sandwichs —, ils n'en étaient pas moins excellents.

Pendant qu'ils mangeaient, Ben attrapa son premier poisson de la journée. Il le décrocha triomphalement de l'hameçon et, sous les applaudissements d'Adam et de Josh, s'inclina bien bas, les faisant éclater de rire.

— Désormais, on ne va plus pouvoir le tenir, grommela Tate. Voilà, j'ai perdu ma raison de vivre. Un jour, ils boivent leur biberon dans leur chaise haute ; le lendemain, ils s'entraînent à faire sur le pot ; après, c'est le premier jour d'école ; et brusquement, ils savent décrocher tout seul les poissons de leur ligne. Je suis dépassé.

— Ne désespérez pas. Il reste les voitures, les filles et l'université.

— Sadique. Conduire, je peux leur apprendre. La fac sera un rite de passage que nous traverserons ensemble, mais les filles… Je n'y comprends rien moi-même. Les pauvres seront livrés à eux-mêmes.

— Nous ne sommes pas si compliquées, répliqua Bex en riant. Il suffit de nous laisser agir comme on l'entend, et tout se passe très bien.

Tate fixa les ondulations du lac.

— Vous voulez rire ? Je vous ferai remarquer que vous avez *toutes* tendance à changer d'avis comme de chemise. Alors que nous, pauvres hommes, avons besoin de signaux clairs, du genre panneaux routiers ou grosses flèches.

— Sexiste !

— Pas du tout. *Réaliste.*

— Je consulterai Mel et Hadleigh pour savoir ce qu'elles pensent de la question.

— Pour qu'après Hadleigh me prive de gratin de pommes de terre ? Surtout pas ! Je retire ce que j'ai dit.

— Vous ne valez pas mieux que Tripp.

— Allons donc ! Personne ne peut être aussi mauvais.

— C'est vrai.

Le silence s'installa, troublé par les rires et les cris des garçons — qui n'avaient pas encore compris la notion de silence, quand on pêchait. Une idée du bonheur, songea Tate. Mais une question le tracassait, et bien qu'il n'ait aucune envie de gâcher la bonne humeur ambiante, il finit par décider que le plus simple était de la poser.

— Vous dites que vous n'êtes pas compliquée, ce dont je

doute, et j'ai une question à vous poser, Bex. Elle est toute simple, ce qui ne sera peut-être pas le cas de la réponse.

— Et c'est ? demanda Bex, méfiante.

— Si les choses avaient tourné autrement et si Will avait vécu, auriez-vous été heureux ensemble ?

On pouvait dire que cet homme n'y allait pas par quatre chemins !

Bex inspira à fond.

— Difficile à dire, murmura-t-elle. C'était il y a longtemps et j'étais jeune.

— Vous l'êtes toujours.

— Parfois, je n'en ai pas l'impression.

Elle ferma les yeux un instant et reprit :

— L'amour que j'éprouvais pour Will appartient à une époque révolue de ma vie. Il continue à me manquer terriblement, mais je vais bien. S'il avait vécu, si nous étions mariés, je serais différente à présent. Par certains côtés en tout cas… Nous nous serions influencés mutuellement, nous aurions fait ressortir le meilleur l'un de l'autre. C'est ainsi que c'est censé se passer, dans le mariage, et je crois que c'est ce qui serait arrivé. Vous comprenez ce que je veux dire ?

Tate hocha la tête mais ne relança pas la conversation.

Elle aurait bien voulu lui retourner la même question, à propos du bonheur, mais hésitait à le faire.

— Et vous, étiez-vous heureux en ménage ? lança-t-elle brusquement.

Les yeux de Tate s'assombrirent et il se détourna vers le lac.

— Non.

— Même pas au début ?

— Même pas. Mes illusions se sont envolées peu après la cérémonie.

Elle n'avait jamais prétendu être extralucide, mais elle sentait que l'histoire allait plus loin que ce qu'il lui avait révélé jusqu'ici.

Avait-il envie d'en parler ou pas ? Oh ! et puis elle verrait bien ! S'il voulait éviter le sujet, il était assez grand pour le lui dire.

— Comment cela ?

— J'ai découvert progressivement que Sandra m'avait menti

sur son passé, répondit-il, le visage fermé. Aussi bien dans les détails, que dans les grandes lignes. Entre autres, qu'elle avait déjà été mariée deux fois et avait un enfant. C'est son ex-mari qui en avait la garde. Une fois qu'il l'a retrouvée pour lui réclamer le paiement de la pension alimentaire, ce type s'est révélé une vraie source d'informations, et toutes plus négatives les unes que les autres. Par exemple, elle m'avait affirmé qu'elle n'avait pas de famille, à part une grand-mère infirme en maison de retraite. La vérité c'est qu'elle avait rompu avec tous les siens, ses parents, son frère, ses deux sœurs, après une série d'escroqueries, comprenant, entre autres, le vol de cartes de crédit et la falsification de chèques. En fait, je ne connaissais même pas son vrai nom. Elle était née Michelle Grant, puis était devenue Sandra Chase. Elle avait changé légalement de patronyme, puis s'était empressée de prendre la poudre d'escampette, avant que sa famille découvre l'étendue de ses malversations.

— Alors, pourquoi êtes-vous resté ? demanda Bex, sidérée par ces révélations.

— Sandra est tombée immédiatement enceinte de Ben, un genre d'assurance, je suppose, répondit-il, cynique. Nous avions donc un enfant et elle portait déjà Adam quand tout a été révélé. Je n'allais pas divorcer de ma femme enceinte. Et puis, pour être franc, j'étais absent pendant des jours, parfois des semaines d'affilée. J'avais besoin que quelqu'un prenne soin des enfants.

En d'autres mots, il était coincé.

— A mon avis, ce n'était pas un modèle de mère nourricière, marmonna Bex, qui observait les garçons, le cœur serré.

— A sa décharge, elle s'occupait plutôt bien de Ben, ce, à condition qu'une femme de ménage vienne deux fois par semaine et qu'elle n'ait rien à faire de ses dix doigts. A ses yeux, c'était un marché équitable. J'ai très vite compris que je devais baisser le plafond de sa carte bleue et ouvrir un compte chèque séparé pour la maison. Tout le reste était à mon nom exclusif. Il n'empêche que j'étais loin de me douter de l'ampleur du problème. Je me répétais sans cesse que certaines personnes étaient incapables de gérer leur argent.

— Tripp était au courant de tout ça ? Je n'arrive pas à croire que Hadleigh me l'ait caché.

Il esquissa un faible sourire.

— Bex, personne n'en sait rien, excepté ma tante Gina et mon père, même s'il ne m'en a jamais parlé. Tante Gina est venue m'aider à m'occuper des garçons et a vécu quelque temps chez nous. Je ne vais pas clamer sur les toits que j'ai épousé une femme belle et manipulatrice qui prétendait m'aimer et m'a complètement grugé. Les seuls fruits de cette pseudo-union que je ne regrette pas, ce sont mes fils. Notre mariage en lui-même était une erreur, et on ne m'y reprendra plus. Mais n'est-ce pas à ça que servent les erreurs ? A nous enseigner une leçon ?

Son ton implacable ôta toute envie à Bex de répondre.

C'est drôle comme parfois la vie réelle différait de ce que l'on en percevait, songea-t-elle. Au début, elle avait cru que c'était le chagrin qui retenait Tate d'évoquer sa femme. Ensuite, il lui avait avoué qu'au moment de sa mort, ils étaient au bord du divorce. Et maintenant ceci…

Au moins, entre Will et elle, l'équation, aussi dramatique qu'elle soit, était simple. Elle n'avait été ni trahie ni abusée.

Soudain, des hululements de triomphe montèrent du bord du lac, brisant ce moment d'intimité.

— Regardez ! lança-t-elle. Bravo Josh ! Je crois qu'il a pris un poisson *et* l'a détaché lui-même.

— Excellente nouvelle, même si c'était bon pour le cœur de monter et descendre cet escalier, déclara Tate, manifestement soulagé de changer de sujet.

— Décrocher des poissons n'est plus le but de votre existence, vous l'avez dit vous-même.

— Je vais être obligé d'en trouver un autre.

— J'ai entendu dire que l'élevage des chevaux était à la fois gratifiant et lucratif.

— Espérons-le ! Si le nouvel étalon de Tripp se révèle bon reproducteur, l'étape suivante sera d'acquérir d'autres juments. Avec Doc Cameron comme associé, je suis paré. Mais je vais peut-être devoir demander à mon père de me servir de commanditaire. Je ne veux pas commencer sur des bases trop réduites et devoir m'agrandir plus tard.

— Votre père doit pouvoir se le permettre, répondit-elle en revoyant l'imposante maison familiale.

— Le problème crucial c'est : est-ce qu'il acceptera de se cantonner à ce rôle ? Les affaires sont toute sa vie. Mon grand-père était éleveur, alors mon père a grandi au milieu des chevaux. Il en connaît probablement un rayon sur la question, et si jamais il investit un sou dans mon élevage, il sera trop content de dispenser son savoir… à toute heure du jour et de la nuit. Je me vois déjà le ramener ici en avion tous les quinze jours pour qu'il puisse cogérer l'entreprise. Et je vous avoue que cela ne m'enchante pas le moins du monde. Mais je vais devoir en passer par là sans doute. Je possède le domaine idéal pour un élevage et je serai sur place pour m'occuper des bêtes. Nate Cameron a toutes les qualifications pour me seconder efficacement, malheureusement il ne dispose pas d'un capital suffisant, car il doit finir de rembourser son prêt étudiant. Malgré tout, ça paraît plus raisonnable de bâtir, dès le début, une installation appropriée.

— Oui, je comprends ce que vous voulez dire, déclara Bex, qui avait créé son entreprise de zéro et ouvert son premier centre de fitness dans un vieil immeuble décrépit.

Dès qu'elle avait commencé à faire des bénéfices, elle avait déménagé dans un local plus récent et plus attractif. Un changement qui avait accentué le stress engendré par les vicissitudes de la vie d'entrepreneur. Si elle n'avait pas rencontré un investisseur doté des bonnes connexions, elle n'aurait jamais pu se développer aussi vite.

Tiens, cela lui donnait une idée… Peut-être qu'un jour Tate lui en voudrait de l'avoir fourré dans ce guêpier, mais au moins, il n'aurait plus besoin de solliciter son père pour un prêt.

— Attendez, dit-elle lentement. Je connais quelqu'un que cela pourrait intéresser de vous financer. Je ne peux pas vous garantir la discrétion, mais si vous voulez monter une affaire dans cette région, dans tout le Wyoming, en fait, c'est elle la solution.

— « Elle » ? répéta Tate, dubitatif. Je connais beaucoup d'éleveuses de chevaux, mais…

Bex éclata de rire. Lettie Arbuckle piétinant dans une

écurie, sanglée dans un tailleur haute couture et armée d'un sac plus coûteux qu'une petite voiture ? L'image était pour le moins intéressante.

— Non, ce n'est pas une éleveuse, répondit-elle après avoir repris son sérieux. N'empêche qu'elle croule sous l'argent et a une foule de relations. Cela ne coûte rien de lui demander, non ?

— Vous ne voulez pas me dire de qui il s'agit.

— Pas encore, déclara-t-elle en récupérant les emballages de leurs sandwichs. Vous croyez que l'on peut détourner les garçons du lac assez longtemps pour partir en balade ?

12

— Qu'est-ce que c'est ? demanda Adam, accroupi devant une pousse de fougère en forme de crosse.

Heureusement pour Tate, Bex se révélait une experte en flore et en faune. Bien sûr, toutes ses années d'aviation lui permettaient presque de sentir l'arrivée du mauvais temps, mais à ses yeux, une fougère était une fougère. Alors que la jeune femme pouvait identifier chacune d'elles avec précision.

En prime, elle se pencha pour montrer le dessous de la feuille à son fils, ce qui lui permit d'admirer son fessier.

Vous parlez d'une aubaine ! Enchanté, il ne prêta pas grande attention à la leçon de botanique.

Comme d'habitude, Bex sentit qu'il se rinçait l'œil et, comme d'habitude, il fut pris sur le fait. Qu'est-ce qu'il en avait à faire ? Elle n'ignorait pas qu'il la trouvait digne d'être reluquée sous tous les angles. Et celui-ci était un de ses angles préférés.

— Oh ! Désolé. J'avais l'esprit ailleurs, lança-t-il innocemment. Vous pourriez me remontrer ?

— Calder, ne poussez pas !

Josh, qui ramassait des pignes de pin, releva brusquement la tête et les fixa d'un œil inquiet. Tate, remarquant sa réaction, lui sourit.

— Josh, c'est une expression, expliqua-t-il d'une voix apaisante. Ta tante me disait juste d'arrêter de la taquiner. Que sinon, elle me taquinerait à son tour. C'est tout.

Rassuré, le petit garçon hocha la tête et se détendit.

Bex semblait ulcérée, et il vit de la colère traverser son

regard. Mais le moment était mal choisi pour discuter de ce qui semblait la contrarier.

— Les garçons, vous voulez que l'on rentre au chalet ? proposa-t-il. Je sais que vous brûlez d'envie de monter en bateau voir Bex vider le lac de tous ses poissons.

Devant le « oui » général — et enthousiaste ! —, ils reprirent le chemin du retour.

Dès qu'ils furent rentrés et que les enfants eurent disparu à l'intérieur du chalet pour mettre leur gilet de sauvetage, elle lança, furieuse :

— Je le *savais* ! Je n'ai jamais vu de bleus sur ma sœur, mais Greg est un mari violent. S'il n'a pas battu Tara, il a dû, au moins, la menacer ou lui parler mal. Qu'elle s'en accommode, c'est son problème, mais pas en présence de Josh ! Est-ce qu'elle ne voit pas que tous ces éclats affectent son fils ? Qu'elle doit faire des changements radicaux dans sa vie ?

Ne sachant quoi répondre, Tate choisit de dire la vérité.

— Bex, ne le prenez pas mal, mais ce n'est pas à vous de prendre cette décision.

Elle grommela un mot très choquant dans la bouche d'une dame, avant de reconnaître en soupirant :

— Je sais bien, mais parfois je voudrais secouer ma sœur pour la réveiller.

— Tiens, quelle coïncidence ! Moi, j'aimerais faire ravaler ses boniments à la noix à votre charmant beau-frère. Malheureusement, je doute que l'un ou l'autre modifie quoi que ce soit à leurs rapports tordus.

— Vous êtes toujours aussi raisonnable ? lança-t-elle, presque en colère.

— Absolument pas. La preuve, ce matin, je suis passé devant un magasin de sport sans m'arrêter pour y acheter un sac de couchage. Tout ça, parce que je préférais dormir dans un lit exigu en compagnie d'une magicienne de la pêche. Un lit déjà trop petit pour moi tout seul, alors pour nous deux… A propos, vous monopolisez les couvertures.

— C'est faux !

Au moins, il lui avait arraché un sourire. Bien qu'il meure

d'envie de l'embrasser sur le front, et ailleurs aussi, là, tout de suite, il résista à son impulsion.

— Josh va s'en tirer, dit-il. Nous sommes tous déstabilisés par les changements. J'en suis un parfait exemple. Déraciner ma famille à Mustang Creek était une grosse prise de risque. Pourtant, c'est une réussite. D'autant plus que je vous ai rencontrée.

— J'apprécie vos tentatives pour être charmant, si c'est le but recherché. Non, sérieusement, je vous suis très reconnaissante de votre gentillesse envers Josh, et aussi d'incarner, à ses yeux, la stabilité. C'est si important pour lui, en ce moment.

— Je…

Il laissa sa phrase en suspens, car Bex l'avait saisi par le bras. Surpris, il tourna vers elle un regard intrigué. Elle s'approcha et posa la main sur sa poitrine. Aussitôt, il sentit son cœur s'emballer.

— Je crois que c'est mon tour, dit-elle, très naturellement. Le moment me paraît idéal, mais vous allez devoir m'aider. Quand nous sommes face à face, vous êtes un peu trop grand pour que je vous embrasse. Sans votre coopération, l'aventure est risquée. L'autre fois, le fauteuil était très pratique.

— Ma coopération vous est acquise. On ne peut rien refuser à une authentique sorcière.

Il baissa la tête, mais sans l'embrasser, lui laissant l'initiative de franchir les quelques centimètres pour que leurs lèvres se touchent.

Ce fut un baiser lent et exquis, et il la laissa mener l'opération de bout en bout. Après tout, c'était *son* baiser. Il ne put, toutefois, se retenir de lui enlacer la taille et de l'attirer contre lui, car bien qu'ils soient engoncés dans leur parka, la sensation était bien plus agréable avec ses seins plaqués contre son torse et ses doigts enfoncés dans ses cheveux…

« Est-ce qu'elle sent l'urgence de mon désir, malgré les épaisseurs de tissu ? », se demanda-t-il. Sans doute, car elle se colla un peu plus à lui, et…

Si, à cet instant, la porte-moustiquaire du chalet n'avait pas claqué violemment, il n'aurait pu se retenir plus longtemps.

— Je vous l'avais dit ! hurla Ben. Ils s'embrassent !

Se faire prendre en flagrant délit était mieux que pas de délit du tout. A contrecœur, il relâcha Bex en murmurant :

— J'avais prédit que notre relation entraînerait de grandes discussions au sein de notre troupe de choc. Je doute que ce baiser les passionne autant que la pêche, n'empêche qu'ils y prêtent attention. Maintenant, si on allait vous regarder exercer vos talents de magicienne ?

Deux heures plus tard, alors que tous s'amusaient bien, le crépuscule commença à tomber et les montagnes s'embrasèrent aux rayons du soleil couchant. Au dernier moment, Bex fit une prise magnifique. Ce fut à Tate que revint le plaisir de la remonter, car dès que sa ligne remua, elle se tourna vers lui en annonçant :

— C'est un *gros.*

La bataille fut épique, mais ce fut lui qui l'emporta. Il aurait bien gardé l'énorme truite, mais c'était une créature splendide et ils avaient déjà récolté leur content de poissons. Ce matin, ils avaient fait le plein et ne pêchaient plus que pour le sport. En le voyant remettre la truite à l'eau, les garçons lui jetèrent un regard de déception.

— Laissons-la nager en paix pendant quelques années de plus, expliqua-t-il. Sans compter qu'elle nous fera des petits pour les fois où l'on reviendra pêcher.

Il avait prononcé là les mots magiques, et les garçons se mirent à calculer le nombre des rejetons de la truite sauvée de la friture, de nouveau souriants.

Tate eut également le *bonheur* de vider leur pêche matinale, sous le regard fasciné des garçons, pendant que Bex prenait un livre et allait s'installer sur le canapé.

Tiens, elle lisait un roman d'amour. Pas de corps dénudés sur la couverture, mais un couple tout habillé, avec des chevaux en arrière-plan. Les deux protagonistes se contemplaient, un peu comme elle et lui, tout à l'heure…

Peut-être devrait-il le lire. On ne sait jamais, il pourrait glaner quelques tuyaux, même si, après ce dernier baiser, il pensait s'en tirer avec les honneurs.

Comme l'idée de manger du poisson au petit déjeuner laissait Adam dubitatif, il utilisa de nouveau son arme secrète : les cow-boys.

— Les cow-boys mangeaient plein de poissons. Réfléchis. Ils ne pouvaient pas emporter des poules pour avoir des œufs, et même s'ils avaient du bétail sous la main, ils n'allaient pas tuer une vache de leur troupeau, juste pour se trancher un steak. Ils ne traînaient pas non plus de frigo dans une charrette, alors le reste de la viande aurait pourri. Les truites, c'était facile. Il suffisait de trouver un ruisseau et, hop, d'en attraper quelques-unes et de les faire frire. Un vrai régal.

Les trois enfants parurent gober son argumentation et ressortirent jouer dehors.

Juste au moment où il roulait les déchets dans le papier journal qui lui avait servi à vider le poisson, Bex entra dans la cuisine en lançant :

— Vous vous rendez compte que vous usez et abusez de ce truc des cow-boys ?

— Il n'y a que le résultat qui compte, répliqua-t-il en nettoyant le comptoir. Ça a beau paraître bien loin, j'ai eu leur âge, je vous jure. J'ai vu qu'un foyer avait été creusé à l'extérieur. Je vais y faire brûler ces déchets, sinon tous les ours de la région vont venir nous faire une petite visite.

— Pendant ce temps, je vais commencer les tacos et mettre la table. Sans me vanter, j'ai une recette fantastique de chili, à base de haricots pinto. D'habitude, je suis la préparation de bout en bout, mais ce soir, je vais improviser. Je disposerai la garniture dans des bols séparés pour que les garçons puissent se servir et manger des tacos à leur goût.

— La cuisinière veut-elle un verre de vin ?

— Je suis en mini-vacances, alors volontiers !

Une fois de plus, Tate fut frappé par l'aisance de leurs rapports. Jamais il n'avait ressenti une telle camaraderie avec une femme. Indéniablement, leur intérêt sexuel allait grandissant, mais, plus important encore, il lui semblait que tous deux pensaient la même chose, partageaient les mêmes valeurs. Et puis, le succès de Bex ne lui était pas monté à la tête. Chez elle, il n'y avait pas une once de prétention et elle était indépendante sans être militante. Si elle pouvait très bien se passer de lui, elle ne le faisait pas sentir à tout bout de champ.

Il passait un très bon moment et, à l'évidence, les garçons s'amusaient beaucoup. Or il continuait à se demander si cette expédition n'était pas une grosse erreur.

Absolument, c'en était une.

Mais la meilleure qu'il ait jamais commise.

Une fois que la viande fut cuite, Bex l'assaisonna, puis ajouta un peu de piment doux, avant de baisser la flamme.

Tout était paré. Les tomates étaient tranchées, les oignons épluchés, le fromage râpé — enfin là, elle avait triché et l'avait acheté tout préparé.

Puisque le dîner était sous contrôle, elle décida de rejoindre les autres à l'extérieur en apportant le sachet de pop-corn qu'elle cachait dans sa valise. Avant de sortir, elle se reversa du vin et prit une bière fraîche à l'intention de Tate qui s'occupait des enfants.

Assis dans un siège pliant, celui-ci contemplait le feu en élevant ponctuellement la voix pour modérer les cris des gamins en train de courir partout. Non seulement il avait allumé un superbe brasier, mais il avait eu la prévenance d'installer une chaise à son intention.

Son arrivée fut saluée avec enthousiasme, et ce *avant même* qu'elle sorte le paquet de pop-corn. Celui-ci fut promptement escamoté vers la table de pique-nique et dévoré dans un silence presque total.

— Ce soir, ils vont tomber de sommeil, fit remarquer Tate en décapsulant sa bière. Vous avez eu raison de cacher le pop-corn. Si j'avais connu son existence, il aurait pu se volatiliser comme par enchantement.

— Je vous considère, a priori, comme suspect et ça fait plaisir de constater que mon flair est toujours infaillible, répliqua-t-elle. Beau feu.

Le crépuscule tombait et des ombres s'amassaient sous les arbres. Tate leva la tête et considéra le ciel.

— C'est la nuit idéale pour un feu de camp, car il n'y a

presque pas de vent, déclara-t-il. Moi aussi j'ai un talent inné, même s'il n'est pas aussi utile que votre don pour la pêche. Quel que soit l'endroit où je m'assieds, la fumée flotte dans ma direction. Au point que les gens protestent si je m'installe près d'eux. Malheureusement, dès que je change de place, le vent tourne pour me suivre.

— Qu'est-ce que j'ignore encore sur M. Tate Calder ? demanda-t-elle, amusée. J'ai rencontré votre tante, croisé votre père, j'ai vu la maison où vous avez grandi et mieux vaut s'abstenir de parler de votre mariage. Je connais vos fils, auxquels je suis déjà probablement trop attachée. Je sais que vous avez travaillé pour Tripp, que vous avez fait vos études à l'université Purdue, en Indiana, que vous aimez les chevaux et la vie à la campagne. Livrez-moi une info confidentielle.

— Seulement si vous acceptez d'en faire autant.

— Marché conclu, répondit-elle, après avoir bu une gorgée de vin.

Tate se pencha pour prendre une bûchette sur le tas posé près de sa chaise et la jeta dans le feu.

— Je suis né aux Açores, dit-il. Mon père était dans l'armée de l'air, avant de se lancer dans les affaires. A votre tour. Qu'est-ce que j'ignore sur Becca Stuart ?

La question n'était pas facile… Elle sirota une nouvelle gorgée de vin, le regard perdu dans les flammes.

— Je sais jouer de l'orgue, dit-elle soudain. Vous savez, ces gros instruments à plusieurs claviers, avec plein de pédales et plusieurs arrêts, que l'on trouve dans les cathédrales ? Eh bien, croyez-le ou pas, je sais en jouer.

— Ouah, murmura Tate, sincèrement intrigué. Avant que l'on continue notre jeu, vous devez m'expliquer ça.

— Mon grand-père était organiste, mais ma mère n'avait aucun don pour la musique. Mes débuts au piano s'étant révélés prometteurs, elle s'est mis en tête que je devais apprendre à jouer de l'orgue. Pour info, le seul endroit où je pouvais pratiquer était une vaste église vide remplie d'échos, parce que personne n'a de monstre pareil dans son salon. J'avais douze ans et ça me terrifiait de traverser seule ce sanctuaire obscur et redoutable. J'ai tenu le coup pendant deux ans, jusqu'à ce que je me lance dans le sport. Ma mère a fini par lâcher l'affaire. En revanche, j'ai continué le piano. J'ai même choisi la musique en option à l'université.

— Il faudra que vous me jouiez quelque chose, un jour. Tiens, pourquoi pas du Vivaldi ?

— Si vous êtes sage. Maintenant, à votre tour.

— A l'université, j'ai commencé un roman, avoua-t-il en sirotant sa bière. Après toutes ces années, il continue à me trotter dans la tête. Si je réussis à glaner quelques minutes de relâche, entre mon boulot de père célibataire et mes multiples corvées, je pourrai essayer de m'y remettre.

— Votre vie devrait être plus calme, une fois que vous aurez débuté votre élevage, non ?

— Non, déclara-t-il en lui décochant son sourire qui tue. A votre avis, c'est un fantasme ?

Elle réfléchit quelques secondes et céda à l'envie de le provoquer un peu.

— Non, je ne crois pas. Vous êtes un homme sensible. Je vous imagine très bien en train de rédiger votre roman, aux petites heures de l'aube, courbé sur votre clavier…

— Je ne suis pas sensible.

Sa réaction la fit sourire. Heureusement, Tate était bon joueur.

— D'accord, je suis tombé dans le piège, marmonna-t-il. A votre tour.

— J'aime la nourriture thaïe.

— Ça, je le sais déjà.

« Je pourrais tomber amoureuse de vous. » Non ! Plutôt mourir que d'avouer cela.

— Alors, vous savez tout, conclut-elle. Je ne vois plus rien de croustillant dans mon sombre passé. J'ai rencontré Hadleigh et Mel bien avant d'entrer à l'école, et nous sommes restées amies depuis. Elles sont comme des sœurs pour moi.

Le regard de Tate glissa vers Josh. Assis à la table de pique-nique, le petit garçon grignotait du pop-corn en agitant les jambes.

— Vous n'êtes pas proche de votre sœur ? demanda-t-il en baissant la voix. Pourtant, vous vous rongez les sangs pour elle depuis le début du week-end.

Bex aimait sa sœur, mais c'était différent. Mais comment l'expliquer clairement ?

— Nous sommes diamétralement opposées, dit-elle enfin. J'ai beau m'angoisser pour la suite de sa vie, ça n'a rien à voir avec être proche d'elle.

Tate étendit ses longues jambes en balançant la bouteille de bière au bout de ses doigts.

— Les hommes sont simples, fit-il remarquer. Nous ne passons pas notre temps à nous triturer la cervelle. Soit nous apprécions quelqu'un, soit nous ne l'apprécions pas. Nous dégainons à vue. Ce type, je ne l'aime pas. Et nous passons à autre chose.

— Oui, je confirme : vous êtes des êtres simples, assura-t-elle, moqueuse. Mais assez philosophé ! ajouta-t-elle en se levant. Je ferais mieux d'aller voir où en est le dîner. A la manière dont ces enfants engloutissent leur pop-corn, mon petit doigt me dit qu'ils sont affamés.

13

Les tacos eurent le succès escompté — il faut dire qu'ils étaient exquis. Durant le dîner, Tate se laissa bercer avec bonheur par les rires qui s'élevaient dans la pagaille générale. Bex n'était pas la seule à vouloir acheter les garçons avec son pop-corn. Au lieu d'attendre Noël, il avait acheté le jeu vidéo que ses fils réclamaient à cor et à cri. L'excitation qui se peignit sur les trois petits visages quand il leur tendit le coffret valait vraiment la dépense.

— Ce jeu est compatible avec mon ordinateur portable, expliqua-t-il. Mais il faudra y jouer chacun votre tour et, quand on vous dira de mettre vos pyjamas, de vous laver les dents et d'éteindre la lumière, je ne veux *aucune plainte*. Compris ?

— Compris !

— Je crois que nous ne les reverrons jamais, fit remarquer Bex en regardant les trois enfants foncer dans la chambre. J'étais soi-disant la favorite. Tu parles ! C'était du flan.

Tate laissa échapper un petit rire et lui jeta un regard critique.

— Ce n'est pas moi qui cachais du pop-corn dans ma poche, répliqua-t-il.

— En fait, c'était dans ma valise.

— Heureusement que les souris ne s'en sont pas aperçues !

— Pourquoi croyez-vous que je l'ai traînée si vite hors de la chambre ?

— Cela prouve que vous avez l'esprit vif. A propos, je suis impressionné que vous n'ayez pas crié.

— Je ne suis pas du genre à crier.

— Zut, vous m'avez gâché la surprise ! J'aurais aimé le découvrir par moi-même.

Choquée, Bex avala de travers. Par chance, elle ne devait pas non plus être du genre à vous jeter des choses à la tête, car il aurait pu recevoir le reste de son vin en pleine figure.

— C'est malin ! maugréa-t-elle en tamponnant son T-shirt avec une serviette.

— Je suis désolé, mais comment résister ? Et puis j'étais sincère, même si nous sommes tous deux résolus à ce que cela n'arrive pas durant ce séjour, ajouta-t-il, comme elle levait les yeux au ciel.

— Ne soyez pas trop sûr de vous, pilote.

— N'est-ce pas ce que tout le monde attend d'un pilote ? Nous savons où nous allons… et comment y arriver.

— J'en ai par-dessus la tête de vos sous-entendus grivois. Si on jouait aux cartes ?

— Un strip-poker ? proposa-t-il en s'efforçant de garder une mine impassible.

— Gare ou je vais vous botter les fesses. *Aux cartes*, ça va de soi.

Il éclata de rire.

— Très bien. Faisons une trêve. D'accord pour les cartes. De toute façon, j'ai déjà l'impression d'être en colonie de vacances. Puisque les garçons monopolisent l'ordinateur, nous sommes bien obligés d'utiliser les anciennes techniques pour nous distraire. Mais d'abord, je vais remettre une bûche dans le feu.

Avant de revenir s'asseoir, il alla se chercher une bière dans la glacière. Bex l'attendait de pied ferme, un jeu de cartes écorné posé devant d'elle.

— Je l'ai trouvé dans un tiroir en cherchant une manique, expliqua-t-elle, les yeux brillants.

— Et ? marmonna-t-il, méfiant, en s'asseyant en face d'elle.

— J'y jouais souvent avec ma grand-mère, quand j'étais petite.

A l'évidence, ce n'était pas du poker qu'elle parlait.

— Vous jouiez à quoi ? demanda-t-il en décapsulant sa bière.

— Au pouilleux.

— Au « pouilleux » ?

— Vous connaissez ! s'exclama-t-elle, tout excitée. C'est exactement les mêmes cartes que chez ma grand-mère.

— Non, je ne connais pas. Mais éclairez-moi. Quelles sont les règles ?

— C'est très simple, vous allez voir. On distribue les cartes. Si vous avez une paire, vous la posez sur la table. Sinon, vous piochez dans la main de votre adversaire. Le pouilleux se trouve quelque part, et c'est la seule carte qui n'a pas de doublon. Le but du jeu, c'est de ne pas le tirer. Si vous restez coincé à la fin de la partie avec lui, vous avez perdu.

— Donc, si je n'ai pas cette fameuse carte en main, ça veut dire que c'est vous qui l'avez.

— Oui, c'est la beauté de la chose. J'ai le pouilleux, je veux vous le refiler, mais vous, vous ne voulez pas terminer avec. Alors que si c'est vous qui le piochez, je sais que vous l'avez et je m'efforce de ne pas le récupérer.

— Ça paraît bien compliqué.

— Pas du tout ! Et c'est super-marrant, croyez-moi. Un genre de course contre la montre.

Comme il fallait s'y attendre, Ben, probablement attiré par le rire de Bex, fut le premier à sortir de la chambre, juste à temps pour voir son père écoper du pouilleux. Josh et Adam arrivèrent peu après.

Ils avaient laissé tomber le jeu vidéo hors de prix qu'il leur avait offert, mais il n'y voyait aucun inconvénient, au contraire. Les trois garçons intégrèrent la partie et, de nouveau, Bex régna sans partage. En dépit de ses explications tarabiscotées, le jeu était simple. En tout cas assez pour qu'Adam et Josh y jouent sans difficulté. Bex avait vraiment eu une bonne idée. Jouer tous ensemble autour de la table était bien plus sympa que si les garçons étaient restés collés devant l'ordinateur.

— Papa, je crois que c'est encore toi qui vas être le pouilleux, annonça Ben, hilare.

— Comment sais-tu que je l'ai ?

— Il suffit de voir votre tête, intervint Bex, ô combien serviable.

— Qu'est-ce qu'elle a, ma tête ?

— Elle montre que vous avez le pouilleux.

Amusés par la repartie, les trois garçons éclatèrent de rire. Ben avait raison, c'était lui qui avait le pouilleux, mais là n'était pas la question.

— Pas du tout, je ne l'ai pas, rétorqua-t-il, vexé.

— Il bluffe, affirma Bex, s'adressant aux enfants. Obligeons-le à abattre ses cartes.

Cela ne posa aucun problème à ses renégats de fils, et il s'avéra qu'il était aussi malchanceux au pouilleux que Bex était chanceuse à la pêche. Il eut la désagréable intuition qu'il rentrerait de ce séjour affublé d'un nouveau surnom, un surnom commençant par P.

Une fois les dents brossées et les garçons couchés, il retourna dans la cuisine, où Bex sirotait son vin en lisant. Répondant à son sourire malicieux par un regard torve, il marmonna :

— Je suis sûr que vous avez triché.

— Expliquez-moi comment, répliqua-t-elle en prenant une mine trop innocente pour être honnête.

Elle était également bien trop belle pour sa tranquillité d'esprit. Et le clair-obscur régnant dans le chalet uniquement éclairé par une lanterne n'arrangeait rien. Dehors, la surface du lac chatoyait sous les reflets de la lune. L'ambiance idéale pour un tête-à-tête romantique.

Tiens ! A propos… C'était *son* tour.

— Je mérite un prix de consolation, décréta-t-il en s'asseyant. Un remède susceptible de guérir les blessures infligées à ma fierté de mâle.

— Ah bon ?

— Absolument. Mon ego est très fragile, vous savez.

Elle laissa échapper un petit rire moqueur.

— C'est ça ! Rien n'est pire pour l'amour-propre d'un homme que d'être beau, d'avoir du succès et deux gamins adorables. N'oubliez pas que je connais Tripp. Ce n'est pas à moi que vous ferez gober que l'ego des pilotes est fragile.

— « Beau » ? Développez donc, s'il vous plaît. A vous écouter, je me sens déjà beaucoup mieux.

— Vous êtes insupportable, répliqua-t-elle en secouant la tête.

— Et encore, je me retiens.

L'humour partagé était un des fondements de leur relation.

Un autre était peut-être leur passé douloureux. Chacun avait souffert, lui à cause d'un mariage fondé sur une tromperie, elle à cause de l'effondrement de ses rêves de jeunesse et du chagrin d'une perte douloureuse.

Quoi qu'il en soit, ils riaient souvent, tous les deux, et pour lui, c'était un signe positif.

Depuis qu'il était redevenu célibataire, il avait rencontré des femmes, beaucoup de femmes. Certaines uniquement attirées par son physique, d'autres trouvant son boulot sexy, d'autres encore qui avaient pris leurs jambes à leur cou dès qu'elles avaient découvert qu'il était chargé de famille. Il avait couché avec quelques-unes d'entre elles, mais était resté insatisfait. L'assouvissement physique ne valait pas le bonheur affectif. Or c'était ce dernier qu'il recherchait en priorité.

— Cela vous ennuierait-il de venir ici ? lança-t-il. Je crois qu'un baiser me remonterait le moral.

Un baiser ? Mauvaise idée. Aucun doute là-dessus. Pourtant, elle en mourait d'envie autant que lui.

Elle tendit l'oreille et constata que les chuchotements pas très discrets en provenance de la chambre avaient cessé, laissant place à un profond silence. A l'évidence, les garçons devaient s'être endormis, épuisés par la longue journée et leur coucher tardif.

Embrasser Tate. Encore. Oh oui… Et c'était une très mauvaise idée.

Mais… qu'importe ! Elle décida que, bonne ou mauvaise, c'était du pareil au même.

Tate ayant repoussé sa chaise, elle alla donc s'asseoir sur ses genoux et posa les mains sur ses épaules.

S'il croyait qu'elle prendrait l'initiative de l'embrasser, il allait vite déchanter. Tout à l'heure, il l'avait laissée faire tout le travail sans bouger le petit doigt, alors lui retourner la politesse ne semblait que justice.

Manifestement conscient de l'effet qu'il avait sur elle, il lui décocha son sourire ravageur.

— Dans le jeu que vous avez inventé, y a-t-il une règle qui spécifie *où* je peux vous embrasser ? demanda-t-il.

— Que *j'ai* inventé ? répliqua-t-elle en caressant la ligne de sa mâchoire. A quelle zone pensez-vous exactement, cow-boy ?

Il frotta son nez dans son cou en soupirant.

— Au nord de la frontière, car il y a des enfants dans la maison. J'ai beau être presque certain qu'aucun ne va surgir à l'improviste pour réclamer un verre d'eau, on ne sait jamais. Je me suis déjà fait avoir. Réservons le sud pour l'avenir. Ce soir, je pensais, entre autres, à… *ici*, conclut-il en frottant son téton avec son pouce.

Elle ne put réprimer un petit sursaut. Même à travers le chemisier et le soutien-gorge, la sensation était incroyable.

Tate, manifestement conscient de sa réaction, s'affairait déjà sur ses boutons.

— Je ne vais pas vous déshabiller, promit-il. Un jour, si nous parvenons à grappiller quelques moments d'intimité, je ne dis pas… Mais pour l'heure, je vais me contenter de vous donner un baiser de bonne nuit. Ça, je pourrais facilement l'expliquer aux garçons, parce que dans leur esprit, que j'aime vous faire des bisous est une chose acquise. En revanche, aller plus loin exigerait des explications que je ne me sens pas en mesure de fournir.

Et il dégrafa son soutien-gorge.

La chaleur de son souffle sur sa peau suffit à la faire se tortiller sur ses genoux en gémissant :

— Tate…

Le tracé de sa langue de son cou jusqu'aux rondeurs de sa gorge était si ensorcelant qu'elle ferma les yeux en rejetant la tête en arrière. Tate aspira délicatement son téton, lui arrachant un ronronnement de plaisir.

Il la maintint en place et continua sa caresse jusqu'à ce que, n'y tenant plus, elle le repousse à deux mains en hoquetant :

— Baiser terminé.

Puis, après avoir repris son souffle, elle ajouta :

— Maintenant, à mon tour…

Ce n'était certainement pas malin, mais elle l'embrassa fougueusement, à pleine bouche, et il répondit avec la même ardeur. Dès qu'ils se séparèrent, à bout de souffle, elle sauta de ses genoux. La situation avait légèrement tendance à déraper et, cette nuit, ils devaient encore partager un lit très très étroit.

— Nous avons besoin d'espace, lança-t-elle.

— Vous avez raison. Je vais aller faire une petite promenade.

— Il fait froid dehors, non ?

— Ça n'en sera que mieux !

— Pendant ce temps, je vais enfiler mon pyjama.

— C'est ça. Et boutonnez bien la veste jusqu'au cou, et tâchez de ronfler quand je rentrerai. Et puis, bavez donc un peu, ce sera encore mieux.

— Je ne…

— Si vous avez un peu d'affection pour moi, forcez-vous.

Dès qu'il fut sorti, elle dut réprimer un éclat de rire. Tate n'avait même pas emporté sa parka ! Mais elle aussi était en ébullition.

Elle se changea, expédia à toute vitesse son rituel nocturne et se glissa sous le sac de couchage déplié.

Mais elle ne put s'endormir et entendit Tate revenir. Il inspecta le poêle et verrouilla la porte, mais il ne vint pas se coucher. A la fin, n'y tenant plus, elle alla voir ce qu'il faisait.

Il était couché sur le canapé, torse nu, les jambes dépassant d'un côté. Si la pièce n'était pas encore glaciale, cela n'allait pas tarder.

— Tate, qu'est-ce que vous fabriquez ?

— Je dors.

— On ne dirait pas. Vous allez geler à mort. Pourquoi… ?

— Je suis amoureux de vous.

Abasourdie, elle le fixa. Il avait un très joli torse musclé, des abdos en béton et, rien qu'au dessin de ses biceps, elle pouvait affirmer qu'il faisait de la musculation. Mais… qu'est-ce qu'il venait de dire ? Qu'il était « amoureux » d'elle ?

— Depuis que je vous connais, je craignais que ça n'arrive, avoua-t-il en gardant les yeux fermés. J'avais un mauvais pressentiment. Vous savez, comme au début d'une intoxication alimentaire.

Pas de doute. Tate Calder savait parler aux femmes !

— Je croyais que l'amour était un sentiment positif, lui

fit-elle remarquer. Alors d'où sort cette histoire d'intoxication alimentaire ?

— Je parle de cette fiévreuse et frissonnante… sensation d'appréhension. Vous avez raison, l'amour *est* un sentiment positif. C'est tomber amoureux qui pose problème.

— Il va falloir m'expliquer ça, décréta-t-elle fermement.

Et, bien que l'aventure soit risquée, elle s'assit à côté de lui.

— J'aime Ben et Adam, dit-il.

— Bien sûr, moi aussi.

Il ouvrit un œil et le referma.

— Bex, ne rendez pas les choses plus pénibles qu'elles ne le sont.

— Vous ne voulez pas que j'aime vos fils ?

— Bien sûr que si ! On ne peut que les aimer. Enfin, pas tout le temps, je dois le reconnaître. Ils ont leurs moments. Je dis simplement que *tomber* amoureux, c'est comme tomber d'une falaise sans savoir ce qui vous attend en bas. Des eaux profondes ou des rochers aiguisés ? Je me suis déjà crashé sur ce genre de rochers et, croyez-moi, ce n'est pas une partie de plaisir.

Elle lui caressa l'épaule et sentit ses muscles se crisper.

— Qui sait, vous plongerez peut-être dans les eaux profondes, rétorqua-t-elle. Et puis, on ne peut jamais sauter en toute sécurité. D'où le mot « tomber ».

Il ouvrit les yeux et chercha son regard.

— Je ne m'attendais pas à ça, murmura-t-il. A *vous*.

— Ne prenez pas ce ton rancunier.

— Pourquoi ai-je la sensation que vous vous moquez de moi ?

— Parce que c'est le cas ! répliqua-t-elle en riant.

Il eut la grâce de rire aussi. Mais il reprit rapidement son sérieux, lui saisit le poignet et la fit basculer au-dessus de lui.

— Des études sérieuses ont prouvé que la frustration sexuelle altère les fonctions cérébrales des mâles humains adultes, déclara-t-il. Ce n'est pas moi qui l'ai inventé.

— Inutile de me sortir la documentation, je vous crois sur parole, répliqua-t-elle en piquant un baiser sur ses lèvres.

— Et maintenant, qu'est-ce qu'on fait ?

— On dort.

— Avec vous, dans ce petit lit ? J'en doute fort.

— Si vous ne dormez pas, vous pourrez toujours me tenir chaud.

— Vous n'avez aucune idée, murmura-t-il, la voix rauque.

Il avait tort. Elle avait sa petite idée.

— Bon, à présent, accompagnez-moi aux toilettes, lança-t-elle en se levant.

— C'est ça ! s'exclama-t-il, ravi. Continuez à débiter des trucs sexy. On ne sait jamais, ça peut marcher. Je finirai peut-être par fermer l'œil.

14

Que Tate ait réussi à sommeiller était un mystère. Pourtant, il ne s'éveilla qu'à l'aube avec une conscience aiguë du corps de Bex collé contre le sien. Il se dégagea avec précaution, sortit répondre aux exigences de la nature, puis rentra préparer du café.

Il commençait à maîtriser l'antique et capricieuse cafetière. Cette fois, son café était décent, comme il le décréta plus tard en observant le lever du soleil sur le lac, dont les eaux calmes miroitaient de mille couleurs. Au loin, il entendit bramer un élan, puis un autre lui rendre la politesse, ce qui le fit sourire. Les silhouettes des arbres se détachaient progressivement dans la lumière de l'aube. Il avait tisonné les braises du poêle à bois et réussi, sans trop d'efforts, à faire redémarrer le feu. Il faisait donc bon dans le chalet.

La vie était belle.

A part une peccadille.

Non, plutôt un truc énorme. Il avait avoué à Bex qu'il l'aimait. Maintenant, qu'est-ce qu'il allait faire ? Ou plutôt, qu'est-ce qu'*ils* allaient faire ?

Toutefois, il se sentait apaisé d'avoir dévoilé ses sentiments à Bex.

Même s'il avait eu le choix, il n'aurait rien changé à sa vie : ses garçons, sa nouvelle entreprise, sa nouvelle maison. Cependant, il était habitué à la solitude. Et Bex Stuart était venue tout chambouler…

Quand il entendit remuer dans la chambre, il retourna dans la cuisine, sortit la poêle cabossée qu'il avait dénichée dans un placard, et se mit au travail. Après avoir passé la truite dans une panure légère à base de semoule de maïs et de farine de blé, il alla sur la terrasse la faire frire sur le gril.

Doutant que le poisson séduise les jeunes pêcheurs, en dépit de leur empressement à le capturer, il avait également préparé des toasts.

— Bonjour, lança-t-il en voyant Bex sortir sur la terrasse, une tasse à la main. J'ai l'impression que ce matin, le café est buvable.

Elle en avala une gorgée et hocha la tête.

— Oui, il est bon. A moins que mes critères de qualité ne se soient ajustés à la baisse.

— J'accepte ce compliment détourné. En retour, je vous ferai remarquer que les grandes filles vont toutes seules aux toilettes à la nuit tombée.

— Comme si j'avais besoin de la protection d'un pouilleux !

Les garçons, qui venaient de les rejoindre, trouvèrent la plaisanterie hilarante.

— Attention, Bex, il paraît que les ours sont affamés ce matin, la menaça-t-il.

Mais elle balaya l'avertissement d'une main nonchalante et s'engagea dans l'escalier.

— Si vous hurlez, ne comptez pas sur moi pour venir vous secourir, lança-t-il.

— Oui, papa, c'est ça, marmonna Ben, blasé.

— A moins qu'elle ne hurle vraiment *très fort*, corrigea-t-il. Quelqu'un veut des toasts ?

Deux en voulaient et le troisième non. Il alla faire griller des tartines supplémentaires pour Bex et lui, s'efforçant d'ignorer que cela faisait plus d'un quart d'heure qu'elle était partie.

Au bout d'un moment, n'y tenant plus, il alla inspecter les alentours et l'aperçut au sommet de la colline en train de vérifier son téléphone. Sur les hauteurs, on réussissait à capter çà et là du signal, mais le réseau n'était pas fiable, et mieux valait se considérer comme injoignable. Pourtant, Bex avait dû trouver un point de réception, car, assise à la vieille table de pique-nique, elle tapait un texto et semblait bouleversée. Bien sûr, ses problèmes avec sa sœur ne le concernaient pas, il n'empêche qu'il aurait bien voulu être l'épaule secourable où elle viendrait s'épancher — même s'il n'avait aucune envie de la voir pleurer.

Il la rejoignit.

— J'ai fait des toasts, dit-il.

Elle éclata de rire en lâchant un petit hoquet et répondit :

— Des toasts, c'est exactement ce qu'il me faut. Toasts et truite ? La combinaison paraît intéressante.

— Bex…

Elle se leva d'un bond et vola pratiquement dans ses bras.

Surpris, il vacilla sous le choc.

— Ma sœur retourne avec Greg, je *savais* que cela arriverait.

Il la serra contre lui, cherchant les mots justes pour la consoler. C'était une véritable torture quand un être aimé commettait une erreur flagrante sans que l'on puisse l'en empêcher. Mais que pouvait-il dire ? Il ne connaissait pas vraiment Greg et Tara.

— On va se serrer les coudes et attendre, murmura-t-il.

— Je déteste cette idée. Il la rend si malheureuse.

— C'est une mauvaise décision, d'après ce que vous m'avez raconté de leur relation, mais il n'y a rien d'autre à faire que se tenir prêts et attendre que votre sœur s'en rende compte par elle-même.

— Tate, elle va replonger Josh dans ce gâchis.

— Oui, et malheureusement, nous n'y pouvons rien, fit-il remarquer en soupirant. Je sais que c'est dur, mais Tara et Greg sont ses parents, et tant qu'il n'est pas maltraité ou négligé, ce n'est pas votre rôle de vous en mêler. Ni le mien.

Bex inspira à fond et se redressa. Dans le soleil matinal, avec son pyjama en pilou et ses cheveux en pétard, elle avait l'air d'avoir seize ans.

— Bon, coup de blues terminé, décréta-t-elle en s'éloignant de la table. Je ne dirai rien à Josh pour ne pas lui gâcher son dernier jour. D'ailleurs, c'est à Tara de le lui annoncer.

Elle cligna plusieurs fois des yeux et soupira.

— Il ne parle jamais de ce qui se passe entre ses parents, vous savez, reprit-elle. Mais on ne sait jamais. Peut-être qu'il sera ravi de retourner chez lui.

Tate en doutait fort. Il avait vu l'expression de Josh quand

Greg avait débarqué au ranch Galloway. Sans compter qu'il avait préféré que sa tante l'accompagne en excursion plutôt que son père. Non, la nouvelle ne le ferait probablement pas sauter de joie.

— Pour l'instant, mieux vaut avoir l'air enjoué, quand vous irez prendre votre petit déjeuner gourmet, sinon, Josh va deviner qu'il s'est passé quelque chose.

— Comme ça, ça ira ? demanda-t-elle en plaquant un sourire sur ses lèvres.

— On dirait un clown qui a des aigreurs d'estomac. Vous pouvez faire mieux.

— Gare, Calder ! riposta-t-elle en plissant les yeux. Je meurs d'envie de taper sur quelqu'un et vous êtes le seul à ma portée.

Il écarta les bras, feignant de se rendre.

— Pitié. Vous ne pouvez pas frapper l'homme qui a sué à grosses gouttes sur un toaster antédiluvien brûlant pour vous et qui, pour faire bonne mesure, vient de griller une truite.

— Je crois que vous marquez un point, répliqua-t-elle avec un sourire nettement moins forcé.

— Après le petit déjeuner, nous sortirons une heure ou deux en bateau. Puis nous ferons nos bagages et fermerons le chalet. Peut-être qu'ensuite, on ira prendre un déjeuner tardif à la buvette du village.

— J'aimerais que l'on puisse rester ici, mais fuir les problèmes ne résout rien.

Autrefois, il avait pratiqué l'art de l'esquive, grâce à son métier de pilote qui l'éloignait de chez lui et de son mariage décevant. Bex avait raison : fuir n'avait jamais réglé les problèmes. Il n'empêche que c'était parfaitement humain d'avoir envie, de temps en temps, de prendre la poudre d'escampette.

— C'est vrai, mais vous êtes assez forte pour surmonter ça, Bex, la rassura-t-il en la prenant par l'épaule pour la guider vers le chalet.

Songeuse, elle ne dit mot pendant plusieurs minutes, et quand elle parla, ce fut, une fois de plus, pour le prendre à contre-pied.

— C'est vrai que vous êtes amoureux de moi ?

Il fit semblant de réfléchir, avant de répondre :

— Est-ce que je suis amoureux d'une femme qui vient de

menacer de me frapper ? Qui dédaigne la truite au petit déjeuner ? Disons… qu'il va falloir que j'y réfléchisse à deux fois.

Elle adorait l'humour de Tate.

Pourtant, il avait beau être facile à vivre, on sentait que les démons qui hantaient son passé n'attendaient que la première occasion pour refaire surface.

— Quand je parlais de vous frapper, je plaisantais, se récria-t-elle.

— Je m'en doutais un peu. Mais un instant, j'ai eu vraiment peur, précisa-t-il avec un petit sourire en coin.

En ce début de matinée, Tate était si craquant avec ses cheveux joliment ébouriffés qu'il aurait suffi qu'il jette négligemment un manteau sur ses épaules pour poser en couverture d'un magazine. Alors pourquoi tant d'hésitations ? Ce n'était pourtant pas compliqué. « Je suis aussi amoureuse de vous. » Puisqu'il avait pu le dire, pourquoi pas elle ?

— Jamais je ne vous frapperais, insista-t-elle, se demandant aussitôt ce qui lui prenait de sortir une bêtise pareille.

— Comme je viens de le dire, je n'étais pas trop inquiet. Non parce que je vous crois incapable de décocher un coup vicieux, mais parce que, reconnaissez-le, vous êtes trop gentille.

— Je ne suis pas trop gentille ! Ecoutez, je me suis excusée d'avoir osé suggérer que vous étiez sensible, alors laissez tomber. Inutile de riposter en me renvoyant ma prétendue gentillesse à la figure.

— Parce que, pour vous, c'est une insulte ?

— A votre façon de le dire, oui.

Pourquoi était-il si difficile de lui avouer qu'elle partageait ses sentiments ?

— Tate, je…

— Votre petit déjeuner va refroidir. Nous discuterons de tout cela plus tard.

L'aveu aurait certainement été facilité, si elle avait pu recouvrer son sang-froid et son aplomb. Malheureusement… la question ne pouvait rester plus longtemps en suspens. Elle lui prit la main.

— Je suis partie prenante dans tout ce qui se passe entre nous, dit-elle.

Il fit volte-face et lui pressa brièvement les doigts.

— Bex, si je pensais le contraire, je ne serais pas là. Ecoutez, cela fait trop longtemps que les garçons sont livrés à eux-mêmes pour ma tranquillité d'esprit. Retournons au chalet.

La truite se révéla un délice, ce qui les surprit tous les deux. Bien qu'il l'ait cuisinée sans assaisonnement, à part une lichette de beurre fondu, sa chair était tendre et moelleuse. Pressés d'entamer la partie de pêche qui les attendait, les garçons nettoyèrent leur assiette, mais sans terminer leurs toasts.

Bex se fit une queue-de-cheval, enfila un jean usé et un sweat-shirt, puis se planta devant le miroir terni de la chambre, qui donnait l'impression qu'elle avait une double paire de pommettes. Au loin, l'embarquement, toujours aussi bruyant, se déroulait nettement plus rondement que les premières fois, et elle se surprit de nouveau à regretter qu'ils ne restent pas quelques jours de plus. Fixant son image brouillée, elle demanda tout haut :

— Qu'est-ce que tu fabriques ?

Le miroir ne répondit pas.

Pour le conte de fées, c'était raté !

Et pour la pêche aussi.

Car dès qu'ils arrivèrent au milieu du lac, de gros nuages gris s'amassèrent dans le ciel et il commença à bruiner. Au début, le mauvais temps ne découragea pas les garçons, mais la pluie était glacée, et quand le vent se leva, Ben finit lui-même par avouer qu'être transi et trempé gâchait nettement le plaisir.

Au retour, tous étaient d'humeur sombre quand ils préparèrent leurs bagages. A tous les coups, quelqu'un — pourvu que ce ne soit pas Josh ou elle ! — allait ramener une souris dans ses valises, car en dépit des ordres stricts, on avait grignoté dans la chambre, comme l'attestait l'emballage vide de friandise qu'elle trouva sur le plancher.

Après le grand ménage, Tate vida le poêle de ses cendres et fit le tour du propriétaire pour voir s'ils avaient tout bien nettoyé et rangé.

— Ça me plairait bien d'être propriétaire d'un chalet comme

celui-ci, observa-t-il en verrouillant la porte. C'est peut-être ridicule, quand on s'apprête à vivre sur un ranch, dans une belle maison moderne et confortable, dotée d'une superbe vue sur les montagnes, mais je crois que j'adorerais posséder mes propres toilettes au fond du jardin.

— Vous oubliez la douche extérieure, ajouta-t-elle en lui décochant son regard le plus froid. Pour ma part, il me tarde de prendre un long bain brûlant dans une vraie baignoire. J'irai peut-être jusqu'à déguster un verre de vin. Oh ! Et avec un peu de musique douce, ce serait un délice.

Un bref silence s'installa, que Tate rompit en demandant d'une voix étranglée :

— Pourrais-je me joindre à vous ?

— Si Tara a déjà mis les voiles, vous êtes invité, répondit-elle effrontément.

— C'est noté. Je ne laisserais passer une invitation pareille pour tout l'or du monde, affirma-t-il en lui ouvrant la portière passager. Maintenant, espérons que la déprime d'être rentré bredouille peut se guérir à coup de burgers et de glaces. Ou en écoutant Ben et Adam se disputer sur qui va s'asseoir où. Car, aujourd'hui, j'ai décidé de ne pas m'en mêler.

Josh, le pacificateur, proposa de lui-même de s'asseoir au milieu, résolvant le problème.

Son neveu était vraiment un gosse adorable.

Au cas où sa sœur aurait déjà réintégré le domicile conjugal, ce serait sur elle que retomberait l'obligation de lui expliquer pourquoi ils le déposaient là-bas, au lieu de se rendre directement chez tatie Bex. Une conversation dont elle se serait bien passée et qu'elle comptait repousser après la dégustation des glaces.

Dès qu'elle retrouva suffisamment de réseau, elle envoya un texto à sa sœur.

Nous sommes sur le chemin du retour.

Si elle n'avait été attachée solidement, la réponse de Tara l'aurait fait basculer de son siège.

Je suis à Denver.

Elle jeta un regard à Tate qui descendait avec précaution la route en lacets bordée d'arbres.

— Hou là. Je vois qu'il s'est passé un événement, et que ce n'est pas le moment d'en parler.

— Oui, vous pouvez le dire, marmonna-t-elle péniblement.

Tara, qu'est-ce que tu fiches ?

J'ai changé d'avis. Je ne peux pas retourner avec Greg. J'ai besoin de prendre du champ. Ce matin, j'ai sauté dans le premier avion. Sans lui. J'ai une copine à Denver, qui peut me trouver un boulot.

Et Josh, alors ?

Tu pourrais le garder avec toi ?

Bex préférait ça et de loin. La question ne se posait même pas.

Evidemment. Est-ce que Greg va me chercher des noises ?

Je ne crois pas.

Pas vraiment rassurée par cette réponse, elle fixa son portable en s'interrogeant sur les droits qu'elle avait sur son neveu. Pour ce qu'elle en savait, ils étaient nuls.

Espérant ne pas être entendue des garçons, elle se tourna vers Tate et demanda à voix basse :

— Pourrions-nous dormir chez vous, cette nuit ?

Il ne battit même pas un cil.

— Sans problème.

— Uniquement cette nuit, précisa-t-elle.

— Aussi longtemps qu'il le faudra.

— Je demanderais bien à Hadleigh ou à Mel de nous héberger, mais Josh se sentirait mieux en compagnie de Ben et Adam. Je vous expliquerai plus tard.

Tate hocha la tête et resta silencieux quelques minutes, attentif à la route.

— Que s'est-il passé ? finit-il par demander à voix basse.

— Tara est dans le Colorado.

— Quoi ? Et elle est partie… comme ça ?

— J'en ai bien peur.

— Eh bien, on peut dire qu'elle a confiance en vous !

C'était gentil de sa part. Il aurait pu faire remarquer que c'était totalement irresponsable, pour une mère, de s'envoler pour un autre Etat en laissant son fils derrière elle. Or il n'en fit rien. Encore un point positif à son actif.

Quant à elle, elle restait perplexe, se demandant si elle devait déplorer ou applaudir la décision de sa sœur. Si Tara avait emmené Josh avec elle, la situation aurait pu être encore pire.

— Au moins, il pourra rester dans la même école, avec ses copains, observa-t-elle.

— Bex, vous vous rendez compte que Greg peut se pointer à tout moment pour réclamer son fils ?

Elle hocha tristement la tête.

— Je sais, oui. Je dois encore étudier ce problème. Greg est imprévisible. Je me sentirais plus en sécurité chez vous.

— La question ne se pose pas. Jamais je ne vous laisserai seule chez vous, répliqua-t-il sur un ton aussi sérieux que menaçant. Mais je continue de penser que votre sœur a perdu la tête.

Si Bex était d'accord avec lui sur ce point, elle n'en voyait pas moins les choses sous un angle différent.

— Au bout du compte, il est possible que Tara ait choisi la meilleure solution pour tout le monde, dit-elle, songeuse. Probablement par hasard, n'empêche que…

Le portable de Tate bipa. Il le lui tendit.

— Pouvez-vous vérifier qui c'est, s'il vous plaît ? Ce n'est pas l'endroit idéal pour se garer.

Elle regarda le nom qui s'affichait sur l'écran.

— Votre père.

— Pas maintenant, gémit-il. Et que dit-il ?

— Attendez… Si j'en crois son texto, il est à Mustang Creek.

15

Bex allait dormir chez lui — un événement auquel il ne s'attendait pas de sitôt —, et Tate se réjouissait d'avoir nettoyé sa salle de bains, juste avant de partir pour leur week-end de pêche.

Bien qu'il s'efforce de garder sa maison propre, il y régnait généralement un chaos plus ou moins contrôlé. Mais cette fois, la chance lui souriait : pas de vaisselle sale dans l'évier, plancher balayé, meubles dépoussiérés… Résultat, les lieux avaient l'air respectables — du moins autant qu'il était possible.

L'appartement qu'il louait était petit : trois chambres, une salle de bains et une modeste cuisine vieillotte. En tant que logement temporaire, il convenait parfaitement à un célibataire avec deux enfants, en particulier parce qu'il disposait d'une cour fermée, dans laquelle Ben et Adam pouvaient jouer. La majorité de son mobilier était au garde-meubles, et le peu qu'il avait gardé n'était pas vraiment adapté à l'exiguïté des lieux. Son grand canapé écrasait le minuscule salon, la télévision occupait l'intégralité d'un des murs, mais qu'importe ! L'arrangement n'était que provisoire. De plus, véritable bonus, l'appartement se situait à proximité de l'école, où les garçons pouvaient se rendre à pied. Quand ils seraient installés au ranch, il faudrait qu'il les y conduise.

Pourtant il lui tardait de déménager dans sa belle maison flambant neuve. Dès que les finitions intérieures seraient terminées, l'entrepreneur pourrait s'attaquer à la grange et aux écuries.

— Finalement, Josh et moi pouvons rester ici, déclara Bex, quand ils s'arrêtèrent devant chez elle. Tout se passera bien.

A l'évidence, elle était revenue sur sa décision, car au départ, il s'agissait juste de déposer leur linge sale et de récupérer des vêtements propres, plus quelques affaires personnelles.

— Il n'en est pas question ! décréta-t-il sur un ton sans réplique. Tant que nous ignorons la réaction de votre beau-frère au départ de Tara, je vous suivrai comme votre ombre.

— Et votre père ?

— Il a pris une chambre dans le palace en bordure de la ville. C'est bien plus son style que mon modeste logis sur Aspen Street. Même quand nous séjournons en famille à Kirkland, il n'habite pas avec nous. La triste réalité c'est qu'il n'a pas de temps à consacrer à deux petits garçons turbulents. Tiens, pendant que vous y êtes, prenez une robe. Parce qu'à moins que vous n'y soyez farouchement opposée, nous dînons avec lui.

— Je ne sais pas si Josh possède une tenue adaptée. Et si je restais chez vous, avec les garçons ?

— Josh a la même taille qu'Adam. Ça doit pouvoir s'arranger.

Il porta sa valise jusqu'au perron, mais elle l'arrêta au bas des marches. Ne souhaitant pas la bousculer, il obéit sans poser de question.

Dix ou quinze minutes plus tard, quand elle sortit de la maison, chargée d'un gros sac de gym en toile, son expression lui dit qu'il s'était passé quelque chose.

— Je vous expliquerai plus tard, chuchota-t-elle en remontant dans le 4x4.

Il démarra. Les nouvelles n'étaient pas bonnes, songea-t-il. En effet.

Quand ils furent arrivés chez lui, dès que les garçons eurent disparu dans leur chambre, elle lui annonça que Greg lui avait laissé une douzaine de messages pour demander pourquoi Tara ne répondait ni à ses appels ni à ses textos.

— C'est sympa de la part de votre sœur de vous laisser vous dépatouiller avec lui, ne put-il s'empêcher de lui faire remarquer.

— C'est peut-être étrange, mais je suis plus heureuse de la savoir partie que sur le point de retourner avec lui. Comme elle est incapable de lui dire non, elle a préféré s'extraire du jeu. C'est la chose la plus futée qu'elle ait faite depuis longtemps.

« Futée » ? Lui, il trouvait plutôt incompréhensible qu'elle ait pu abandonner son fils sans état d'âme. Mais il reconnaissait qu'au moins Josh était en sécurité avec sa tante. Tripp lui avait expliqué qu'en dépit de ses défauts, Greg n'était pas un mauvais bougre. Quelque part, ce type lui rappelait Sandra : égocentrique et infidèle. Il aurait dû exister une loi condamnant cette conduite. Malheureusement, ce n'était pas le cas, et Bex avait sûrement raison. Si Tara pouvait si facilement se laisser manipuler par son mari, s'éloigner de lui était sa meilleure option.

Il désigna le couloir et dit :

— J'utilise la chambre du fond comme bureau. Elle est équipée d'un canapé-lit. C'est là que je dormirai. Vous pouvez vous installer dans ma chambre. Nous manquons de bain moussant, dans cette maisonnée de mâles, alors j'espère que vous avez apporté le vôtre. Sinon, pour le reste, faites comme chez vous.

A cet instant, c'était le doré qui dominait dans les yeux de Bex. Elle lui décocha un regard qu'il aurait décrit comme « aguicheur » si ce vocabulaire n'avait été trop éloigné de son domaine d'expertise.

— On pourrait partager votre lit, suggéra-t-elle. Ce ne serait pas la première fois et je suis persuadée qu'il est bien plus large que notre couchette au chalet.

En effet. C'était un lit king-size. Et sans la présence de trois enfants dans la chambre, comme au chalet, les choses pouvaient… dégénérer.

De la plus agréable façon qui soit.

— A votre guise, répondit-il, hésitant à ajouter : « Et avec grand plaisir ! »

— Alors je vote en faveur du partage. Bon, je vais prendre un bain, annonça-t-elle.

Et elle le planta là, avec l'image de son corps nu à l'esprit…

C'était bien la dernière chose dont il avait besoin !

Désireux de se changer les idées, il appela son père.

— J'espère que cela ne te dérange pas, mais nous serons cinq au dîner. Mon amie Bex et son neveu nous accompagnent.

— La jolie petite brunette ? Oh ! Je vois. Quel est son métier déjà ? Professeur de fitness ?

C'était l'ennui, avec son père. Chez lui, tout se mesurait en termes de succès financier ou professionnel. Souhaitant que Bex soit jugée à l'aune de ses mérites, de sa personnalité et de sa chaleur humaine, il fut tenté de répondre « oui », mais la vérité émergerait de toute façon.

— En fait, elle est propriétaire d'une chaîne de clubs de gym, précisa-t-il. A quelle heure, la réservation ?

— Une *chaîne* ?

— Oui. A quelle heure ?

— 19 heures ? Je vais demander que l'on nous réserve une grande table.

— Nous y serons, répondit Tate, s'efforçant vainement d'ignorer que l'eau s'était arrêtée de couler dans la salle de bains. A tout à l'heure.

S'il tendait l'oreille, il pourrait sûrement entendre les pieds nus de Bex sur le carrelage. Malheureusement, espionner ses invités de la sorte n'était pas dans sa nature. Il se rendit donc dans sa chambre, alluma la télé et zappa sur un match de football américain.

Son portable sonna. C'était Tripp.

— Les Seahawks sont en train de prendre une déculottée.

— Je vois ça.

— Comment s'est passé votre séjour à la montagne ?

— Génial.

Il mentait : c'était encore mieux que ça.

— Hadleigh m'a dit que Bex lui avait envoyé un texto pour l'avertir que ce soir, elle dormait chez toi. Il y a un problème ?

Dès que Bex était concernée, Tripp réagissait automatiquement en grand frère. Ce qui était rassurant. Sauf qu'à cet instant, il se sentait tout à fait capable de protéger la jeune femme tout seul.

— Disons que nous cherchons à éviter d'en avoir, précisa-t-il, avant de l'informer du départ précipité de Tara. C'est juste pour donner à Greg le temps de se calmer. Il paraît que Tara avait accepté de retourner avec lui, avant de changer d'avis à la dernière minute et de quitter la ville sans l'avertir. A priori, fuir ce type n'est pas une mauvaise décision. N'empêche qu'elle aurait pu annoncer elle-même la nouvelle à son fils. Greg cherchera sûrement à voir Bex pour savoir ce qu'il se passe.

— Je doute qu'il ose la toucher, mais attendez-vous à une sacrée prise de bec. Greg sait que Bex désapprouve sa conduite envers sa sœur, tout comme moi, d'ailleurs. Et beaucoup, dans cette ville, estiment que Tara Stuart a fait un mariage calamiteux. Espérons qu'elle aura le cran de téléphoner à son mari pour lui annoncer qu'elle est partie pour de bon. Cela retirerait à Bex une belle épine du pied. Tara est une brave fille, mais c'est une chiffe molle. Si, comme on le dit, les faibles héritent de la Terre, elle en obtiendra un gros morceau !

— Oui, c'est l'impression qu'elle donne, reconnut Tate. Au cours de ces trois jours, pas une fois Josh n'a mentionné son père. Et il n'a pas non plus demandé pourquoi sa tante et lui dormaient chez nous. Je conçois qu'il se soit bien amusé à pêcher et à jouer avec les garçons, seulement, en général, les gamins ont hâte de retrouver leur chambre, leur routine, leur vie de famille. Lui, il s'accroche à Bex comme une bernique à son rocher.

— Tu devrais parler à Spence. Sa mère l'a abandonné chez sa tante quand il était gosse et ce n'est que récemment qu'ils ont repris contact. Il a toujours soutenu qu'il avait gagné au change et qu'il s'était facilement adapté, comme tous les gamins.

Tate ne répondit pas, un peu mal à l'aise soudain. Lui-même en arrivait à se demander si ce n'était pas une bénédiction pour ses fils d'avoir échappé à l'influence de leur mère. Bien sûr, elle était morte et jamais il ne l'avait souhaité, mais elle aurait pu leur inculquer son immoralité. C'est pourquoi, au cours de la procédure de divorce, il avait prévu de réclamer leur garde exclusive. Considérant le passé de Sandra, son avocat lui avait assuré qu'il l'obtiendrait aisément.

— Mon père est en ville, reprit-il, pour changer de sujet. Il me tarde de découvrir ce qui l'amène.

— Ton père était éleveur de chevaux et, depuis le début, je te répète qu'il meurt d'envie d'investir dans ton affaire, répliqua Tripp qui avait souvent rencontré Randolph Calder, quand celui-ci louait les services de sa compagnie d'aviation. Puisque tu es condamné à subir ses conseils et ses critiques, pourquoi ne pas prendre l'argent qu'il te propose pour bâtir des écuries plus belles et plus spacieuses ?

Un conseil avisé. Le problème, c'est qu'il n'arrivait pas à s'y résoudre.

— S'il le propose, j'y réfléchirai. De son côté, Bex connaît quelqu'un qui pourrait être intéressé.

— Qui cela peut-il… ? commença Tripp, avant d'éclater de rire. Lettie Arbuckle ! Oh oui ! Lettie acceptera sûrement d'investir dans ton élevage. Mais pour toi, ce sera comme choisir entre la peste et le choléra.

Ce n'était pas vraiment rassurant et, à tout prendre, Tate préférait encore des écuries trop petites.

— Je prendrai cette info en considération, marmonna-t-il, soudain déprimé.

Bex tira sur l'ourlet de sa jupe, s'examinant d'un œil critique dans le miroir.

Jolie robe noir et blanc, stylée et confortable, chaussures en daim noir assorties… Pas de doute, elle était à son avantage.

Il ne lui restait plus qu'à préparer Josh.

Elle s'attendait à ce que son neveu l'interroge sur sa mère d'un moment à l'autre et, tout en le redoutant, elle s'inquiétait encore plus à l'idée qu'il ne pose *aucune* question.

Son neveu semblait heureux, ce qui était le principal. Il n'empêche qu'un enfant aurait dû être pressé de rentrer chez ses parents. Or, soit c'était le cas et Josh n'osait pas le dire, soit il s'en fichait. Quelle hypothèse était la pire ?

Le fait qu'il n'ose pas le dire, décréta-t-elle en fixant son reflet, sans le voir. Peut-être aurait-elle dû parler à Ben, pour découvrir si Josh s'était confié à lui ou à son frère. Sauf qu'elle ignorait totalement comment s'y prendre. Ben n'avait que huit ans, et il était trop jeune pour être confronté à des problèmes d'adultes. En outre, c'était le fils de Tate, pas le sien. Conclusion : elle ne pouvait pas se servir de lui pour avoir des infos.

Et puis, un problème à la fois. La première étape c'était de vérifier si Josh avait les vêtements adéquats pour dîner dans le restaurant le plus huppé de Mustang Creek. Dans le cas contraire, il faudrait qu'il emprunte une tenue à Adam.

Elle avait fourré à la va-vite quelques vêtements de Josh dans son sac, mais le choix avait été restreint, car la majorité de ses affaires étaient restées chez lui. Mais elle trouva un jean propre qui ferait l'affaire et un T-shirt épais qui pourrait convenir. Le problème serait totalement résolu dès qu'elle aurait mis la main sur un fer à repasser.

Elle laissa Tate superviser le bain. Ce qui consista à emmener les garçons à tour de rôle dans la salle de bains, à leur annoncer que l'usage du savon et du shampoing était obligatoire et à leur tendre une serviette.

Une méthode tout à fait efficace, ma foi.

C'était si mignon d'entendre Josh lui répondre exactement sur le même ton que Ben et Adam. Quelle chance elle avait d'être épaulée par Tate ! Sans lui, elle ne savait pas trop où elle en serait.

Assise sur le canapé démesuré du salon, elle tenta de nouveau de joindre sa sœur. Alors que ses dernières tentatives avaient échoué, cette fois, Tara décrocha.

Oui, elle était à Denver.

Non, elle n'avait pas encore parlé à Greg. Oui, elle était consciente de repousser l'inévitable.

Qu'allait-il advenir de Josh ?

La question ne sembla pas perturber Tara, qui répondit avec assurance :

— Greg n'insistera pas pour le reprendre, il va le laisser chez toi.

C'était à la fois une bonne et une mauvaise nouvelle pour toutes les parties concernées. Si Bex détestait l'idée que Josh retourne chez son père, elle avait du mal à s'imaginer en train d'élever un gamin de six ans. Et puis, même si Tara traversait une passe difficile, son fils aurait dû être sa priorité.

— Tout va bien ? lança Tate, les cheveux encore humides, car il était passé en dernier sous la douche.

Il était fantastique, dans son pantalon noir et sa chemise grise, pourtant, ce qui la bouleversa le plus, ce fut l'inquiétude qu'elle lut dans ses yeux.

— Je viens de parler à ma sœur, et je crois que Josh va rester avec moi, annonça-t-elle en jetant son portable dans son sac. Tara jure que Greg n'aura aucune envie de s'occuper de son fils.

— Bex, je sais que vous vous rongez parce que vous ne savez pas comment lui annoncer la nouvelle, mais à mon avis, c'est ce qu'il désire. Pour lui, vous représentez la stabilité et la sécurité. Il est content d'être éloigné du front. Il va pouvoir continuer à jouer avec Ben et Adam, aller à l'école comme d'habitude et échapper, du même coup, à toute cette tension qu'il ressent sans bien la comprendre.

— N'empêche que je dois lui expliquer ce qui se passe.

— Est-ce qu'il a donné des signes indiquant qu'il était prêt à entendre vos explications ?

— Il a six ans ! Il ignore ce à quoi il est prêt.

— Bex, vous voulez tout arranger pour lui, et j'aimerais faire pareil pour mes fils. Mais nous n'y pouvons rien et Josh devra faire avec, comme nous le faisons tous, expliqua Tate d'une voix posée et rassurante. Je vous garantis qu'avec votre soutien, le mien et celui de tous nos amis, il s'en sortira. Oh zut ! lança-t-il soudain en faisant la grimace. Il faut y aller. Toutes mes excuses si la conversation de ce soir devient désagréable. Mon père n'est pas réputé pour son tact.

C'étaient les paroles d'un autre petit garçon délaissé. Peut-être pas abandonné, au sens propre, mais l'éloignement affectif avec son père était visible. Un petit garçon qui, aujourd'hui, s'était métamorphosé en un homme équilibré, et… beau à tomber.

— D'accord, dit-elle en s'approchant de lui. Je lui pardonne d'avance si vous m'embrassez. Dépêchez-vous, pendant que nous avons deux minutes d'intimité.

Il accéda à sa demande avec une fougue admirable et ne rouvrit les bras que quand des rires d'enfants retentirent dans le couloir.

— C'est malin ! Vous m'avez étalé du rouge à lèvres partout, murmura-t-elle.

— J'espère bien, sinon je ne vous aurais pas embrassée correctement.

— Je vais aller réparer les dégâts, pendant que vous rassemblez la troupe.

— Marché conclu.

Elle retrouva l'ambiance surréaliste du week-end quand ils remontèrent dans le 4x4, et brusquement, elle eut l'impression d'être passée du statut de femme d'affaires célibataire et indépendante, débordée par sa vie trépidante et ses amies, à celui de femme en couple et mère de substitution de trois petits garçons pleins de vie.

Une fois encore, la dispute habituelle à propos des places dans la voiture tourna court, car Josh grimpa automatiquement au milieu.

Avec son faux air de chalet suisse, l'hôtel le plus cher de la région était la réplique d'un palace de station de ski, mais à l'échelle de Mustang Creek. A cette époque de l'année, le parking n'était qu'à moitié plein.

— Tiens, mon père est venu par la route, fit remarquer Tate en se garant auprès d'une magnifique voiture de sport. Il doit vraiment avoir quelque chose d'important à dire. Autant en finir au plus vite.

16

Tate devait admettre que ce dîner le rendait anxieux. C'était ridicule ? En effet. Parce qu'il était adulte et loin d'être un raté.

Ils étaient tous installés à une grande table ronde, près d'une baie vitrée avec vue sur le Teton. Etonnamment silencieux, les garçons restaient immobiles. Son père, toujours formaliste, portait un costume trois pièces. Quant à Bex, elle était époustouflante, dans sa robe moulante.

Et, bien sûr, son père avait une idée derrière la tête.

Car il n'attendit même pas qu'on leur serve leurs boissons — vin rouge pour les adultes et limonade pour les garçons — pour évoquer la raison qui l'avait poussé à entreprendre un aussi long trajet.

— Demain, je veux jeter un coup d'œil au ranch, dit-il. Et j'aimerais savoir comment tu comptes planifier cette aventure.

Tate jura intérieurement. Pas de doute, son cher père avait l'intention de s'impliquer à fond. La question était : fallait-il ou non accepter son aide ?

— Si tu as envie de visiter les lieux, pas de problème, répondit-il prudemment. Maintenant que la maison est presque terminée, il ne me reste plus qu'à déterminer la taille des écuries.

Une serveuse s'approcha pour prendre leurs commandes. Les trois garçons choisirent des nuggets de poulet et des frites. Bex demanda le plat du jour, un magret de canard aux pruneaux avec une sauce au vin. Il l'imita, puis, comme il fallait s'y attendre, son père commanda un steak, avant de reprendre la conversation.

— Puisque tu as choisi cette voie, autant nous assurer qu'elle aboutisse au succès, décréta-t-il.

La note de désapprobation était toujours présente, mais Tate n'en tint pas compte. Quand il avait privilégié le football au lycée, aux dépens du football américain, ils avaient eu le même genre de discussion. Au début, sa décision de passer du génie chimique à l'aviation à l'université n'avait pas non plus suscité l'enthousiasme paternel. Il faut dire que peu de chose trouvait grâce aux yeux de son père. Mais à présent qu'il avait trouvé le juste équilibre entre irritation et amusement, il avait fini par l'accepter tel qu'il était ; c'était sa manière d'agir, voilà tout. Et surtout, il ne se sentait plus blessé chaque fois que son père remettait en question son jugement.

Tout ce qu'il espérait c'était que Bex endurerait sans trop de séquelles le passage de l'ouragan Randolph Calder. Parce que, parfois, mieux valait être équipé d'un gilet de sauvetage, d'une combinaison étanche et s'attacher au mât !

— Le domaine est superbe, intervint Bex, avec une loyauté touchante. Et la maison sera magnifique. Non seulement les chevaux disposeront de beaucoup d'espace, mais c'est l'endroit idéal pour élever les garçons.

Comme son père se tournait vers elle, Tate en profita pour boire une gorgée de vin afin de se cuirasser contre le sermon paternel qui allait suivre. Et, bien sûr…

— Elever des chevaux n'est pas un passe-temps, c'est un style de vie, déclara son père. Ces bêtes exigent des soins constants. Cela n'a rien d'un travail de bureau. Les juments mettent bas à toute heure du jour et de la nuit, et seule une partie des poulains sera apte à la monte. Il faut payer les saillies, les visites du vétérinaire. Une maladie contagieuse, si elle n'est pas jugulée à temps, peut décimer une écurie. Et je ne parle même pas du nombre de fois où il faut les nourrir, nettoyer leur box et que sais-je encore. Quant au débourrage, il doit être pratiqué par quelqu'un qui connaît bien son affaire. Car un cheval mal dressé est impossible à vendre.

Bex ne cilla pas. Les yeux étincelant telles des émeraudes, elle garda tout son calme pour répondre :

— Votre fils est au courant, et il a l'étalon et le vétérinaire qu'il lui faut. Son seul problème, c'est le montant de la somme qu'il pourra investir dans la construction de ses écuries. A son avis, c'est beaucoup plus rationnel, économiquement parlant, de bâtir tout de suite à la bonne taille que de devoir agrandir par la suite.

Tate lui jeta un coup d'œil surpris. C'était un défi, ou il n'y connaissait rien. Il n'avait nullement besoin qu'elle mène ses batailles à sa place, pourtant il ne pouvait s'empêcher d'être touché.

— J'ai bien étudié la question, papa, déclara-t-il calmement, sans laisser à ce dernier le temps de contre-attaquer.

— On verra.

La réponse fit se hérisser Bex. Mais elle dut remarquer son petit sourire, car elle se détendit aussitôt et n'intervint pas. La communication muette semblait si naturelle entre eux, songea-t-il. Pourvu qu'il en soit de même pour la communion physique !

C'était elle qui avait suggéré de partager son lit, ce soir, porte close, cette fois, et sans aucun intrus dans la chambre. Il y avait donc peu de chances que leur nuit soit perturbée.

— Bex Stuart !

La femme qui s'était arrêtée à leur table était petite et élégamment vêtue d'un tailleur vert, qu'elle n'avait pas dû acheter à Mustang Creek, mais plus probablement à New York. A vue de nez, elle avait une bonne soixantaine d'années et semblait dotée d'une personnalité imposante.

— J'ai eu votre message, déclara-t-elle. Serait-ce le jeune homme dont vous m'avez parlé ? Celui qui cherche un investisseur pour monter son entreprise ?

Tate se leva poliment.

— Tate Calder, madame. Vous devez être Mme Arbuckle.

Bex devait se demander comment il connaissait son nom, mais il lui faisait confiance pour le deviner toute seule.

En tout cas, c'était une bonne chose que Tripp l'ait mis au parfum ! La peste ou le choléra…

Quand son père se leva à son tour pour la saluer, Mme Arbuckle l'ignora superbement.

— Ces deux enfants sont sûrement les vôtres, reprit-elle.

Charmants. Je serai chez vous demain. Nous parlerons de notre affaire.

Dès qu'elle se fut éloignée pour rejoindre un groupe de dames d'âge mûr à une autre table, Bex s'éclaircit la voix.

— Mme Arbuckle a beau être abrupte, elle est très gentille, dit-elle, gênée. Pour ma part, je l'aime beaucoup. C'est vrai qu'il faut bien la connaître pour l'apprécier à sa juste valeur.

Tate jeta un regard inquiet à son père. Lettie Arbuckle l'avait superbement ignoré, et il n'avait sûrement pas apprécié.

— Nous nous sommes déjà rencontrés, laissa-t-il tomber sur un ton acide.

Bien sûr qu'ils se connaissaient ! se dit Tate. Ils appartenaient probablement à la même tranche d'impôts et culminaient au même niveau social. Dans un Etat comme le Wyoming, où la population n'atteignait pas le million d'habitants, il était inévitable que ces deux-là tombent occasionnellement l'un sur l'autre. Mais il se garda bien d'en faire la remarque.

— Bex, qui la connaît, a pensé qu'elle pourrait m'être utile, dit-il simplement.

— Tu vas solliciter *son* aide ? s'exclama son père, offensé.

Le sujet était délicat, et Tate réfléchit rapidement pour trouver une réponse à la fois diplomate et honnête, susceptible de désamorcer le conflit.

— Tu semblais désapprouver mon idée, papa.

Sa franchise n'eut pas l'effet escompté. Heureusement, l'arrivée du pain provoqua une diversion qui détendit l'atmosphère. Le panier fit le tour de la table, le beurre fut distribué, et Tate aida Adam à se faire des tartines sans en mettre partout. Son père avait toujours l'air courroucé, mais il s'en moquait éperdument.

Oh ! il lui était toujours attaché, ça oui ! Mais lui plaire n'était plus aussi important à ses yeux. Bien moins important.

A cet instant, les prunelles de Bex ressemblaient à de l'or liquide. Elle lui tendit la corbeille de pain avec un grand sourire.

— Prenez vite un petit pain, lui suggéra-t-elle. Sinon les requins vont revenir à la charge et vous aurez raté votre chance.

A cette seconde, s'il n'avait pas été déjà amoureux d'elle, il en serait tombé raide dingue. D'autant plus qu'elle lui montrait ouvertement son soutien. Réconforté, il prit un pain et décida de se détendre.

— Tu ne peux pas laisser Lettie Arbuckle investir dans ton affaire, protesta son père, refusant de s'avouer vaincu.

— Pourquoi ?

— Elle va se mêler de tout !

« Toi aussi ! », faillit-il lui rétorquer. Mais il jugea plus sage de s'abstenir.

De toute façon, il n'avait plus envie de discuter de la question. Le moment était mal choisi, car malgré leur indifférence affichée, les enfants ne rataient pas une miette de cet échange à fleurets mouchetés.

— Puisque tu viens chez moi demain, tu m'expliqueras ton point de vue, dit-il, mettant fin à la conversation.

Le dîner se déroulait à la fois plus mal et mieux que Bex ne l'avait escompté.

Randolph Calder était un fascinant mélange de cordialité et d'autoritarisme. Il pensait tout savoir, mais sous l'écorce, elle sentait que c'était un homme bien. Ce qui, en définitive, était le principal — et aussi un grand soulagement, car elle avait craint de ne pas l'aimer.

Il lui posa de nombreuses questions sur son entreprise, ce qui ne la surprit guère, car elle avait déjà eu affaire à des douzaines d'hommes de sa trempe. Elle répondit aussi sincèrement que possible, et avec un certain plaisir car il semblait réellement s'intéresser à ce qu'elle lui disait.

Quoi qu'il en soit, Tate et lui venaient sûrement de deux planètes différentes ! Si Randolph Calder était un homme d'affaires pur et dur, Tate, lui, était…

Un homme sensible. Et s'il croyait ne pas l'être, il se trompait lourdement. D'ailleurs c'était l'amour qu'il portait à ses fils et sa gentillesse envers Josh qui l'avaient séduite. Qu'il arrête donc de se vexer, dès que l'on évoquait sa part sensible. Ce n'était pas une tare, et elle le lui prouverait. Elle caressa machinalement la breloque accrochée à son bracelet.

— Je vous demanderais volontiers pourquoi vous me fixez

comme ça, si je n'avais peur que la réponse n'incrimine mon père, chuchota Tate, quand on servit les plats. Tout va bien ?

Elle lui sourit.

— Je crois que oui.

Tate, qui avait surpris son geste, prit un air intrigué. C'est le moment que choisit Adam pour renverser du ketchup sur sa chemise — un de ces désastres mineurs dont sont coutumiers les petits garçons. Il l'entraîna donc en vitesse en direction des toilettes.

Bex se tourna vers Randolph, pour lui demander s'il avait apprécié le dîner, mais ce dernier la prit de vitesse.

— Comment vous êtes-vous rencontrés, mon fils et vous ?

— C'est une de mes meilleures amies qui a joué sans vergogne les entremetteuses, répondit-elle sincèrement.

— Je vois, répondit-il avec un petit sourire. Eh bien, on dirait que ça a marché.

Ne sachant trop comment Tate prendrait cette conversation, elle répondit prudemment :

— Oui, jusqu'à présent, on s'entend bien.

Randolph Calder coula un regard vers Ben, sembla hésiter un instant, mais il reprit, un ton plus bas :

— Dans sa vie, mon fils a pris plusieurs décisions que j'ai désapprouvées. Que pensez-vous de son projet d'élevage de chevaux ? Vous êtes de la région, non ? Mustang Creek ne me semble pas assez dévcloppée pour la rentabilité d'une telle entreprise. Où est le marché, je vous le demande ?

« Les affaires en premier et tout pour les affaires. » C'était par cette formule que Tate avait décrit son père.

Heureusement, elle connaissait le sujet.

— Détrompez-vous, il existe un vrai marché dans la région. Nous avons beaucoup d'éleveurs de bétail qui ont besoin de chevaux pour leur travail, mais votre fils vise en priorité l'industrie du tourisme. Les randonnées à cheval et les excursions demandent des bêtes dociles et bien dressées.

— C'est intéressant…, murmura-t-il. Et sa propriété, est-elle assez vaste pour accueillir un hôtel comme celui-ci ?

— Un *hôtel* ?

— Je suppose que si Lettie Arbuckle s'intéresse au projet,

c'est qu'il y a un hôtel à la clé. Elle possède la moitié des établissements de l'Etat. Si Tate projette d'en bâtir un, il aurait dû s'adresser à moi.

Oh non ! Elle n'avait pas du tout l'impression que c'était ce qu'il désirait.

— Je... je crois qu'il a simplement envie d'élever des chevaux.

— L'hôtellerie serait nettement plus profitable. Je n'ai pas eu d'autre choix que cet établissement pour séjourner dans la région. Je suis rarement d'accord avec les idées de Lettie, pourtant je crois que celle-ci pourrait être un succès. Un lodge sur un ranch en activité, avec cette vue sublime ? Ça pourrait être un coup gagnant !

C'est avec soulagement qu'elle vit Tate revenir en compagnie d'Adam qui sautillait entre les tables.

— J'ignore combien d'hectares il a achetés exactement, répondit-elle précipitamment. Vous devriez le lui demander.

— Problème résolu, annonça Tate en s'asseyant.

Son regard passa de son père à elle, et il demanda, perplexe :

— J'ai raté un épisode ?

Elle éluda sa question en lui tendant le menu des desserts.

— Tenez !

Il comprit sa manœuvre, mais elle savait qu'elle lui devrait quelques explications.

Pour le dessert, ils partagèrent une part de gâteau au chocolat, les garçons prirent des glaces, et Randolph Calder se contenta d'un café et d'un cognac hors d'âge.

Ce n'est qu'une fois dans le 4x4, sur le chemin du retour, que Tate demanda :

— Allez, racontez. Qu'est-ce qu'il vous a dit, quand je n'étais pas là ?

— Tate, c'est peut-être ma faute.

— Votre faute ? Pourquoi ? Vous me rendez nerveux. Expliquez-vous.

— Je voudrais préciser que j'ignorais totalement que votre père connaissait Mme Arbuckle.

— D'accord, mais cela ne me rassure pas du tout. Quelle importance, qu'ils se connaissent ? A part le fait qu'ils semblent se détester et pourraient souhaiter tous les deux investir dans mon élevage. Tripp m'a dit que votre Mme Arbuckle était une force à ne pas négliger. Ma décision n'est pas encore prise, cependant, quoi qu'il arrive, il n'est pas question d'exclure Doc Cameron du projet. Il en fait partie intégrante.

— Votre père a parlé d'un hôtel.

— Pas question.

La réponse, sans équivoque, ne laissait aucune place à la discussion.

Bex s'affaissa légèrement dans son siège en soupirant.

— Tate, je ne fais que vous rapporter ses propos. N'empêche que l'idée n'est pas bête. Un bel hôtel serait utile, dans la région. En ce moment, le choix est réduit, si vous n'avez pas envie de fréquenter une chaîne d'hôtels. Et même ces établissements sont peu nombreux.

— Je veux ma maison, mon corral, ma pâture, une écurie, une grange et c'est tout ! J'ai envie de contempler le Teton, pas les murs d'un hôtel.

— Je comprends, mais rien ne peut empêcher votre père ou Mme Arbuckle d'acheter des terres à côté, pour y construire un établissement de luxe. Ce serait bon pour vos affaires, parce que vous pourriez louer vos chevaux pour des randonnées ou des promenades. Si vous leur présentez les choses sous cet angle, ils pourraient toujours financer votre grange et votre écurie. Demain, tous deux viennent vous rendre visite. Attendez de voir celui qui vous fait la meilleure offre.

Cela lui prit une bonne minute, mais Tate finit par sourire.

— Vous êtes super-sexy quand vous fonctionnez en mode « femme d'affaires ». En même temps, vous êtes toujours sexy, alors, à quoi bon le préciser ?

— Merci du compliment… Qu'est-ce que vous en pensez ?

Il jeta un coup d'œil dans le rétroviseur avant de répondre :

— Avec des gamins assoupis dans la voiture, la résolution de ce dilemme devra attendre demain. Pour l'heure, je préfère me concentrer sur votre proposition de dormir dans mon lit.

Cela tombait bien, parce qu'elle aussi ne pensait qu'à cela.

17

Sur une échelle de 1 à 10, le dîner avait, grosso modo, remporté un 7, se dit Tate. Fausses notes, cette histoire d'hôtel et les taches de ketchup. Mais il pouvait laver la chemise et réfuter cette idée absurde d'hôtel, donc, l'un dans l'autre, c'était un succès. Surtout considérant la présence de son père.

Ce dernier appréciait Bex.

Et ça, c'était un point positif.

Parce que avec Randolph Calder, pas de demi-mesures. Il vous aimait ou il ne vous aimait pas, et sa décision était sans équivoque. Bex était belle, elle avait le sens des affaires. Que son père l'apprécie n'était donc pas surprenant.

Mais c'était pour des raisons bien différentes que lui se sentait attiré vers elle — enfin, peut-être pas *si* différentes, après tout. Mais l'indéniable attirance qu'elle lui inspirait était renforcée par un sentiment plus profond.

Il y avait chez elle une qualité indéfinissable qu'il renonçait à analyser. Du moins ce soir. Car une seule chose l'obsédait : son époustouflant sex-appeal.

Ce soir, pour eux, tous les voyants étaient au vert. Les garçons, épuisés par leur longue journée, n'avaient opposé aucune résistance à la toilette et au coucher. Avant même qu'il quitte leur chambre, Adam s'était déjà endormi. Josh, sur son matelas gonflable à même le plancher, n'allait pas tarder à l'imiter. Quant à Ben, il avait marmonné un « bonne nuit » vague et ensommeillé.

Il se dépêcha d'aller retrouver Bex qui, détendue, se relaxait sur le canapé.

— Vous mettez les enfants au lit avec une facilité déconcertante, dit-elle. Vous me donneriez une leçon ?

Incapable de résister, il la souleva dans ses bras.

— Ce soir, j'avais un motif caché pour accélérer le mouvement et balayer tous les obstacles, répondit-il. Maintenant, puis-je *vous* mettre au lit ? J'espère que c'est une proposition que vous ne refuserez pas.

— Je pique déjà du nez, murmura-t-elle en faisant semblant de bâiller.

— Voyons si je ne peux pas vous garder éveillée un petit moment…

Et il l'emporta vers sa chambre, d'une manière qui pouvait sembler un peu théâtrale.

Ce qui n'empêcha pas Bex de rire et lui de sourire, quand il la déposa sur le lit.

Il s'empressa de refermer la porte à clé, puis déboutonna sa chemise et la jeta sur une chaise en lançant :

— J'avoue que je mourais d'impatience de recoucher avec vous.

— Je me disais bien que cette couchette n'était pas si inconfortable que ça.

— Peut-être, si vous mesurez moins d'un mètre soixante-dix, répliqua-t-il en s'asseyant pour enlever ses bottes. Mais cette exiguïté n'était pas dénuée de charme, grâce à vous. Ai-je déjà mentionné le fait que j'avais un gros béguin pour vous ?

Ce qui était un euphémisme.

Sans répondre, Bex enleva sa robe.

Il ouvrit de grands yeux et en perdit la respiration. En dessous elle ne portait qu'un minuscule soutien-gorge noir et une culotte encore plus microscopique. Elle était vraiment irrésistible avec sa chevelure dénouée et toute cette peau nue…

— J'espérais voir cette expression sur votre visage, dit-elle à voix basse. Généralement, je ne porte pas ce genre de tenue. Vous vous souvenez de mon pyjama en pilou ?

— Vous étiez très sexy dedans, la rassura-t-il, sincère. Mais je reconnais que ces dessous sont légèrement… mieux. Vous comptez quand même les enlever ?

— Si vous faites la même chose, cow-boy. Avec moi, c'est tout ou rien.

Il ne fallut pas le lui dire deux fois. Jamais il ne s'était dégagé aussi vite de son pantalon. A coup sûr, si on l'avait chronométré, il aurait pulvérisé le record du monde.

« A priori, le fait que je ne sois pas foudroyé sur place est bon signe, se dit-il en regardant Bex dégrafer son soutien-gorge et faire glisser sa culotte sur ses longues jambes. Ça signifie que j'ai le cœur solide. »

Cela faisait un moment qu'il n'avait pas touché une femme, et dans la journée, il s'était arrêté chez le pharmacien pour acheter une boîte de préservatifs. S'il n'avait rien d'un moine, les rencontres d'un soir ne servaient qu'à assouvir un besoin rudimentaire et le laissaient toujours frustré. Tandis que là…

Il s'assit près de Bex, étendue sur le lit, et effleura son sein d'une caresse légère.

— Vous en avez envie aussi ? demanda-t-il, soudain ému. Je ne veux pas vous forcer.

En réponse, elle roula sur lui, poitrine nue contre torse nu. Son sourire aurait pu faire basculer la Terre sur son axe quand elle murmura :

— Oui, j'en ai envie.

— C'est que…

— Vous réfléchissez trop, Tate Calder. Contentez-vous de me faire l'amour.

Et elle l'embrassa en caressant délicatement ses lèvres.

Malgré l'envie qu'il avait de passer à des jeux plus sérieux, il fallait qu'il pose la question. Grâce à Tripp, il connaissait un peu le passé de Bex et était au courant, pour Will. Cependant…

— Je me sens un peu ridicule de demander ça, murmura-t-il en effleurant sa joue. Mais vous n'êtes pas vierge, au moins ?

— J'ai presque trente ans.

— Ce n'est pas une réponse.

— Est-ce que cela ferait une différence ?

— Oui. Je pourrais prendre des précautions.

Elle secoua la tête et le fixa avec des yeux lumineux.

— Je ne suis plus vierge. Quand nous sortions ensemble, Will a refusé de me toucher avant que j'aie dix-huit ans. Je comprenais ses scrupules, parce qu'il était plus âgé et… un homme d'honneur. Mais nous avons passé une semaine ensemble, avant sa dernière mission. Et cette semaine-là a été… mémorable. Et puis il est mort.

— Il n'y a eu personne d'autre ?

Elle le toucha, lui arrachant un gémissement.

— Non. J'ai fréquenté d'autres hommes, bien sûr, mais sans jamais être assez intéressée pour ça.

Elle était donc *presque* vierge. Il posa son front sur le sien et murmura :

— J'ai beau être désolé que vous ayez perdu votre fiancé, je me réjouis de vous avoir trouvée.

— Alors nous sommes sur la même longueur d'onde.

Il glissa sa main dans ses cheveux. Le contact soyeux réveilla en lui une sensation familière, après ces deux longues nuits à partager ce petit lit de torture, au chalet. Quand il l'embrassa, elle lui rendit son baiser avec ferveur, puis ils échangèrent leurs positions. Il roula sur elle et commença à explorer son corps, attentif à la cadence de son souffle qui se modifiait à chaque caresse, chaque effleurement de sa bouche ou de ses mains. Comme il faisait glisser ses lèvres de sa poitrine vers son ventre, elle se cambra sauvagement, et quand il baisa son intimité, sa réaction fut intense.

Maintenant il était sûr qu'elle en avait envie autant que lui. Il déroula le préservatif, avec des mains malhabiles. Dès qu'il la pénétra et commença à remuer, ses hanches se soulevèrent et empruntèrent naturellement son rythme.

Elle s'abandonna la première, et ce fut la tension de ses muscles qui provoqua sa reddition. Le plaisir fut presque insoutenable.

Une fois qu'ils eurent repris leur souffle, elle lui caressa le bas du dos en murmurant d'une voix caressante :

— Je crois que je recommencerais volontiers…

— Pour ma part, tout ce que je souhaite, c'est recouvrer mon souffle un jour, répliqua-t-il avec un rire étranglé. Peut-être l'année prochaine ?

Elle lui décocha un sourire à la Bex, coquin et effronté.

— Hé, cow-boy, pas question de prendre aussi longtemps pour récupérer !

Bex adorait répéter une vieille expression de sa grand-mère. « Si vous passez une rivière en crue, sous une pluie battante, vous aurez de sacrées difficultés à retraverser dans l'autre sens. »

Elle était arrivée à la conclusion qu'en couchant avec Tate, elle avait plongé en plein courant.

Impossible de nier qu'il était un amant attentionné qui, s'il faisait passer son plaisir avant le sien, ne s'oubliait pas pour autant.

Peut-être que faire l'amour avec lui était une erreur. Si c'était le cas, elle était fort agréable, décréta-t-elle, dans la bienheureuse torpeur suivant leur troisième étreinte.

Ce n'était pas pour autant qu'en dehors de la chambre, leurs problèmes avaient disparu. Elle devait toujours, non seulement gérer une entreprise qui absorbait une grande partie de son temps, mais réparer le gâchis que Tara avait laissé derrière elle. Quant à Tate, il n'avait plus d'emploi et s'apprêtait à embarquer pour une toute nouvelle aventure. Ajoutez à cela la charge de trois enfants. Bref, leur situation était un véritable casse-tête.

Toujours blottie dans ses bras, elle fit glisser sa main sur son torse nu.

— Dis, comment comptes-tu agir avec tes visiteurs, demain ?

— Eh bien, on peut dire que tu t'y entends pour gâcher l'ambiance, marmonna-t-il en tournant vers elle un regard amusé. Ta question implique un hôtel, des chevaux et deux investisseurs potentiels qui ne peuvent pas se voir en peinture.

— Cela résume assez bien la situation.

— Ma réponse va certainement t'impressionner : je n'en ai aucune idée.

— Tu veux un conseil ?

— Seulement si tu ne me dis pas que je dois choisir entre la peste et le choléra.

— Je m'en tiendrai à ma dernière suggestion. Si ton père estime que bâtir un hôtel peut être une bonne opération financière, laisse-le acheter un terrain et te louer des chevaux.

C'est la solution qui paraît la plus logique. Mais consulte aussi Mme Arbuckle. Cette femme a bien voulu me faire confiance. Et si j'en crois mon expérience et ce que je sais d'elle, avec elle, tu ne risques aucune interférence d'aucune sorte.

Comme Tate hochait la tête, elle conclut :

— Tu pourrais attendre de voir celui qui propose de financer la plus grande écurie.

— Ou construire un bâtiment plus petit, à la mesure de mes moyens, et les exclure tous les deux du jeu.

Certes, il marquait un point, il n'empêche que…

— Oui, mais, tu seras obligé, sous peu, de l'agrandir. Si Dieu veut et si la rivière ne déborde pas.

Il resta silencieux un long moment et finit par soupirer.

— Je sais. Il y a du pour et du contre. Si les affaires marchent, j'y serai forcé, et cela coûtera les yeux de la tête. J'ai retourné la question dans tous les sens, j'en ai discuté avec Tripp, j'ai demandé conseil à Doc Cameron. Tous m'ont dit que mieux valait des écuries plus grandes, et tout de suite. Le problème, c'est que j'aime faire les choses à *ma* façon.

— Ça, ça ne m'a pas échappé !

Qui, mieux qu'elle, pouvait le comprendre ? Elle était comme lui. Pourtant, si elle avait tracé sa route toute seule, elle avait toujours pu compter sur les autres. Sur Melody et Hadleigh en particulier, car toutes trois se serraient les coudes depuis leur plus tendre enfance. Mais aussi sur Tripp et Spence, toujours prêts à se mobiliser pour elle à la minute. Et il ne fallait pas oublier l'investissement très généreux de Lettie Arbuckle. Si, en théorie, l'indépendance totale était séduisante, la réalité était un peu différente.

Et puis, c'était sympa d'avoir du soutien.

— Qui vivra verra, conclut-il en l'embrassant. Pour l'heure, je suis trop fatigué pour me soucier de ces questions.

Au relâchement de son corps contre le sien, elle sentit qu'il était prêt à plonger dans le sommeil. Pourvu qu'elle ait autant de facilité à s'endormir !

Malheureusement, ce ne fut pas le cas.

Elle se glissa hors du lit, enfila un T-shirt et un short, puis emporta son portable dans le salon. Elle jeta un bref coup d'œil dans la chambre des garçons. Tous les trois dormaient paisiblement. Sa gorge se serra à la vue de Josh, le poing coincé sous son petit menton, dans son pyjama au motif de dinosaures.

Pourvu que Tara ne se trompe pas sur Greg et que lui soit épargnée une bataille qu'elle n'avait aucune chance de gagner.

Le canapé de Tate était le plus grand jamais fabriqué au monde. Après avoir tapoté un coussin, elle s'installa confortablement, ouvrit sa boîte de messagerie et rédigea un mail à l'intention de Hadleigh et de Melody.

Soirée d'anthologie dans le monde de Bex. J'aurais besoin de vos lumières. Alors, lèche-vitrines ? Déjeuner ?

Manifestement, Melody était réveillée, car elle répondit dans la seconde.

J'ai d'horribles brûlures d'estomac et le bébé m'écrase exprès la vessie. Que se passe-t-il ?

Tate.

Oh ! Réponse ambiguë !

Mel !

Je plaisantais.

On se parle bientôt ?

Promis.

Elle n'aurait pas à livrer trop de détails, car au cours d'une conversation précédente, toutes trois avaient déjà discuté du fait qu'elle n'avait ni vie sociale ni vie sentimentale. Ses amies savaient qu'elle avait aimé Will passionnément. Ce qui ne les avait pas empêchées d'encourager son intérêt pour Tate.

Elles seraient toutes deux heureuses pour elle. Aux anges, même.

Tate avait le sommeil léger, sûrement à cause de son statut

de père célibataire, car dès qu'elle se recoucha, il ouvrit un œil et l'attira contre lui.

— Tout va bien ?

— Encore mieux que ça.

— C'est la réponse que j'attendais, murmura-t-il en refermant les yeux.

Etendue dans le noir, elle essaya de s'endormir. Sans succès.

— Je ne suis pas prête pour une relation sérieuse, murmura-t-elle pour elle-même.

Ce n'était pas qu'elle n'en voulait pas. Au contraire, elle en rêvait. Et avec Tate. Elle cherchait simplement à se convaincre que c'était trop tôt, trop précipité, aussi bien sur le plan pratique qu'émotionnel.

— Tu as de la suite dans les idées, lui répondit Tate.

Zut ! Il ne dormait pas.

— Qu'est-ce que tu insinues ? s'exclama-t-elle en le poignardant avec son doigt.

— Hé ! J'essayais d'être gentil, protesta-t-il en se frictionnant la poitrine.

Elle se blottit contre son épaule en soupirant.

— C'est le pire moment pour s'engager, dit-elle. Aucun de nous n'est disponible pour une liaison.

— C'est vrai.

— On pourrait se contenter de coucher ensemble de temps en temps, suggéra-t-elle, lovée contre son torse ferme et chaud.

— « De temps en temps » ? J'en veux plus que ça. Si tu trouves que ce soir, je ne me suis pas montré à la hauteur, je peux me documenter avant de réessayer.

— Tu pourrais donner des cours, alors arrête de jouer les modestes, répliqua-t-elle avec un petit rire.

— Bex, les choses s'arrangeront d'elles-mêmes.

— C'est drôle, c'est exactement ce que j'allais te dire à propos de demain, répondit-elle en lui entourant la taille.

— Ah oui ? Mme Arbuckle et mon père ? Je préférerais encore être décrocheur de poissons professionnel !

— Tiens, en parlant de ça, on devrait emmener de nouveau les garçons pêcher. Mais la prochaine fois, est-ce que l'on pourrait choisir une résidence en pension complète avec une vraie salle de bains ?

— Ecoutez-moi cette princesse ! A part les toilettes extérieures, ce chalet n'était pas si mal.

— J'ai tendance à fuir les cabanons, alors je manque de points de comparaison.

N'empêche que, toilettes extérieures ou pas, elle était prête à y retourner. Les garçons avaient adoré l'endroit.

Et puis, comment oublier que c'était là que Tate lui avait déclaré son amour…

Le matin suivant, le départ pour l'école donna lieu au capharnaüm habituel. Après avoir dit aux enfants qu'ils iraient à l'école tout seuls, Tate changea d'avis et les y conduisit.

Sandra avait toujours trouvé qu'il était trop protecteur. Peut-être avait-elle raison…

Il souhaitait que ses fils soient indépendants, tout en voulant les préserver du danger. A présent, Josh faisait partie de l'équation, et il commençait à s'y attacher. Contre tout bon sens. Parce que, même si Greg se désintéressait de son fils, une fois que Tara serait installée à Denver, elle demanderait sûrement à avoir Josh près d'elle.

Dès que les garçons eurent franchi le portail de l'école, il prit le chemin du ranch, essayant de se faire à l'idée qu'il avait rendez-vous avec son père *et* Lettie Arbuckle.

Là-bas, le chantier suivait son cours, avec sa foule de camions plus ou moins lourdement chargés. A la fin des travaux, il faudrait aplanir l'allée pour effacer les ornières.

Avant même de se garer, il constata avec déplaisir que son père était déjà arrivé. Il nota aussi la présence d'une luxueuse limousine qu'il ne connaissait pas.

Nerveux, il vérifia sa montre. Il était à peine 9 heures du matin.

Heureusement qu'il baignait encore dans le bien-être de sa nuit ! Il se prépara à être aimable et sortit en claquant sa portière, mais avant de rejoindre ses visiteurs, il prit son portable pour appeler Nate Cameron.

— L'opération écurie est lancée, annonça-t-il. Tu peux

me répéter combien il faudrait de box. J'ai deux investisseurs potentiels et l'entrepreneur sur place.

— Si possible, deux fois plus que prévu à l'origine. J'ai justement un ami, Jaxon Locke, qui quitte l'Idaho pour venir s'installer ici. C'est un vétérinaire, et un bon. Quoi qu'il arrive, il a décidé de s'installer à Mustang Creek, alors nous sommes couverts. Il accepte de nous épauler occasionnellement, dès qu'il sera opérationnel. N'empêche que, par la suite, il faudra engager du personnel.

Deux fois plus de box que prévu ?

C'était ambitieux. En effet, il ne pourrait pas y arriver seul.

— Je te tiens au courant des prochains développements, conclut-il, crispé.

— Bonne chance !

Et il en aurait besoin ! Au fait, où se trouvaient Mme Arbuckle et son père ? Certainement en train de s'entre-tuer. Il fallait qu'il se dépêche.

Alors qu'il se dirigeait vers la maison, Bill, son entrepreneur, l'arrêta.

— Désolé, mais le monsieur et la dame sont à l'intérieur. Quand j'ai voulu leur parler, ils m'ont ignoré.

— Ce n'est pas surprenant, marmonna-t-il en fourrageant dans ses cheveux. De quels délais auriez-vous besoin, pour construire des écuries deux fois plus grandes ?

Le visage de Bill s'éclaira.

— Sérieusement ?

— Réfléchissez à un devis.

— Les chiffres s'additionnent déjà dans ma tête ! Je vous tiens au courant rapidement.

Tate trouva son père et Mme Arbuckle dans la cuisine en train de se quereller.

A quel sujet ? Mystère.

La pièce avait sacrément belle allure. Le comptoir que Bex avait choisi s'harmonisait parfaitement au décor, et le contraste entre le sol et les placards était du plus bel effet.

Ses enfants et lui pourraient emménager à la mi-octobre. Pour la première fois depuis qu'il avait lancé le projet, il respira plus légèrement. Bien sûr, ils auraient pu rester à Kirkland et vivre confortablement dans la maison qu'il possédait là-bas, mais il aspirait à une vie différente. C'était plus fort que lui.

En tout cas, il présageait que sa nouvelle existence serait plus réussie que l'ancienne.

Surtout si Bex Stuart en faisait partie.

Mais on n'en était pas encore là. D'abord, apaiser les deux *pitbulls*.

— Bonjour ! lança-t-il d'une voix joyeuse. Désolé d'arriver en retard à la fête, mais j'ai dû déposer les garçons à l'école. Alors, que pensez-vous de la maison ?

— Combien de chambres ? demanda sèchement son père.

Impeccablement coiffé, à son habitude, il portait ce matin un pull hors de prix et un pantalon sur mesure.

Bien qu'elle lui arrive à peine à l'épaule, Mme Arbuckle dégageait la même aura de pouvoir. Elle était également bien trop chic pour la circonstance, dans son tailleur de couturier et son écharpe en soie. Elle portait au bras un sac au logo prestigieux, que même lui connaissait.

Il avait beau avoir mis des vêtements propres et ciré ses bottes, en comparaison, il se sentit un peu minable dans son jean fané et sa chemise en denim.

— Quatre chambres, et trois salles de bains, répondit-il. A voir le salon en l'état, on a l'impression que l'on pourrait y faire atterrir un avion, mais une des extrémités sera occupée par un bureau avec vue sur les paddocks et la prairie. Les ouvriers n'ont pas encore posé les cloisons.

— Ha ! Je savais que j'avais raison quand je disais que le bureau de mon fils serait dans la maison ! s'exclama son père, avec un sourire manifestement destiné à faire enrager Lettie Arbuckle.

Ce qui fonctionna à merveille, à en juger par la moue dépitée de cette dernière.

— En fait, nous prévoyons d'en installer un aussi dans les écuries, précisa Tate avec douceur. Pour garder les registres des saillies et certains documents relatifs aux chevaux, comme les dossiers vétérinaires.

— Vous voyez, Randolph, vous pouvez remballer votre air supérieur, répliqua Lettie Arbuckle avec un sourire narquois.

Bex m'a affirmé que ce jeune homme était brillant. J'ai donc logiquement supposé qu'il installerait un bureau dans ses écuries. Il tient certainement du côté maternel de la famille…

C'était donc cela, le motif de leur dispute ? Eh bien, la matinée allait être difficile ! Il devait aller chercher les plans originaux du bâtiment dans son camion, mais redoutait de les laisser seuls.

— C'est une belle matinée, voulez-vous sortir visiter le site ? proposa-t-il. Mon associé estime que nous devrions bâtir deux fois plus de box que prévu à l'origine. Si nous pouvons trouver les fonds nécessaires, bien sûr. En plus d'un bureau, j'aimerais également adjoindre aux écuries un appartement contigu. Avec autant de chevaux, un régisseur pourrait vivre sur le domaine à plein temps. Même si je ne rechigne pas à mettre la main à la pâte, je vais devoir engager du personnel.

— Cela me paraît judicieux, déclara Mme Arbuckle.

— Il tient ça de *mon* côté, rétorqua son père.

Ignorant royalement sa remarque, Lettie Arbuckle prit Tate par le bras.

— Montrez-moi le chemin, jeune homme.

Il faisait bon dans la cuisine de Hadleigh, et son thé était délicieux. Vu que ses deux amies étaient devenues accros aux pâtisseries à la crème citron, Bex avait été accueillie à bras ouverts.

— Il y a aussi des gâteaux au chocolat, précisa-t-elle, quand elles s'assirent.

Hadleigh balaya l'observation d'un revers de la main.

— Tu n'as qu'à les rapporter aux garçons. Je n'aurais jamais cru dire ça un jour, mais le chocolat, c'est fini. Comment est-ce possible ? Tu te souviens, à la fac ? Je ne mangeais que ça, plus une pomme de temps en temps. Manifestement, ce bébé déteste le chocolat.

— Moi, j'ai subitement un tel rejet des tomates que je ne peux même pas avaler de ketchup, expliqua Mel, radieuse, dans son chemisier rose à smocks. J'adore les tomates, mais pas en ce moment. Enfin, passons ! Si on parlait plutôt des jeans pour femmes enceintes. Ils élèvent la notion de confort à un niveau inégalé. Je crois que je ne vais plus porter que ça, même après la naissance du bébé.

Considérant sa minceur naturelle, il y avait de quoi rigoler.

— Je vois ce que tu veux dire, renchérit Hadleigh, avec une moue goguenarde, avant de se tourner vers Bex. Bon, parle-nous un peu de cette partie de pêche. Et nous voulons aussi un rapport complet sur Tara. Sans oublier le décryptage de ton message de cette nuit.

— On s'ennuie tellement en ce moment que l'on en est réduites à vivre à travers toi, expliqua Melody. Tu le crois ? Hier soir, je me suis couchée à 20 h 30. Sérieux !

Bex leva la main et pointa la troisième breloque à son bracelet.

— Je crois que…

— C'est le bon. Le seul et l'unique ? la coupa Melody, ravie. Super ! Un talisman en forme d'avion. Et te voilà entichée d'un pilote. C'est un signe du ciel.

— Bex, je suis vraiment contente, déclara Hadleigh tout sourire. A la minute où j'ai rencontré Tate Calder, j'ai pensé à toi. Ce type paraît génial. Et puis vous avez plein de choses en commun.

Bex n'en était pas si sûre. Ils avaient beau, tous deux, avoir subi un deuil, leur histoire n'était pas tout à fait la même. Si l'expérience de Tate et la sienne n'avaient rien à voir, on pouvait se demander laquelle était la pire.

— Il est formidable, reconnut-elle. Respectueux des autres. Intelligent…

— Canon et super-sexy, compléta Melody avec sa spontanéité habituelle. Ce qui, à mon avis, ne gâche rien.

Bex était d'accord à cent pour cent. Sauf que de près et dans l'intimité, Tate était encore… mieux que cela.

— Tara est à Denver, annonça-t-elle. Elle a laissé Josh ici et m'a promis que dès qu'il aurait compris qu'elle était partie pour de bon, Greg ferait profil bas.

— Si je comprends bien, c'est à toi qu'elle a refilé son gamin, intervint Hadleigh. Elle t'en demande beaucoup.

— J'adore Josh. Cela ne me gêne pas.

— A l'avenir, tu pourrais en souffrir et ça m'inquiète, dit Melody, le regard soucieux.

— Je ne regretterai *jamais* de m'occuper de lui.

— Je sais bien, mais tu ne regretteras pas de le rendre à sa mère ?

Evidemment, vu sous cet angle… Bex mordit avec gourmandise dans un beignet au chocolat. Pourtant, si c'était une rêveuse, c'était aussi une réaliste.

— Que veux-tu que je réponde ? lança-t-elle, la bouche pleine. Ce n'est pas de mon ressort.

— Oui, et ça paraît injuste que tu n'aies pas ton mot à dire. Que Josh et toi soyez soumis au bon vouloir de deux irresponsables.

— Je continue d'attendre que la vie se montre juste, et cela ne marche pas, bredouilla-t-elle, les yeux pleins de larmes soudain.

Hadleigh, qui avait le chic pour dire les choses en passant par des chemins détournés, déclara simplement :

— Deux garçons ? Peut-être trois ? Et moi qui m'angoisse pour un tout petit bébé. Confiez-moi trois gamins, et je prends mes jambes à mon cou.

Melody se montra plus directe.

— Josh serait bien mieux avec toi. Et ce n'est pas Spence qui va me contredire. Sa tante est la meilleure personne sur Terre, n'empêche que l'on n'a pas le droit de demander un service pareil à quelqu'un contre son gré.

— J'en ai envie, murmura Bex. Mon Dieu, quel sac de nœuds !

— Oh ! Ça pourrait être pire, répliqua Hadleigh en riant. Tu pourrais épouser le père de deux enfants, être escortée à l'autel par deux demoiselles d'honneur enceintes jusqu'aux yeux, t'occuper du fils de ta sœur en instance de divorce, tout en essayant, à tes moments perdus, de faire prospérer ton entreprise.

— Tate n'a jamais abordé le sujet.

— Du mariage ?

— Oui.

Sans sa permission expresse, jamais elle ne raconterait les déboires de Tate avec sa femme, même pas à Hadleigh et Melody. Ce n'était pas son histoire. S'estimant privilégiée qu'il se soit confié presque exclusivement à elle, elle n'était pas prête à trahir sa confiance et se contenta de dire :

— Son premier mariage a été malheureux.

— Tu n'es pas sa femme, répliqua Hadleigh. Tripp non plus n'a pas été heureux en ménage, la première fois.

Comme si cela résolvait le problème ! Bex doutait fort que Tripp ait vécu la même expérience. Il n'avait pas découvert que sa première femme avait déjà été mariée, que c'était une voleuse qui avait escroqué sa famille, changé d'identité et donné naissance à un enfant sans jamais lui en avoir soufflé mot.

— Tout ce que je dis, c'est que si Tate n'a aucun mal à prononcer le mot « aimer », « mariage » ne semble pas faire partie de son vocabulaire, précisa-t-elle.

Pensive, Melody l'observa un instant en hochant la tête.

— Vous n'en êtes qu'aux prémices, rétorqua-t-elle. Spence non plus ne s'est pas rué vers l'autel. Ça lui a pris du temps. Bex, ne sous-estime pas Tate.

Elle fit une pause, avant de demander, gênée :

— Est-ce que vous avez… ? Je veux dire… tu sais bien.

Voir deux femmes enceintes tourner avec embarras autour du concept de sexualité la fit rire. Elle écarquilla les yeux et demanda avec candeur :

— Je ne comprends pas ta question. Non, je t'assure, je ne vois pas. De quoi parles-tu ?

Melody pointa le dernier morceau de gâteau au citron dans son assiette en maugréant :

— S'il n'était pas si bon, je te le jetterais à la tête.

— J'ai l'impression d'être à une soirée pyjama, intervint Hadleigh. Est-ce qu'il t'a embrassée ? Et c'était bien ? Tu crois que vous allez ressortir ensemble ? Si l'une d'entre vous commence à rire, je ne réponds plus de rien. Eh, les filles ! Nous n'avons plus seize ans. Alors, tu as couché avec Tate, oui ou zut ?

— Oui.

— C'était bien ?

— Double oui.

En réalité, la nuit dernière, cela avait été un triple oui.

— Tu vois, c'était tout simple, répliqua Hadleigh en se tournant vers Melody.

Bex jeta un coup d'œil à l'horloge.

— Je dois rentrer à la maison pour vérifier mes mails et voir comment les choses se sont passées au ranch, annonça-t-elle. Quand j'ai demandé à Lettie Arbuckle si elle souhaitait investir, je ne savais pas qu'elle connaissait le père de Tate et, surtout, qu'ils se détestaient. Je voulais simplement aider Tate et Nate Cameron, je vous jure. Malheureusement, l'enfer est pavé de bonnes intentions. Ce matin, Tate a dû se retrouver dans la mouise et je m'en sens responsable, sans trop savoir pourquoi.

— Tripp trouve cette histoire très réjouissante, mais son sens de l'humour est sujet à caution, dit Hadleigh. Il prédit une guerre de surenchères qui fera date dans l'histoire du Wyoming. Pardonnez-moi ! lança-t-elle en se levant précipitamment. Si je recommence à rire, ça va être la catastrophe. Ça doit faire un quart d'heure que je ne suis pas allée aux toilettes. Un record, en ce qui me concerne.

— En effet, confirma Melody, qui se leva à son tour. J'ai quelque chose pour toi, Bex. Tu veux voir ton horloge ?

18

Ce jour était loin d'avoir été le plus propice de la vie de Tate.

Au positif, son père et Mme Arbuckle souhaitaient tous deux financer de plus grandes écuries. Au négatif, la guerre de surenchères échappait à tout contrôle — en tout cas, au sien.

Pour quelqu'un souhaitant monter une affaire, c'était à la fois un rêve et un cauchemar.

Il avait donc ressenti un soulagement extrême en voyant s'éloigner ses visiteurs. Si, dans un univers parallèle, il y avait eu l'ombre d'une chance que ces deux-là puissent s'entendre, il leur aurait suggéré d'investir en commun, mais en l'occurrence, il refusait d'être mêlé à une catastrophe annoncée.

Or, à sa grande consternation, c'était *eux* qui avaient proposé cet arrangement et, sur-le-champ, en avaient échafaudé les détails au cours d'une aigre discussion, dont il s'était retrouvé totalement exclu. Se faisant renvoyer dans les cordes chaque fois qu'il tentait d'intervenir, il avait fini par jeter l'éponge.

En tout cas, pour des écuries, ce seraient de sacrées écuries !

Nate Cameron et l'entrepreneur étaient aux anges. Lui, il se montrait nettement moins enthousiaste.

Quand son téléphone sonna, il sentit son moral remonter au beau fixe en voyant s'afficher le numéro de Bex.

— Comment ça s'est passé ? s'enquit-elle.

— Je crois que je n'y survivrai pas.

— Ça veut dire que ça a marché ?

— J'entends un rire dans ta voix. Tu vas me le payer.

— D'accord, mais d'abord, je veux connaître tous les détails.

— Tu les auras ce soir. J'aimerais que l'on dîne à la maison. En tête à tête. Un verre de vin, une conversation normale et, pourquoi pas, teintée de courtoisie. Ça te paraît possible ?

— Et les garçons ? Tu n'as pas envie que l'on soit tous les cinq ?

Naïvement, il avait imaginé que les enfants pourraient manger avant, puis disparaître tranquillement dans leur chambre pour faire leurs devoirs. Encore une idée qui ne se réalisait que dans un univers idéal…

— D'accord pour tous les cinq, puisque ce n'est pas possible à deux, répondit-il dans un soupir. Quel vin préconiserais-tu avec des hamburgers ?

— Du rouge, je suppose. Ton père est déjà reparti ?

— Oui, il a mis les voiles, apparemment satisfait d'avoir accompli sa mission de me compliquer la vie. A un moment, j'ai craint que Mme Arbuckle et lui ne fassent la course dans mon allée.

— J'aurais adoré voir ça !

— Ah ah. Est-ce que Josh et toi allez repasser la nuit à la maison ?

Tant qu'il n'aurait pas la confirmation que Tara avait informé Greg de sa décision, il ne serait pas tranquille. De toute façon, si Bex préférait rester chez elle, il avait décidé de camper devant sa porte — Ben et Adam seraient ravis de dormir dans le 4x4.

— Merci de te soucier de nous, répondit-elle. En fait, je n'ai eu aucune nouvelle de Greg. J'ai appelé l'école et il ne les a pas contactés non plus. Peut-être qu'au fond, Tara le connaît mieux que je le pensais. Il se fiche éperdument de Josh.

Sa voix se brisa, juste une fraction de seconde, puis elle ajouta :

— Tate, si tu savais comme cela me rend triste.

— Je sais.

Cela l'attristait lui aussi ; Josh avait besoin de l'amour de ses deux parents. Et cela le mettait en colère contre Greg. Il n'empêche que Bex n'avait toujours pas répondu à sa question.

— J'apporterai une salade, annonça-t-elle. Et peut-être des burgers au fromage.

— Adam ne va pas sauter de joie pour la salade, mais la

seconde proposition devrait lui plaire. Les burgers au fromage ont toujours été son plat favori. Ben et Josh, quant à eux, mangeront des deux.

— Si je devais traverser cette épreuve toute seule…

— Tu t'en tirerais très bien. Mais tu n'es pas toute seule. Nous formons une bonne équipe, non ?

Il avait du mal à croire qu'il venait de sortir un truc pareil… Pourtant, il l'avait dit et il le pensait. Pour glisser sur sa réponse — et ce qu'elle révélait sur ses sentiments —, il s'empressa d'ajouter :

— J'ai une idée. Et si nous allions dîner au ranch ? Les travaux ne sont pas terminés, mais les salles de bains fonctionnent et la cuisine est presque opérationnelle. Les garçons pourront courir dehors.

N'était-ce pas le but de son installation ici ? Offrir à ses fils une éducation au grand air, avec de l'espace, des chevaux, un ciel bleu azur et des montagnes coiffées de neige pour horizon. Pas de circulation, une délinquance insignifiante et la liberté de s'ébattre et de jouer à leur guise.

— Cela me paraît parfait, répondit-elle. Est-ce que la cuisine a été peinte ?

Surprenante question.

— Ils y travaillaient quand je suis parti. Pourquoi ?

— Pour rien. A quelle heure souhaites-tu que l'on arrive ?

— J'irai chercher les garçons à l'école, Josh compris, et nous filons au ranch dans la foulée. Viens quand tu seras prête. Maintenant que la donne a changé, je veux réexaminer les plans avec l'entrepreneur. Au fait, mon père n'a rien dit sur ce projet d'hôtel. Il était trop occupé à se quereller avec Lettie Arbuckle. Au moins, j'ai pu esquiver cette discussion. On devrait plutôt boire du champagne avec nos burgers pour fêter l'événement.

— Je vais en acheter.

— Parfait. Merci. A tout à l'heure alors.

Une fois qu'il eut raccroché, il se cala confortablement contre le dossier de son fauteuil et ferma les yeux pour réfléchir à sa journée.

Sa relation houleuse avec son père l'incitait toujours à s'interroger sur ses rapports avec ses fils. L'amour n'était pas obligatoirement synonyme de relation idéale. D'ailleurs, son expérience personnelle lui avait appris qu'une telle relation n'existait pas. Chaque personne était un individu distinct qui répondait à sa manière aux joies et aux problèmes de la vie. Accepter que l'autre puisse réagir différemment de vous n'était pas facile. En particulier quand vous désapprouviez son approche des choses.

Il suffisait de voir la relation entre Bex et sa sœur.

Il avait un avis très précis sur le comportement de Greg et Tara au sujet de leur fils, et il aidait Bex de son mieux. Mais il devait faire attention à ne pas trop s'investir et à ne pas en faire une affaire personnelle.

Les trois garçons sortirent ensemble de l'école. Dès qu'ils l'aperçurent, ils s'élancèrent vers lui avec un empressement flatteur.

Quelle erreur ! En fait, ils couraient vers Bex, qui les appâtait en brandissant une boîte de gâteaux. Comme ses fils lui passaient sous le nez sans même s'arrêter, il ne put s'empêcher de se retourner en s'exclamant :

— C'est de la triche, tu sais.

— Je suis sortie tôt du travail, expliqua-t-elle, tout sourire et nullement ébranlée par ses reproches. Et je m'étais déjà arrêtée à la pâtisserie pour fournir à Hadleigh et Mel leur dose de sucre. J'aurais dû te prévenir tout à l'heure, mais…

— C'était plus drôle de faire la surprise

— Voilà.

Elle portait un petit béret rouge brodé de flocons de neige et assorti à son pull. L'étincelle qui pétillait dans ses yeux les rendait encore plus captivants. Les garçons se regroupèrent autour d'elle, bientôt rejoints par plusieurs de leurs camarades, et elle commença la distribution des cookies.

Tate fourra les mains dans ses poches en grommelant :

— Ça s'appelle *acheter* sa popularité. C'est de la corruption éhontée.

— Je n'ai pas l'intention de me justifier.

— Aucune importance. En fait, je *t'aime* telle que tu es.

— Je t'en offrirais bien un, mais je crois que je suis à court, dit-elle en montrant la boîte vide.

— C'est ce qu'on dirait.

A l'évidence, le verbe « aimer » la mettait mal à l'aise. Alors que lui, c'était le mot « mariage » qui lui donnait envie de prendre ses jambes à son cou.

— Pourrais-tu emmener les garçons au ranch, pendant que je m'arrête à l'épicerie ? demanda-t-il. J'ai besoin d'acheter des provisions pour notre pique-nique.

Adam ne se le fit pas dire deux fois. Il saisit la main de la jeune femme et annonça :

— Je veux aller avec Bex.

Tate leva les yeux au ciel. Manifestement, s'il voulait garder les faveurs de ses fils, la prochaine fois il avait intérêt à anticiper et à acheter des gâteaux.

Le dîner fut dans le droit fil de leur week-end de pêche. Tout en s'entendant comme larrons en foire, les garçons s'étaient disputés, réconciliés, et maintenant ils couraient à l'extérieur en se lançant une balle de base-ball. Leur infatigable énergie rappela à Bex certains jours bénis de son enfance.

Tate et elle étaient en train de débarrasser.

— Tu as vu ça ? lança Tate, incrédule. Même Adam a mangé de la salade ! D'ordinaire, il se cabre devant le moindre brin de verdure. Pourtant, j'ai tout essayé. Comment fais-tu ?

— Je lui ai simplement demandé de manger. Mes super-pouvoirs ne se limitent pas à la pêche, on dirait, ajouta-t-elle en se rengorgeant.

— Je commence à y croire, moi, à ces pouvoirs, marmonna-t-il en jetant la dernière assiette en carton dans le sac-poubelle qu'il avait apporté. Surtout après la nuit dernière, précisa-t-il avec un regard lourd de sous-entendus.

A cette évocation, Bex sentit ses joues s'empourprer, car si Tate ne s'était pas montré timide au lit, elle n'avait pas non plus laissé sa part au chat.

— C'était… sympa, en effet, reconnut-elle.

Non mais, quelle idiote de sortir un truc pareil ! La lueur ironique dans les yeux de Tate redoubla son énervement.

— « Sympa » ? s'exclama-t-il, outré.

— D'accord, *très* sympa.

— Je couvre la mise et je relance jusqu'à *extrêmement* sympa.

— Ce n'est pas une partie de poker.

— N'oublie pas que je suis champion toutes catégories du pouilleux. Tu ne m'arrives pas à la cheville.

— Ah ça. Tu t'es fait étriller en beauté, Calder.

— Pas la nuit dernière.

— Je veux voir les plans de l'écurie, lança-t-elle pour esquiver le sujet. Il me tarde de voir le résultat de la guerre entre ton père et Lettie Arbuckle.

Tate se rembrunit aussitôt.

— Au train où ça va, on finira avec un petit aéroport, un centre commercial et une écurie de cinq cents box, maugréa-t-il. J'aurais pu tout aussi bien ne pas être dans la pièce. Ils se jetaient des chiffres à la tête, comme d'autres des confettis au soir du Nouvel An.

— Il y a pire problème que d'être arrosé d'argent par des gens riches, observa-t-elle, tout en essuyant le comptoir avec un papier humide.

— C'est vrai, mais j'ai de gros doutes sur leur capacité à jouer collectif. J'ai envie d'être patron, pas médiateur. D'ailleurs, ils ne m'écoutent pas plus l'un que l'autre.

— Tu as demandé à ton père d'où venait leur problème ?

— Impossible, je ne suis pas resté une minute seul avec lui. A priori, je dirais que c'est leur détermination réciproque et acharnée à imposer leur point de vue. Mais je ne suis que le pauvre type qui est resté près d'une heure à essayer de placer un mot. On va boire notre champagne sur le perron ? Sauf si cela t'ennuie de t'asseoir sur les marches.

— Dans une minute. Avant, j'ai quelque chose à te donner. En fait, ça vient de nous tous : Hadleigh, Tripp, Mel, Spence et moi. Après ce premier dîner dans ta maison, ça me paraît être le bon moment pour t'offrir un cadeau de bienvenue.

Elle sortit un paquet de l'énorme besace qu'elle avait posée contre le mur, et l'installa sur le comptoir.

— Ce n'était pas nécessaire, répondit-il, intrigué. Mais merci tout de même.

— Si c'était mon idée, c'est à Mel et Tripp qu'en revient tout le mérite.

— Quoi ? Tout ce que Tripp sait faire, c'est piloter un avion et monter à cheval, rétorqua-t-il, narquois.

— Oh ! Il a des talents cachés.

Comme il semblait prêt à continuer ce badinage, elle lui décocha un petit coup de coude dans les côtes.

— Contente-toi de l'ouvrir, d'accord ?

C'était peut-être égoïste d'être seule à voir l'expression de Tate quand il déballa son cadeau, mais elle n'en avait cure. Il eut exactement la réaction qu'elle avait espérée.

— C'est ma maison, murmura-t-il, ému, en suivant du doigt le contour de l'horloge.

— Oui.

— Et les montagnes.

— Oui.

— Bex… C'est… c'est magnifique.

— Je n'ai fait que soumettre l'idée à Mel. L'horloge qu'elle avait créée pour Spence était si belle que j'ai pensé que cela te ferait plaisir d'en avoir une.

— « Plaisir » ? Le mot est faible.

Oui, il l'aimait. C'était flagrant. Il l'observa sous toutes les coutures, les yeux brillant comme ceux d'un petit garçon le matin de Noël.

— Je n'ai aucune idée de l'endroit le plus adapté pour l'accrocher, reprit-il. Choisis, toi.

— C'est *ta* cuisine.

— Ça ne fait rien, choisis.

Elle trouva la place idéale, au-dessus du renfoncement destiné à recevoir la table et les chaises et qui ouvrait sur une baie vitrée. En haut, il y avait juste assez de place pour accrocher l'horloge.

— Je la mettrais ici, dit-elle en lui montrant l'endroit, se retenant d'ajouter « si j'étais chez moi ».

Tate la saisit par la taille et pressa sa bouche chaude sur la sienne.

— Merci.
— De rien, répondit-elle en lui rendant son baiser.
— Il doit bien y avoir un marteau et des clous qui traînent quelque part. Je vais la poser tout de suite. Tu dis que Tripp a aidé à la fabriquer ?
— Oui. C'est Mel qui a dessiné le modèle, bien sûr, mais c'est lui qui a découpé le métal. Je me tue à répéter à Mel qu'en plus de ses bijoux, elle devrait créer des horloges personnalisées, malheureusement elle est déjà débordée. C'est bête, car je suis persuadée que ses horloges se vendraient comme des petits pains.
— Moi aussi.
Ben arriva en courant.
— Papa ! Papa ! s'efforça-t-il de chuchoter, sans grand succès. Viens voir ! C'est super-génial ! Il faut que tu sortes voir ça.
Deux élans flânaient dans la prairie. Pour une fois silencieux, les garçons, ravis, fixaient les deux gigantesques bêtes en train de brouter. Tate n'était pas moins fasciné qu'eux, remarqua Bex, amusée.
Au bout de plusieurs minutes, il se tourna vers elle en murmurant :
— C'est exactement la raison qui m'a poussé à m'installer ici.
— Quelle merveille !
— Oh ça oui ! répondit-il, sans la quitter des yeux.

19

Tate signa la facture et rédigea le chèque. Alors qu'ils s'éloignaient de la grange, Tripp lui tapa sur l'épaule

— Cette poulinière est une affaire, dit-il. Des lignes superbes et exactement le bon âge.

Tate lui répondit machinalement d'un « si tu le dis » peu enthousiaste. Ces jours-ci, il était plutôt distrait.

Cela faisait deux semaines qu'il n'avait vu Bex qu'en coup de vent. Deux semaines. Une éternité.

Bien sûr, elle était débordée. Il le savait car c'était lui qui prenait Josh à l'école quand il allait chercher Adam et Ben. Elle avait décidé de retourner chez elle, aussi ne la voyait-il que le temps d'un éclair quand elle venait récupérer Josh.

Il comprenait que son appartement n'était pas assez grand pour eux tous et qu'elle était habituée à son indépendance. De plus, elle avait la responsabilité de son neveu et elle s'impliquait également à fond dans le développement de son entreprise. Mais… *deux* semaines ?

Il faut dire que de son côté, il n'était pas plus libre qu'elle. Du moins, pas souvent. A présent, la maison était terminée. Aujourd'hui, on livrait les meubles et il pourrait bientôt emménager. Il avait averti l'agence de location qu'il mettait fin à son bail, les plans des écuries et de la grange avaient été modifiés suivant les desiderata de ses belliqueux commanditaires, donc, logiquement, il aurait dû avoir l'impression que sa vie était sur orbite.

Eh bien non.

Quoi qu'il en soit, il devait se reprendre.

— C'est sympa de m'avoir accompagné, dit-il, comme Tripp et lui rejoignaient son 4x4. Je pensais que cette jument valait son prix. Merci de me l'avoir confirmé et de la garder en pension en attendant que mes écuries soient finies.

— Pas de problème.

— Est-ce qu'aujourd'hui Hadleigh est à sa boutique ? J'ai besoin de lui parler.

— De Bex ?

Doutant que son copain ait envie de l'entendre s'épancher, il répondit par un simple :

— Oui.

— Elle t'évite.

— Là, tu ne m'apprends rien, répliqua-t-il. Je vois que ta femme t'en a parlé. Et est-ce que par hasard tu pourrais me dire *pourquoi* Bex fait ça ?

— Je pourrais, si j'avais demandé. La seule chose que m'a confiée Hadleigh, c'est que Bex ne parlait plus de toi.

— Pourtant j'aurais pensé que l'on s'entendait bien.

— Si tu cherches à pénétrer la psyché féminine, je te souhaite bien du courage ! Et quand elles sont enceintes, c'est encore plus déroutant. Et je sais de quoi je parle.

Ce n'était pas son problème du moment, car Bex et lui s'étaient montrés prudents — trois fois, leur première nuit d'amour, et trois préservatifs. Là, tout de suite, il voulait simplement lui *parler* pour savoir ce qui se passait. Après tout, elle pouvait être simplement trop occupée. Mais il voulait savoir à quoi s'en tenir.

Cependant, chaque fois qu'elle passait prendre Josh, elle avait le chic pour repartir le plus vite possible. Bien sûr, il se réjouissait que Greg ne lui pose pas de problème, mais elle lui manquait terriblement.

Après avoir remercié une nouvelle fois Tripp, il se rendit en ville.

Alertée par la clochette du magasin, Hadleigh sortit de l'arrière-boutique.

— Salut, Tate !

Si son sourire était chaleureux, une lueur de méfiance brillait dans ses yeux.

— Bonjour, Hadleigh. Cela fait un moment que je n'étais pas entré dans ta boutique, dit-il en jetant un coup d'œil autour de lui.

Le magasin était petit mais accueillant. On était en automne et, avec la proximité des fêtes, tous les articles étaient dans une palette d'orangés, de verts sombres et de rouges. Une couette aux motifs de feuilles d'érables attira son attention. Il décida de l'acheter pour l'offrir à sa tante Gina à Noël.

Un problème résolu. Au suivant, maintenant.

— J'aimerais savoir ce qui se passe avec Bex, enchaîna-t-il.

C'était peut-être un peu direct, mais il n'avait pas le temps de se perdre en politesses. L'école finissait dans un quart d'heure et il fallait qu'il y soit.

Hadleigh s'appuya au comptoir et, à son grand soulagement, ne fit pas semblant de ne pas comprendre de quoi il parlait.

— Si tu veux mon avis, cela ne lui plaît pas d'être retombée amoureuse, lui apprit-elle. Elle a peur et a l'impression que le monde solide et sécurisant qu'elle a rebâti à la force du poignet vacille sur ses bases.

« Amoureuse » ? Bex avait-elle vraiment utilisé ce mot ou était-ce juste une extrapolation de Hadleigh ? Il se souvenait lui avoir dit qu'il y avait une différence entre « être amoureux » et « aimer », et qu'être amoureux lui donnait l'impression de chanceler au bord d'un précipice. Pas étonnant qu'elle ait peur ! Mais, depuis… les choses avaient changé. Il s'était habitué au bonheur simple d'être avec elle, et aspirait à plus.

Comme il lâchait un soupir de frustration, Hadleigh lui fit remarquer en souriant :

— Patience. Elle a simplement besoin d'espace. Je la connais. Mel et moi avons toujours dit que de nous trois, c'était celle qui avait le plus besoin de clarté et de logique. Par exemple, elle a beau se réjouir que Tara ait fui son mariage calamiteux, elle est incapable de concevoir que sa sœur ait abandonné Josh aux mains d'une autre, même s'il s'agit d'elle et que c'est beaucoup mieux pour lui pour l'instant. Je veux dire que Tara a eu raison de laisser son gamin ici, vu qu'elle squatte le canapé d'une copine. Et s'installer le plus loin possible de Greg était *la* chose à faire. Pourtant, Bex a du mal à le digérer, parce qu'elle-même n'aurait jamais été capable d'abandonner son enfant comme ça.

Lui non plus. Pas question qu'il abandonne un jour Ben et Adam aux soins de quelqu'un d'autre. Même pas tante Gina.

— Je n'ai aucune envie de la harceler, mais elle pourrait au moins me parler, non ?

— Elle le fera certainement, le rassura Hadleigh, avant de l'observer pensivement. Tate, je ne crois pas qu'elle sache vraiment ce que tu attends de cette relation. J'en conclus qu'elle n'est pas la seule à ne pas parler.

Il aurait bien aimé le nier, mais là, Hadleigh marquait un point.

— Je veux qu'elle fasse partie de ma vie.

— Super ! Suivant quelles conditions ? demanda-t-elle en tripotant son bracelet à breloques.

C'était un geste habituel chez Bex, et quand il l'avait interrogée à ce sujet, en lui faisant remarquer que Melody et Hadleigh portaient le même, elle lui avait expliqué, sans entrer dans les détails, que les breloques représentaient l'accomplissement d'un vœu commun à toutes les trois. Mais lequel… ?

— Ce bracelet est très joli, dit-il.

Hadleigh rougit imperceptiblement et répondit sur un ton évasif :

— Oui, Mel nous en a fabriqué un à chacune.

— Ce bracelet semble lourd de signification, murmura-t-il, songeur.

— Oui.

Saisi par une intuition fulgurante, il comprit soudain quel était ce vœu mystérieux. Hadleigh et Melody étaient jeunes mariées et toutes deux attendaient un bébé. En fait, chaque breloque symbolisait un mariage, la création d'une nouvelle famille.

Les bracelets étaient leur manière de célébrer un espoir, puis l'accomplissement d'un rêve.

Quels étaient les rêves de Bex ?

Lui, il voulait absolument d'autres enfants.

Le mariage, c'était une autre affaire. Pour des raisons qui

n'avaient rien à voir avec Bex, il n'avait pas du tout envie de retenter l'aventure.

— Alors, sous quelles conditions veux-tu que Bex fasse partie de ta vie ? demanda Hadleigh, le ramenant à leur conversation.

— Je ne sais pas trop.

— Tu ne peux donc pas reprocher à Bex d'avoir des doutes.

D'accord, c'était cohérent.

— Je dois aller chercher les garçons à l'école, annonça-t-il. J'ai laissé du temps à Bex, mais maintenant je crains que cela n'ait créé une distance entre nous. D'après toi, quand elle viendra récupérer Josh, dois-je l'inciter à en discuter ou continuer à garder mes distances ?

— C'est vrai que tu t'es montré extrêmement patient, fit remarquer Hadleigh, un sourire en coin. Avec Bex, la meilleure option, c'est toujours l'approche directe. Oh ! A propos, je ne t'ai rien dit.

— Entendu. Et merci. C'était exactement le conseil que j'attendais. Je voudrais acheter cette couette, ajouta-t-il en désignant l'article du doigt. Ma tante va l'adorer. Voici ma carte de crédit. Il faut que je me sauve. Tu me la rendras plus tard.

— Bonne chance.

— J'espère ne pas en avoir besoin.

— Oh si ! Détrompe-toi.

Bex courait après le temps, mais cela n'avait rien de nouveau. Trouver un juste équilibre entre ses diverses obligations professionnelles et familiales n'était pas facile, et dans sa vie personnelle, c'était encore plus ardu.

Eviter Tate avait été atroce, presque insoutenable, et elle devait sans cesse se remémorer ses raisons de le fuir.

En particulier, l'attraction presque irrésistible qu'il lui inspirait. Elle n'avait aucun regret d'avoir fait l'amour avec lui — de toute façon, c'était arrivé et il était impossible de revenir en arrière. Mais en raison de son passé et du sien, elle s'efforçait encore de démêler certaines choses, d'éclaircir la situation… Du moins, c'était l'intention.

Une intention vouée à l'échec.

Tate était dehors, en train de ratisser des feuilles mortes, quand elle arriva pour récupérer Josh. Les garçons n'étaient pas très coopératifs, car ils sautaient dans les tas, éparpillant les feuilles savamment rassemblées dans tous les sens.

Dans peu de temps, il allait déménager et il ne pourrait plus aller chercher Josh à l'école. Un détail mineur, bien sûr, mais un problème supplémentaire à résoudre pour elle.

Et, pour ne rien arranger, aujourd'hui, Tate était sublime dans son sweat-shirt gris aux manches retroussées jusqu'aux coudes et son sempiternel jean râpé. D'ailleurs, quand n'était-il pas sublime ?

Elle descendit de voiture et referma sa portière en lançant :

— Bonjour !

Il s'appuya au râteau pour mieux la contempler et lui sourit.

— Bonjour à toi. Est-ce que l'on peut discuter ? Comme tu vois, les garçons s'amusent bien. Tout à l'heure, je vais devoir recommencer à nettoyer cette cour à fond, mais peu importe, si cela nous donne l'occasion de parler.

Bien sûr, elle s'était aperçue que la soudaine et inexplicable distance qu'elle avait instaurée entre eux le rendait malheureux. Néanmoins, elle ne s'attendait pas à une attaque aussi directe et n'était pas du tout préparée à cette conversation. Si elle savait d'avance ce qu'il allait lui demander, ce qu'elle ignorait, c'était ce qu'elle allait lui répondre.

— Si tu veux, laissa-t-elle échapper dans un soupir.

— Comment envisages-tu la suite des événements ?

— Je vais ramener Josh à la maison et préparer des spaghettis.

Tate lui décocha le regard qu'elle méritait et répliqua :

— Nous ne sommes pas vraiment des étrangers, Bex. Puis-je espérer une réponse normale et sincère, s'il te plaît ?

— Ma réponse c'est… je ne sais pas.

— Si je comprends bien, tu as la trouille ?

— Eh ! Je te signale que toi non plus tu n'as rien dit sur tes envies, ou comment *tu* voyais la suite des événements.

— C'est vrai, admit-il avec un haussement d'épaules. Alors voilà. Je t'aime et je te veux dans ma vie et dans mon lit. Je ne suis pas le seul à qui tu manques, tu sais. Les garçons n'arrêtent pas de me demander pourquoi ils ne te voient plus. C'est peut-être prématuré, mais quand nous déménagerons au ranch, cela te dirait de t'y installer avec nous ? Josh aussi, bien sûr. D'un certain côté, c'est autant ta maison que la mienne, puisque c'est toi qui as choisi l'essentiel de la déco.

S'il y avait eu une chaise dans le coin, elle s'y serait laissée tomber. De surprise ou de panique. Elle n'était pas entièrement prise de court, et pourtant, si elle avait senti cette question arriver, sa réaction restait très mitigée. Après tout, quand Spence avait demandé à Melody d'emménager avec lui, avant le mariage, n'était-ce pas elle qui avait déclaré à son amie : « C'est tout ou rien, n'accepte aucun compromis. »

C'était ça, leur pacte de mariage. Au moment où toutes trois l'avaient conclu, jamais elle n'aurait cru se retrouver dans la position de Melody, et dans un contexte encore plus compliqué. Tate n'arrivait pas seul, et elle avait beau avoir de l'affection pour Ben et Adam, se retrouver mère de deux enfants était relativement éprouvant. Trois, si elle comptait Josh — même si ce dernier avait une mère qui allait sûrement reprendre sa vie en main.

Tate l'observait, attendant sa réponse. Mais quelle réponse ?

Tate lui avait manqué et elle avait dû faire preuve d'une grande détermination pour rester à l'écart, pendant cette période de réflexion. Oh ! elle avait réfléchi, passant des nuits blanches, parfois, mais elle n'avait pas encore trouvé la lumière indispensable à sa décision.

Et l'heure de vérité avait sonné.

Tate attendait une réponse. Une réponse qu'il méritait, car il avait pris son courage à deux mains et risqué une question qui l'exposait à un rejet.

— On pourrait essayer, dit-elle.

C'était sorti tout seul.

Les dés étaient jetés.

Melody allait lui sonner les cloches. Quant à Hadleigh, elle n'en penserait pas moins, comme toujours.

— Josh sera ravi, ajouta-t-elle.

Le sourire de Tate était digne d'une star hollywoodienne, quand il répliqua :

— J'espérais un peu que l'idée te séduirait aussi.

C'était un vrai pas de géant qu'elle venait d'accomplir. Elle ne put résister à l'envie de sortir une remarque idiote pour juguler sa panique :

— Ton comptoir de cuisine est trop beau, sans oublier ta splendide cuisinière à six brûleurs. J'en suis tombée raide à la minute où je l'ai vue. En fait, si je m'installe chez toi, c'est pour ta cuisine.

— Je ne regrette donc pas un centime de la dépense. Tu sais, cela fait deux semaines que je ne t'ai pas embrassée, ajouta-t-il en jetant un coup d'œil aux garçons. Non pas que j'aie compté les jours, ce n'est pas mon genre, mais deux semaines, c'est long…

Il semblait si heureux que cela la rendit heureuse à son tour.

— Comment résister à un homme armé d'un râteau ?

Sans répondre, il lâcha son outil et l'attira dans ses bras.

Ils étaient dans l'allée d'un quartier résidentiel et des enfants jouaient dans les parages. Le baiser fut donc aussi bref que savoureux.

Ils se séparèrent en voyant Josh courir vers eux, une feuille de papier à la main.

— C'est un mot de la maîtresse. Je ne dois surtout pas oublier.

Comme il repartait à toutes jambes, Bex considéra la feuille avec appréhension. Tate dut le sentir, car il s'empressa d'expliquer :

— Rien de grave. Il s'agit de la rencontre parents-professeurs. Elle a toujours lieu à cette époque. Tu y vas, ils t'expliquent ce que font les enfants en classe, répondent à tes questions et tu repars avec un bulletin scolaire. Exactement comme quand on était élèves, sauf qu'à présent, nous sommes de l'autre côté.

— Ah. D'accord.

C'était un soulagement car Tara ne lui avait rien dit et elle ne savait pas trop ce que Josh faisait à l'école. Mais, après tout, il n'était qu'en CP.

— Leur maîtresse est très attentive, reprit Tate. Au moindre problème avec Josh, elle t'avertira. Tout bien considéré, ton neveu me semble très équilibré. Et puis s'il y avait un souci, tu en aurais déjà entendu parler. Je suis prêt à parier qu'il s'en tire très bien.

— Je n'ai aucune envie que Greg intervienne. N'empêche que je n'arrive toujours pas à comprendre qu'il se désintéresse à ce point de son fils. Vu que je n'ai aucun statut officiel, j'ignore si l'école acceptera de me parler de Josh. J'aurais dû faire signer une procuration à Tara, pour qu'elle m'accorde la garde temporaire.

— Ne t'inquiète pas. Nous sommes à Mustang Creek et ils savent parfaitement où vit Josh et qui s'occupe de lui. Sa maîtresse te parlera, sois-en sûre. Ce n'est pas aussi compliqué que ça en a l'air, conclut-il en lui pressant la main.

— Tu as une plus longue pratique que moi, marmonna-t-elle.

— C'est vrai, et je ne prétendrai pas que c'est facile. Mais si tu fais une erreur, et on en fait tous, tu n'auras qu'à lâcher du lest et ajuster le tir.

— Comme une montgolfière ? L'analogie est intéressante.

Elle se tourna et désigna Josh.

— Je vais lui demander si ça le tente. Je parle de l'emménagement au ranch. J'ai l'impression que la seule chose que tout le monde a oublié de faire, c'est lui demander son avis. Même si je connais d'avance sa réponse, cet enfant doit avoir son mot à dire.

— Je suis entièrement d'accord avec toi.

Manifestement, il était sincère et son vote de confiance lui fit plaisir.

Le pauvre allait devoir ratisser de nouveau entièrement sa cour, car le temps qu'elle fasse monter Josh en voiture, les feuilles avaient volé partout.

Elle attendit quelques minutes pour demander à Josh :

— Ça te plairait d'habiter au ranch avec Ben, Adam et Tate ?

— Avec toi ?

— Avec moi bien sûr.

— Ouais ! s'exclama-t-il en lui adressant un grand sourire où manquait une dent de devant.

Affolée, elle faillit brûler le stop au croisement de la rue principale.

— Ta dent, Josh ! Que s'est-il passé ? Tu t'es blessé ?

— Ma dent a bougé et elle est tombée. Ne t'inquiète pas, tatie Bex, elle est dans ma poche. On pourra la mettre sous mon oreiller.

Voilà que maintenant, elle devait jouer la petite souris ! Ce n'était pas le bout du monde, certes. Juste un nouveau rôle à assumer en cette période de chamboulement.

20

Le jour du déménagement, Tate fut très heureux de bénéficier de l'assistance — et des muscles ! — de Tripp et de Spence. Tous trois transportèrent les meubles les plus lourds, sous la houlette de Bex, Hadleigh et Melody. Après leur avoir indiqué une place précise pour chaque objet, les femmes changeaient d'avis, se chamaillaient entre elles, puis finissaient par modifier la destination finale.

A chaque rectification, les trois hommes déplaçaient patiemment le meuble en question, après avoir échangé des regards amusés.

Mais Tate ne se formalisait pas pour si peu. Personnellement, tant qu'il disposait d'un canapé et d'une vue sur les montagnes et qu'il avait à portée de main une télé et une table basse où poser sa bière ou une tasse de café, il était content. Néanmoins, une touche féminine n'était pas à négliger.

Quand il avait approuvé les plans de sa maison, il avait une idée dans la tête, mais la réalité dépassait ses espérances. Par exemple, la cheminée en galets était un chef-d'œuvre et il s'imaginait, les soirs d'hiver, sous la neige, tenant Bex dans ses bras, devant un bon feu…

Cette dernière se trouvait dans la cuisine et il l'entendait rire avec Melody. Les enfants étaient dehors et poursuivaient Muggles, Harley et Ridley. Une véritable atmosphère de… foyer. Bien plus que la grande maison de banlieue qu'il avait partagée avec Sandra.

Une fois la dernière caisse posée à terre, il s'épousseta les mains en lançant :

— Merci, les gars !

Spence, qui observait les hautes poutres et le bois des murs, hocha la tête.

— Cette maison est une sacrée réussite, dit-il.

— En effet, renchérit Tripp. C'est l'endroit parfait où élever des enfants et des chevaux.

Tate vida sa bouteille d'eau et répondit en s'essuyant le front :

— J'espère bien, parce que c'est là que j'ai l'intention de finir ma vie. Parcourir le monde était enrichissant, mais l'heure est venue de me fixer.

— Je comprends parfaitement ce que tu veux dire, répondit Tripp.

Tate n'en doutait pas une seconde, car après avoir fait un bref passage dans l'armée et avoir été pilote, Tripp était revenu à Mustang Creek. Et il n'en bougerait sûrement plus jamais.

Spence ouvrait la bouche pour parler, quand il fut interrompu par des cris perçants en provenance de la cour. Alarmés, tous trois se ruèrent vers la sortie. Tate, arrivé le premier à la porte, l'ouvrit en grand pour découvrir, à son grand soulagement, que les cris n'étaient nullement une manifestation de terreur, mais de joie.

Joie qu'il ne partagea pas en découvrant la superbe limousine de Mme Arbuckle qui trônait près de leurs 4x4, telle une altesse royale devant une rangée de manants. Lettie Arbuckle, toujours vêtue aussi élégamment, ignorait souverainement les trois chiens qui s'ébattaient autour de ses escarpins à deux cents dollars. *Trois* chiens que Tate ne connaissait pas… Il sentit une coulée de sueur froide descendre le long de son dos, et qui n'avait rien à voir avec les efforts qu'il venait de fournir en transportant des meubles.

Lettie Arbuckle l'aperçut et l'invita d'un geste impérieux à la rejoindre.

— Je vous ai apporté un cadeau de bienvenue, annonça-t-elle. Agés de huit semaines, et dotés de tous leurs vaccins.

Elle parlait des trois chiens.

Les garçons étaient au paradis.

Quant à Tripp et Spence, il pouvait les entendre rire dans son dos.

Huit semaines seulement ? Ces chiots étaient énormes !

L'un d'eux léchait frénétiquement le visage d'Adam, Ben en tenait un autre dans les bras et le troisième rampait sur le ventre de Josh, qui riait, couché par terre.

Oui, il avait eu l'intention de prendre un chien. Mais *un* seul. Pas trois. Et pas aussi… monstrueux.

Comme il ne disait rien, ne sachant quoi penser, Lettie Arbuckle le foudroya d'un regard d'acier.

— Ce sont des chiots abandonnés, dit-elle, comme si c'était sa faute à lui. Des bâtards de labradors. Tous des mâles. Chaque ranch en activité a besoin de chiens.

— Un mélange de labrador et de quoi ? réussit-il à articuler, d'une voix étranglée. De danois ?

— Quelle importance ! Ils sont tous de la même portée. Je fais partie du comité de la SPA. Dès qu'on nous les a confiés, j'ai pensé à vous. Ici, il y a de l'espace et des enfants. Ils seront heureux.

Peut-être bien, mais *lui* ?

Quand Bex verrait ces mastodontes, elle allait sûrement prendre ses jambes à son cou et il ne pourrait le lui reprocher. Ses fils n'étaient déjà pas de tout repos…

La suite lui prouva qu'il se trompait. Comme d'habitude.

Quand les trois femmes sortirent de la maison, certainement attirées par le chahut, Bex s'exclama, ravie :

— Oh ! Comme ils sont mignons !

Et elle passa devant lui sans le regarder pour aller cajoler les nouveaux venus.

— Oh oui ! renchérit Hadleigh. Ils sont trop chou !

— Adorables ! ajouta Melody.

Tate soupira. Là, il ne pouvait plus refuser. Il ne se voyait pas dire non aux garçons, ni à Mme Arbuckle et encore moins à Bex, puisque l'idée semblait la ravir. Il n'en avait pas moins l'intuition que c'était *lui* qui allait devoir soigner ces trois nouveaux pensionnaires et nettoyer derrière eux, durant l'indispensable apprentissage de la propreté.

Mais après tout, qu'importe ! C'était un petit prix à payer, comparé à l'allégresse générale.

Même Tripp et Spence étaient aux anges — mais peut-être pas pour les mêmes raisons !

Il remercia Lettie Arbuckle, accepta sa suggestion d'aller en ville acheter trois paniers pour chiens, puis rassembla son petit monde, bêtes et enfants confondus, comme elle redémarrait en trombe.

A la suite de quoi, il se retrouva coincé avec trois chiots se roulant avec trois gamins dans les feuilles mortes, trois chiots courant partout — sans oublier Muggles, Harley et Ridley, qui n'étaient pas en reste —, une maison à demi meublée, plus cinq adultes observant sans réagir ses tentatives pour juguler le chaos. Enfin, ces derniers se décidèrent à intervenir et l'aidèrent à porter les chiots frétillants à l'intérieur, avant de siffler leurs animaux respectifs.

Pour le dîner des enfants, Melody avait préparé des hamburgers. Succès immédiat auprès des garçons et auprès des nouveaux membres de la maisonnée qui venaient de lui tomber dessus à l'improviste. Les garçons étaient sales comme des peignes et les chiots entreprirent avec bonheur de remédier au problème.

Spence et Tripp, bière en main, ne se gênèrent pas pour ajouter à sa confusion.

— A mon avis, ces bestioles sont mâtinées de saint-bernard, déclara Spence.

— Non, je ne crois pas… Moi, je dirais plutôt de boxer.

— Trop massifs pour des boxers, objecta Spence en observant un des chiots qui gambadait devant lui. Peut-être des lévriers irlandais, ceux que l'on utilisait pour la chasse au loup ?

— Arrête ça tout de suite ! le menaça Melody en lui décochant un coup de coude dans les côtes.

Il saisit sa main et l'embrassa.

— Chérie, je plaisante et Tate le sait. N'empêche que ces adorables chiots vont devenir de gros chiens, et il le sait aussi.

— On devrait peut-être en prendre un.

— Tu as oublié que nous avons déjà trois chats et un chien ? Et puis, quel chiot comptes-tu prendre à quel gamin ?

Entre deux bouchées, les garçons discutaient déjà avec animation de prénoms. Trois garçons. Trois chiots.

— Il est rarissime que tu aies raison, mais pour une fois, je t'accorde ce point, Spence Hogan, répondit Melody.

— Il y a un début à tout.

Tate se tourna vers Bex et, voyant son expression soucieuse, comprit qu'elle s'angoissait pour l'avenir de Josh et de son compagnon à quatre pattes.

— Nous trouverons une solution, dit-il sur un ton rassurant en lui enlaçant la taille.

— Tara ne l'autorisera jamais à avoir un chien.

— Nous pourrons le garder au ranch et il viendra lui rendre visite. Sur un point au moins, Mme Arbuckle a raison. Ici, ces bêtes auront tout l'espace rêvé pour courir.

— Tu prends vraiment la chose du bon côté, observa-t-elle en posant brièvement la tête sur son épaule.

— Est-ce que j'ai le choix ? Les gamins sont si excités. Regarde Adam manger ses haricots verts sans discuter. Tout ça parce qu'il lui tarde d'aller jouer dehors avec son chien. Je parie que trois d'entre nous considèrent déjà Mme Arbuckle comme la bonne fée la plus élégante du comté de Bliss.

Bex avait remarqué les sourires satisfaits échangés par Hadleigh et Melody lorsqu'elles virent Tate lui prendre la taille en public.

— A mon avis, tous ceux qui sont dans cette pièce peuvent en dire autant de Lettie Arbuckle, même toi, dit-elle. Toutes ses amies achètent les ouvrages de Hadleigh, elle passe régulièrement commande à Mel, elle m'a été d'une grande aide pour monter mon entreprise, et la liste ne s'arrête pas là. N'oublions pas tes écuries de rêve. J'admets que ses manières sont quelque peu cavalières, mais elle est pétrie de bonnes intentions.

— C'est bien pour ça que mon père et elle n'arrivent pas à s'entendre, fit tristement remarquer Tate. Ils se ressemblent trop. Lui aussi remuerait ciel et terre pour vous obliger à faire ce *qu'il* juge le mieux pour vous. Mentir est contre mes principes, pourtant je vais omettre de préciser *qui* a offert ces chiens. Je lui dirai simplement que nous sommes allés les chercher à la SPA. S'il a vent que la bienfaitrice de ses petits-fils est son ennemie jurée, il va tout faire pour la surpasser. Je frissonne rien que d'imaginer le résultat. Des girafes, ou qui sait ? Des rhinocéros !

— Eh bien, j'aimerais voir ça ! s'exclama Bex en riant. En attendant, dépêchons-nous de débarrasser pour lâcher tous ces monstres dans la nature, afin que nous puissions dîner en paix.

Et quelques minutes plus tard, une volée de chiens et d'enfants s'échappa en courant par la porte.

Une fois la cuisine vide, Bex et Hadleigh dressèrent la table pour six. Tate avait revendu son ancienne salle à manger moderne et l'avait remplacée par une table de ferme de style rustique, la trouvant plus adaptée à sa maison. Il avait eu raison, car le meuble s'harmonisait parfaitement au décor. En revanche, c'était Bex qui avait choisi la suspension en cuivre terni et les chaises à haut dossier.

Si elle ne lui avait pas offert de chiot pour son installation, elle lui avait trouvé autre chose — en plus de l'horloge, qui était un cadeau collectif. Se disant qu'un homme n'y penserait peut-être pas, elle avait acheté des serviettes et des sets de table en tissu. Elle avait aussi rapporté de chez elle ses assiettes favorites, ainsi que des bols à soupe assortis.

Elle n'avait pas encore informé ses amies qu'elle avait l'intention de laisser cette vaisselle sur place…

Dissimuler une info aussi cruciale était un fait sans précédent. C'était d'autant plus ridicule qu'elles s'en rendraient compte très vite. Mais, quand toutes trois avaient conclu le pacte, elle n'imaginait pas qu'elle avait si peur de retomber amoureuse.

Or, maintenant elle l'était. Et elle se doutait bien que Hadleigh et Melody n'étaient pas dupes.

Elle posa une assiette et, tout en arrangeant les couverts, annonça de son ton le plus anodin :

— Tate veut que je m'installe ici.

— Ça ne me surprend pas, Mel et moi l'avions deviné, répliqua Hadleigh en lui tendant une serviette.

Soupçon confirmé.

— Ce serait formidable pour Josh, précisa-t-elle.

— Donc, tu envisages d'accepter, lui fit remarquer Hadleigh

en haussant les sourcils. En effet, ce serait formidable pour Josh. Mais pour Becca Stuart ?

Elle rougit et, oubliant de préciser qu'elle avait déjà dit oui, bredouilla :

— Je… c'est que, c'est arrivé si vite.

— Allons, ça fait plusieurs mois que vous vous connaissez, rétorqua Hadleigh. Tu te souviens de moi ? La fille qui vous a présentés ? Tripp connaît bien ses amis. Je savais donc que Tate était un homme bien, avant même que tu le rencontres.

— Et si ça marche, tu as l'intention d'en réclamer tout le mérite, je suppose ?

— Exactement ! s'exclama Hadleigh avec un grand sourire avant de porter la main à son ventre. Oh… J'ai senti le bébé bouger. Ce garçon doit avoir faim. J'ai compris le signal.

— Ce garçon ?

— Juste une intuition.

— Les mâles dominants ont aussi des filles, tu sais, lui fit remarquer Bex.

— Qu'ils protègent comme des loups enragés, renchérit Melody en apportant le pain et la salade.

— Si je connais bien Tripp, il n'y manquera pas, assura Hadleigh en levant les yeux au ciel.

— Tu accepterais qu'il réagisse différemment ?

— Bien sûr que non !

— Bon, écoutez, lança Bex. Voici le menu du jour : soupe de viande aux légumes façon Bex, plus salade et pain à l'ail. Un dîner roboratif pour les hommes et sain pour les femmes enceintes. Quand Melody a suggéré des sandwichs à la viande hachée pour les enfants, j'ai sauté sur la proposition.

— Si tu crois que je n'ai pas goûté ta soupe, c'est que tu as perdu la tête, ironisa Hadleigh. Une marmite qui mijote sur la cuisinière, c'est trop alléchant. Au fait, elle est délicieuse.

— Tu n'as pas changé, c'est exactement comme à la fac. Tu commences toujours avant que le dîner soit servi.

— C'est pour vérifier qu'il est assez bon pour vous.

— Quelle altruiste ! Toujours à penser aux autres, observa Bex en la serrant sur son cœur.

— Qu'est-ce que tu crois ? répliqua son amie qui lui rendit

son câlin. Je suis si heureuse pour toi, lui murmura-t-elle à l'oreille.

Bien sûr, il était prématuré de faire des plans sur la comète, il n'empêche que le pacte de mariage pouvait marcher.

— On verra comment ça va tourner, répondit-elle.

— J'ai raté un épisode ? s'enquit Melody.

— Oui, on aimerait bien savoir ce qui se passe, renchérit Tripp qui revenait avec Tate et Spence.

— Bex s'installe avec Tate, déclara Hadleigh.

Bex rougit comme une collégienne. C'était plutôt gênant d'entendre proclamer la nouvelle devant une telle assistance. Mais au point où elle en était…

— C'est vrai ? s'exclama Melody, dont le ravissement céda immédiatement place à l'humour. Bienvenue dans la maternité instantanée… puissance trois ! C'est super ! Tu pourras nous donner des tuyaux à Hadleigh et à moi, car nous aurons besoin de conseils.

Si Spence et Tate n'avaient pas été présents, Melody lui aurait certainement rappelé qu'elle ne devait pas transiger sur la question du mariage. Mais elle ne manquerait pas de lui faire la leçon quand elles seraient seules.

Bex choisit prudemment de changer de sujet.

— J'espère que vous avez faim ! lança-t-elle. Je n'ai pas trouvé de soupière, alors apportez vos bols dans la cuisine.

— Tu ne sais pas où est ta soupière ? ironisa Tripp en se tournant vers Tate.

— Le problème, c'est que je ne sais même pas ce que c'est, répondit Tate.

— Je crois que c'est un truc pour mettre la soupe, intervint Spence.

Foudroyés à distance par trois paires d'yeux féminins, tous trois interrompirent immédiatement leur petit jeu et saisirent leur bol pour foncer vers la cuisinière.

— Je me demande comment on les supporte, marmonna Hadleigh.

— C'est vrai que leur conception de l'humour est assez discutable, fit remarquer Bex.

— Oui, mais de temps en temps, c'est pratique de les

avoir, dit Mel en prenant un bout de pain. Quand on a besoin d'accrocher un tableau ou de gonfler un pneu, par exemple.

— Leur chaleur est agréable, reconnut Hadleigh, magnanime. Avoir Tripp dans son lit, c'est comme disposer d'un radiateur perso.

Soudain, Bex les regarda d'un air inquiet.

— Les filles, vous croyez que j'ai pris la bonne décision ?

— Oui, répondirent ses amies à l'unisson.

— Et la partie « mariage » de notre pacte, alors ? ne put-elle s'empêcher de demander.

— Ça viendra, affirma Hadleigh avec confiance.

— Oui, bientôt, Tate va désirer le grand jeu, renchérit Mel. Tout autant que toi.

Sauf qu'elle n'était pas totalement persuadée d'en avoir envie...

Le crépuscule étalait une symphonie de bleus et de mauves sur les pics des montagnes.

Cela faisait une semaine que Bex habitait au ranch. La maison n'était pas encore tout à fait installée, mais les choses prenaient forme.

Une fois la vaisselle du dîner terminée et la cuisine rangée, elle fit glisser son doigt sur le marbre froid du comptoir.

— Quand nous l'avons acheté, nous avons fait le bon choix, déclara-t-elle.

— *Tu* as fait le bon choix, corrigea Tate. Il est superbe, tout comme cette horloge. Je te tire mon chapeau.

Il est vrai que Melody avait réussi son coup et réalisé un chef-d'œuvre.

Et tout cela, avec un vieux crachoir. C'était dans son métal que Tripp avait découpé les chiffres et la silhouette de la maison. Melody avait déniché l'objet, le lui avait apporté et il s'était mis au travail. Le vieux menuisier qui avait fabriqué le cadre avait assemblé de fines branches d'aulne, d'épicéa et de tremble. Le résultat était fabuleux.

— J'aimerais bien voir les fondations des écuries.

Cette semaine, elle avait été débordée de travail, et s'adapter à la vie en commun avec quatre mâles et trois chiots turbulents n'était pas une mince affaire. Sans compter que, chaque jour, l'équipe de l'entrepreneur engagé par Tate arrivait aux aurores, ce qui ajoutait au chaos général. Résultat, elle n'avait pas eu le temps d'aller vérifier l'avancement des travaux.

Qu'était-il donc arrivé à sa vie si calme et bien ordonnée ?

Ah oui ! L'arrivée intempestive d'un superbe pilote au sourire irrésistible.

— Bonne idée, répondit Tate, qui semblait mal à l'aise. Nous en profiterons pour parler. J'ai quelque chose à te dire.

Quand ils sortirent, elle l'examina en douce. Il semblait… gêné.

Aucun doute, il y avait anguille sous roche.

Etait-ce une bonne ou une mauvaise nouvelle ? Tate remettait-il en question sa présence chez lui ? Après une semaine de cohabitation, avait-il déjà conclu que l'expérience était vouée à l'échec ?

Il était toujours si sûr de lui, que le fait de le voir aussi mal à l'aise lui faisait une drôle d'impression. Aussitôt, deux scénarios surgirent à son esprit : soit il souhaitait rompre, soit il voulait la demander en mariage. Hadleigh et Melody n'avaient-elles pas prédit que cela ne saurait tarder ?

Pourvu que non ! Elle avait beau l'aimer, il ne lui avait jamais caché son opposition au mariage. Dans ces conditions, même si, pour ses amies, le pacte s'était révélé une bénédiction, pour elle, il risquait de tourner au cauchemar.

La terreur du mariage de Tate s'expliquait, car elle était basée sur son expérience passée, or, intellectuellement, elle savait que la sienne était irrationnelle. Au moment de la conclusion du pacte, elle ignorait totalement qu'une telle peur existait. Pourtant, c'était le cas, comme le prouvait la panique qui l'avait envahie dès qu'elle était tombée amoureuse de Tate.

Elle prit une profonde inspiration en se remémorant qu'elle avait affronté pire. A cette évocation, son cœur se serra. Oui, rien ne pouvait être pire que l'annonce de la mort de Will. Il n'empêche qu'elle était terrifiée à l'idée que sa relation avec Tate ne survive pas aux réalités et aux exigences du mariage. A un moment, elle avait cru qu'elle désirait se marier. Avec lui.

Mais à présent, elle ne savait plus rien, sauf qu'elle craignait de prendre ce risque.

— Elle est magnifique, tu ne trouves pas ? demanda Tate.

Elle revint à l'instant présent et regarda ce qu'il lui montrait, une pouliche qui paissait à quelques pas de là. Oui, elle était belle, reconnut-elle. La pouliche s'approcha de la clôture et frotta son nez sur sa manche. Tate lui tendit en souriant une carotte sortie de sa poche.

— On dirait qu'elle t'aime bien, observa-t-il.

— L'affection est réciproque, répondit-elle en caressant le museau de velours de l'animal. Quand l'as-tu achetée ?

— Il y a deux semaines, mais l'éleveur ne l'a amenée qu'aujourd'hui. Donne-lui un nom.

Stupéfaite, elle se retourna.

— Vraiment ?

— Tout ce que je te demande, c'est de ne pas l'appeler Trixie.

— Ça ne m'a même pas traversé l'esprit, répliqua-t-elle, légèrement rassurée par son sourire taquin.

Peut-être qu'après tout, il voulait simplement lui parler de cette pouliche.

— Je l'ai achetée à un vieux rancher qui élève des poulains. Il ne les baptise jamais avant la vente, de peur de trop s'y attacher. Alors elle a besoin d'un nom.

— Euh… que penses-tu de Flora ? proposa-t-elle, après quelques secondes de réflexion. C'était le nom de ma grand-mère.

— Va pour Flora. C'est joli.

A voir le regard intense qu'il posait sur elle, elle doutait que la raison de leur présence soit de baptiser la pouliche. N'ayant jamais apprécié les surprises, elle lança :

— De quoi souhaitais-tu me parler ? Tate, nous nous connaissons assez bien…

— Intimement, même. Je viens de passer la meilleure semaine de mon existence. J'espère que ce bonheur est réciproque, ajouta-t-il avec un sourire qui la rassura, mais pas entièrement.

D'accord, ils n'étaient pas sur le point de rompre — en même temps, elle n'y avait pas vraiment cru — et oui, elle était heureuse, mais pitié ! Pas l'autre hypothèse…

Les paroles suivantes de Tate furent beaucoup moins rassurantes.

— C'est vrai, j'ai une question importante à te poser. Tu peux accepter ou refuser. Bien sûr, j'aimerais que tu dises oui, mais il faut que tu saches qu'un non ne remettra pas en question ce qui existe entre nous.

Là, elle paniqua vraiment.

La dure vérité, c'est qu'elle n'était pas prête à se marier. Pourtant, Tate avait tout ce qu'une femme pouvait désirer, et plus encore… Il était aussi sensible que sexy. De plus, c'était un bon père. Un père formidable, même. La preuve : Josh s'ouvrait chaque jour davantage et affichait une joie de vivre qu'elle ne lui avait jamais connue. D'ailleurs, avec deux amis aussi proches que des frères, trois chiots, des chevaux et un homme de la trempe de Tate, pour lui servir de père, il n'avait pas de raison de se plaindre. Elle-même se trouvait dans les mêmes sentiments.

Elle prit une profonde inspiration et lui fit face.

— Arrête de me faire mariner.

— Tu es nerveuse ? demanda-t-il en haussant les sourcils.

— Pas du tout !

Flora se frottait de nouveau sur son épaule. Une seconde, elle fut tentée de sauter sur son dos et de fuir au galop dans le soleil couchant.

— Pourtant, à te voir, c'est ce qu'on dirait.

— C'est *toi* qui parais nerveux et ça doit être ça qui m'énerve. Pourrais-tu enfin poser ta question ?

— Oui, m'dame. J'y arrive.

Il ôta son chapeau et fourragea dans ses cheveux. Son regard était si sérieux qu'elle sentit son estomac faire un saut périlleux arrière.

Soudain, le jeu changea du tout au tout.

— Je veux d'autres enfants, dit-il, la faisant tressaillir de surprise. Avec toi.

Quoi ?

— Tu adores Josh, mais une fois leur divorce prononcé, Tara ou Greg va te le reprendre, poursuivit-il. Je me demandais donc si tu accepterais de faire un bébé.

Cela ne ressemblait pas vraiment à une proposition de mariage.

Qu'est-ce qu'il venait de lui demander au juste ? De faire un bébé sans se marier ?

C'était un peu dur à digérer.

Comme elle ne disait rien, Tate, qui avait déchiffré on ne sait quoi dans son expression, reprit :

— Au cas où je me serais montré confus, je voulais dire : faire un bébé ensemble. Toi et moi. Tu sais que je serai présent à toutes les étapes du chemin. Tu me crois, n'est-ce pas ? J'espère que tu me connais mieux que ça. Et puis, n'oublie pas que c'est moi le demandeur. Vu que je travaillerai sur place, je pourrai m'en occuper. Tu as dû remarquer que je ne suis pas novice en la matière. Ou tu pourras l'emmener à ton travail, si tu préfères.

Il prit une mine mi-sérieuse mi-amusée pour demander :

— Mon discours n'est pas trop embrouillé ? Je me suis bien fait comprendre ?

Oui. Tout était clair. Mais elle ne pouvait toujours pas articuler un son.

Il lui prit le menton et plongea son regard dans le sien.

— Bex ?

Bien sûr, elle était soulagée de n'avoir pas à répondre à une demande en mariage, mais un *bébé* ?

Elle pensa à Hadleigh et Melody. Evidemment qu'elle désirait des enfants, mais elle ne se sentait pas plus prête à en avoir qu'à se marier.

Peut-être qu'il avait commis une folie, se dit Tate en observant avec inquiétude le visage de Bex.

Ce ne serait pas la première fois.

Puisque son moratoire sur le mariage était de l'histoire ancienne, peut-être aurait-il dû simplement se mettre à genoux.

Cependant, personne, pas même Tripp, ne savait que durant les grossesses de Sandra, toute la boue resurgie de son passé l'avait empêché de jouir de sa future paternité. Si, à la naissance de Ben, il avait des soupçons, au moment de celle d'Adam, il mesurait déjà l'étendue de son erreur. Il était prêt à tous les sacrifices pour ses fils, mais s'il avait, un jour, la chance d'être père une troisième fois, il voulait absolument que l'expérience soit différente.

Cependant, ses erreurs de jugement dues à l'inexpérience de la jeunesse ne concernaient en rien Bex ou sa relation avec elle.

— Je sais que l'ordre classique des événements voudrait que l'on se marie d'abord, reprit-il. Mais…

Réalisant que c'était la chose la plus dénuée de tact qu'il pouvait dire, il s'arrêta net et, désireux de rectifier le tir, tenta de reprendre du début :

— Je voulais dire que…

— Tate, tais-toi.

Penaud, il se tut.

Bex observait les montagnes avec une expression indéchiffrable. Non loin d'eux, la pouliche s'était remise à brouter, et le bruit régulier de ses dents arrachant l'herbe l'apaisa.

Convaincu qu'il était destiné à passer le reste de sa vie avec cette femme, il attendit.

Le silence de Bex dura une minute. Une longue minute angoissante…

— Je sais ce que tu veux dire, déclara-t-elle enfin. La première fois, tu as vécu une très mauvaise expérience. A présent, tu hésites à retenter le coup. Jamais il ne t'est venu à l'esprit que chaque fois que tu monteras en avion ou en voiture, je serai pétrifiée de peur à l'idée qu'il t'arrive quelque chose ? Je t'aime, moi aussi, mais je refuse de succomber à cet amour. Parce que je refuse de revivre le même enfer qu'avec Will.

— Nous sommes bien ensemble et pas seulement dans un lit. Même si j'avoue un fort penchant pour cet aspect de notre relation, précisa-t-il, avec un sourire qui se voulait persuasif. Nous aimons les mêmes choses, nous sommes presque toujours d'accord sur tout, nous respectons l'espace de l'autre, et puis en tant qu'éducateurs, nous avons déjà prouvé que nous formions une super équipe, non ?

Ses joues rosies par la fraîche brise automnale, Bex leva la main pour repousser ses cheveux en arrière. La breloque à son bracelet capta un rayon de lumière.

— En ce moment, il se passe trop de choses dans nos vies, répliqua-t-elle avec un frisson dans la voix.

— Tu crois que ça va changer ? Tu sais aussi bien que moi qu'il n'y a jamais de moment idéal. Ce jour parfait où tu te dis que tout est réglé, que tu as enfin le temps de faire un bébé n'existe pas.

— Et moi qui croyais que tu voulais rompre ! murmura-t-elle avec un sourire tremblotant.

C'était donc cela qui l'inquiétait tant tout à l'heure.

— Pourquoi diable ferais-je un truc pareil ? s'exclama-t-il, stupéfait. On pourra toujours se marier plus tard. Des tas de couples suivent cette voie.

— Pas à Mustang Creek, répliqua-t-elle en détournant la tête vers le Teton. Bien sûr, tout le monde sait que je vis ici, alors ce n'est un secret pour personne que l'on couche ensemble. Mais un bébé, c'est une autre chanson.

Tate s'appuya à la clôture, submergé par une vague de colère contre ce paternalisme des petites villes. Bien sûr qu'une communauté veillant sur ses membres était une bonne chose en soi, mais où était la liberté ? Qu'en était-il de la vie privée ?

Et puis, il y avait autre chose, et cela n'avait rien à voir avec Mustang Creek. Son premier mariage n'était pas seul en cause, dans sa réticence à s'engager. Pour lui, les mots « contrat prénuptial » se traduisaient par « je ne crois pas vraiment que ça va marcher », ce qui enlevait tout romantisme à l'histoire. Il est vrai que quand on parlait du mariage, les chances de réussite n'étaient pas très bonnes. Heureusement, Bex, habituée au succès, exigerait certainement de lui qu'il se montre à la hauteur. Le problème venait de son fonds de placement, qui se chiffrait en millions de dollars. Quand il avait refusé de demander à Sandra de signer un contrat, son père avait menacé de le dissoudre. Et même si cet argent ne représentait pas grand-chose — il s'en était toujours passé et pouvait fort bien continuer —, il avait pourtant fini par céder et par informer Sandra qu'elle devait en passer par là, pour le bien de leurs futurs enfants.

Elle l'avait tellement mal pris qu'ils avaient failli rompre. Un premier signal d'alarme. Dont il n'avait pas tenu compte car, fou de son corps parfait et de son sourire enjôleur, il s'était convaincu que, dans la même situation, lui aussi se serait senti insulté.

Le pire, c'était que son père avait eu raison sur toute la ligne.

Il avait beau ne pas être lâche, il n'avait aucune envie de se quereller de nouveau avec lui à ce sujet. En même temps, il était exclu qu'il demande à Bex de signer un contrat prénuptial. Le souvenir de l'éprouvante visite chez lui des avocats de son père, armés de toute leur paperasse, lui pesait encore sur l'estomac.

Bex n'avait rien à voir avec Sandra, bien sûr. Elle était honnête, généreuse et aimante. Pourtant, s'ils se mariaient, son père le forcerait de nouveau à en passer par sa volonté. Et il se soumettrait, à cause de Ben et Adam. Mais il aurait l'impression de s'injecter un poison dans les veines.

Parce qu'un contrat de mariage risquait de tout gâcher.

Et il ne pouvait se le permettre. Il aimait Bex, ses fils l'aimaient aussi, et il n'avait pas plus envie de lui faire signer un papier que de lui expliquer les raisons pour lesquelles c'était indispensable.

Même s'il l'ignorait au début, il s'était marié à une femme à qui il ne pouvait se fier. En revanche, il avait entière confiance en Bex et détestait l'idée qu'un document puisse suggérer le contraire. Le *statu quo* était donc pour lui l'option la plus simple et la plus sûre. Surtout un *statu quo* aussi… satisfaisant.

Mais la partie n'était pas gagnée.

— Je ne m'attendais pas à ce que tu acceptes sans prendre le temps de réfléchir, reprit-il d'une voix calme. Je t'aime et je tiens à ce que tu sois heureuse. Or il me semble que nous sommes heureux comme ça. C'est peut-être ce qui explique mon aversion du changement.

— Tate, tu ne crois pas qu'un bébé modifierait totalement la donne ? Un bébé, c'est quand même un *petit* changement.

Il avait voulu dire que le mariage risquait de bouleverser leur vie, néanmoins, elle avait raison.

Il était tenté d'appuyer sur la corde sensible. En lui faisant remarquer que s'ils s'arrangeaient pour qu'elle tombe enceinte rapidement, ses amies et elle auraient des enfants d'âge rapproché qui pourraient s'amuser ensemble. Mais à quoi bon ? L'idée avait déjà dû lui traverser l'esprit.

— Les enfants sont la chose la plus extraordinaire qui puisse arriver à un couple, poursuivit-il en se retenant de la prendre dans ses bras. C'est vrai, ils chamboulent tout, et je ne peux, bien sûr, parler que de mon cas. Au fait, j'espère que ce sera une fille.

— Tu devrais avoir honte de me manipuler de manière aussi éhontée ! protesta-t-elle en lui tapant sur l'épaule.

Mais ses yeux brillaient, et ce n'était pas de la colère.

Il l'attira à lui et l'embrassa tendrement.

— Je te demande d'y réfléchir. C'est tout.

— Si tu crois que ce n'est pas déjà ancré dans ma cervelle, c'est que tu me connais mal, rétorqua-t-elle. Peu de femmes rangeraient ce projet dans la catégorie : « Ne pas oublier de récurer le parquet de la cuisine, de régler la facture d'électricité et, oh, zut ! J'allais oublier. Il faut racheter du lait. »

— J'espère bien, murmura-t-il en prenant ses lèvres.

21

Après cette longue, très longue journée, la dernière chose dont Bex avait besoin c'était de tomber sur Greg au moment de fermer son centre de fitness. Malade, sa directrice était rentrée chez elle et elle avait dû assurer la permanence durant douze heures d'affilée. Elle n'avait qu'une envie : retourner au ranch.

Heureusement, quand son beau-frère l'aborda, les épaules voûtées et la mine renfrognée, elle se trouvait sur le trottoir et non seule à l'intérieur.

Il oublia de la saluer, ce qui ne la surprit pas.

— Bex, je veux savoir exactement où elle est, alors n'essaie pas de me balader.

— Est-ce que tu me menaces ?

— Peut-être. Ne t'inquiète pas, pas physiquement. Si je m'y risquais, ton copain Spencer Hogan me coffrerait illico. En revanche, je pourrais récupérer Josh. C'est mon fils.

Une légère bruine s'étant mise à tomber, elle releva sa capuche et, la gorge nouée, riposta :

— Jusqu'ici, tu ne t'es guère intéressé à lui. Qu'est-ce qui a changé ?

— J'ai reçu une lettre de son satané avocat, voilà ce qui a changé.

Ah. C'était bon à savoir. Si sa sœur appelait tous les deux jours pour prendre des nouvelles de Josh, Bex doutait encore qu'elle entamerait la procédure. Elle fixa Greg dans les yeux et déclara sèchement :

— Si tu lui avais été fidèle, tu ne serais pas là à tenir cette conversation. Tout est *ta* faute, et si tu tiens un tant soit peu à ton fils, fiche-lui la paix. Voilà ce que je compte faire. Je vais appeler Tara et lui dire que tu désires lui parler. Ce qui arrivera ensuite ne concernera que vous. On est bien d'accord ?

— D'accord, grommela-t-il. J'ai simplement besoin de lui parler.

— Je le lui dirai.

— Si elle ne me rappelle pas d'ici deux jours, Josh revient vivre avec moi.

Submergée par une vague de soulagement, Bex le regarda s'éloigner. Dès qu'il eut disparu, elle courut à sa voiture, se glissa à l'intérieur et s'enferma à double tour. Puis elle appela Tate.

— Je suis enfin sortie. J'arrive. Josh est bien avec toi ?

— Oui. Les garçons sont dans la cour avec les chiens. Qu'est-ce que tu as ? Tu parais bouleversée.

— Plutôt contrariée. Je viens de tomber sur Greg.

Elle ne put retenir un sanglot étouffé.

— J'en déduis que ta sœur a lancé la procédure.

— Oui.

— C'est un progrès.

— Il va utiliser Josh pour tenter de la faire revenir. Il menace de le reprendre et cela m'inquiète terriblement. J'ai accepté d'appeler Tara pour lui dire qu'elle devait lui parler. A ton avis, j'ai eu tort ?

— Non, répondit fermement Tate. C'est leur problème, qu'ils se débrouillent entre eux. Josh doit passer avant *tout*. Si tu penses que c'est mieux, nous pouvons l'emmener à Denver pour qu'il retrouve sa mère. Malheureusement, même si Greg ne fait aucun effort pour voir Josh, la loi impose à Tara de l'informer de l'endroit où se trouve son fils.

Bex n'avait aucune envie d'emmener Josh à Denver, néanmoins, l'offre était très généreuse. Nul doute que le petit garçon serait mieux avec sa mère qu'avec son père. Mais avant, Tara devait organiser sa vie.

— Merci, dit-elle. J'arrive dans quelques minutes. Nous pourrons discuter de tout cela tranquillement.

— J'espère que tu n'as rien contre les spaghettis. C'est une de mes rares spécialités, tu te souviens ? Mais ne t'attends à rien d'exceptionnel. Au fait, j'ai donné aux garçons des bâtonnets de carotte et du fromage pour les faire patienter.

C'était adorable de l'avoir attendue pour dîner, car elle rentrait bien plus tard que prévu. Etait-ce à cela que ressemblait le mariage ? Des responsabilités partagées et le privilège de pouvoir compter sur quelqu'un pour prendre la relève en cas de besoin ?

— Des spaghettis m'iront très bien, répondit-elle, reconnaissante.

Quand elle arriva au bout de l'allée sillonnée d'ornières du ranch, As, King et Joker sortirent en trombe de la maison pour l'accueillir et s'assemblèrent autour du véhicule, poursuivis par leurs maîtres qui tentaient de les rameuter. Elle aimait les prénoms que les garçons avaient choisis. L'idée leur était venue au cours d'une nouvelle partie de cartes, alors qu'en pouffant de rire, ils se moquaient de Tate qui était, une fois de plus, le pouilleux.

Dès qu'elle mit pied à terre, trois paires de pattes imprimèrent des marques boueuses sur son pantalon haute couture. Mais les chiots bondissaient si joyeusement autour d'elle qu'elle finit par éclater de rire, ce qu'elle aurait juré impossible, après une journée aussi stressante.

— Non ! hurla Ben, tentant de refréner l'enthousiasme des trois assaillants.

Quand il sortit de la maison, Tate se montra nettement plus efficace. Il siffla, puis ordonna avec un calme trompeur :

— Couchés !

La mine contrite, les chiots obtempérèrent aussitôt.

Bex frotta son pantalon, puis finit par lâcher l'affaire. De toute façon, elle avait l'intention de le laver.

— Comment fais-tu ça ? demanda-t-elle en se dirigeant vers la maison.

— Ils savent que je ne plaisante pas, c'est tout, répondit Tate. Je t'ai servi un verre de vin, ajouta-t-il, avant de poser un regard incisif sur les garçons. Vous êtes couverts de boue, et il fait de plus en plus froid. Vous rentrez dans un quart d'heure pour le bain. Je me fiche de l'ordre de passage, mais ôtez vos chaussures et essuyez les pattes des chiens *avant* de rentrer.

Il prenait les choses en main avec tant de naturel que, ce soir, elle allait lui laisser gérer le chaos.

— Je vais me changer, annonça-t-elle. Très bonne idée, le vin !

La plupart de ses vêtements étant encore chez elle, il ne lui fallut qu'une minute pour trouver un jean confortable et son sweat-shirt gris favori dans sa valise. Un choix facile, comparé à toutes les décisions importantes qui lui restaient à prendre. Entre autres : qu'allait-elle faire de sa maison si elle s'installait définitivement au ranch ? Elle s'y arrêtait régulièrement pour récupérer des vêtements et des affaires personnelles, vérifier les serrures, ce genre de choses, et n'avait pas l'intention de la vendre. Peut-être pourrait-elle la louer meublée.

Elle mourait d'envie de se relaxer, mais comme par un fait exprès, chaque fois que Tate et elle se posaient, un incident avec un chiot ou un enfant envoyait aussitôt toute idée de détente aux oubliettes.

Elle n'arrivait pas encore à réaliser qu'elle faisait l'expérience de la vie de famille et qu'elle… s'en trouvait bien.

Quand elle retrouva Tate dans la cuisine, il lui jeta un regard moqueur.

— Tu sais qu'à la minute où nous allons nous asseoir pour dîner, ils vont surgir en masse et nous assaillir de questions, lui fit-il remarquer. Ensuite, il faudra aider l'un d'eux à retrouver un objet absolument indispensable à sa survie, pendant que des chiots mouillés nous tourneront autour. La version « Tate Calder » d'une soirée romantique.

— Une version qui a son charme, répondit-elle en prenant son verre. Ouf ! C'est loin d'avoir été la meilleure journée de ma vie, même si j'ai connu pire. Oh ! mais cette sauce sent délicieusement bon. Comment l'as-tu préparée ?

— En ouvrant un bocal et en versant le contenu dans une casserole, répliqua-t-il, narquois. J'avoue que je me ruine en produits gourmets dans l'espoir de t'impressionner. Qu'y a-t-il de mieux qu'un saucisson italien pour gagner le cœur d'une femme ?

— Avec moi, un tel délice fera toujours l'affaire. Et si tu rajoutes du pain à l'ail, je serai à toi pour la vie.

— J'espérais un peu que c'était déjà le cas, rétorqua-t-il en versant les pâtes égouttées dans la sauce.

Cela ressemblait à un flirt banal, mais en l'observant, Bex sentit en elle une petite porte s'ouvrir sur un paysage des plus agréables…

Alors elle se lança et dit simplement :

— D'accord pour le bébé.

Pas de doute, son ouïe devait mal fonctionner.

Bex avait dit… *oui* ?

Tate la fixa, incrédule. Elle était irrésistible, ce soir. Pourtant elle ne portait qu'un jean et un sweat-shirt tout simple, mais qui s'arrangeait, on ne sait comment, pour mettre merveilleusement en valeur ses seins aussi parfaits qu'un fantasme — *son* fantasme à lui.

Elle avait dit oui. Soudain, les mots lui manquaient.

C'était d'autant plus surprenant que depuis leur discussion sur ce chapitre, elle n'avait jamais plus évoqué le sujet.

— La sauce dégouline par terre, lui fit-elle remarquer.

Baissant brusquement les yeux, il s'aperçut qu'il tenait la cuillère en l'air, en dehors de la casserole. Il s'en débarrassa sur le comptoir et, sans se soucier de nettoyer les dégâts, déclara :

— Depuis que j'ai soulevé la question, tu ne semblais pas intéressée.

— Je n'ai pas eu le temps, répondit-elle, logique. Et puis, à présent, tu me connais assez pour savoir que j'avais besoin de réfléchir. C'est d'accord, à une condition. Que tu ne me demandes *pas* en mariage.

Là, il était plus que surpris. Bex n'ôtait jamais son bracelet. Or il savait que ses breloques représentaient le mariage et l'engagement. Depuis son fiasco avec Sandra, il avait eu beau rejeter toute idée de mariage, il n'en était pas moins secoué.

Sur la cuisinière, la sauce bouillonnait gaiement. Pesant ses mots, il répondit à voix basse :

— Tu as accepté de t'installer ici et tu es d'accord pour élargir la famille, alors j'ai un peu de mal à comprendre ta position. Si c'est ton souhait, je suis d'accord. Tout de même, accepterais-tu de m'éclairer ? Je ne te forcerai pas à t'expliquer, tes sentiments t'appartiennent, mais je voudrais bien entendre tes raisons.

Avant de répondre, elle prit une gorgée de merlot.

— Tu as demandé Sandra en mariage et ça s'est terminé en désastre, non ?

Quel pléonasme !

— A part Ben et Adam, oui, répondit-il.

Sentant qu'il aurait besoin d'un remontant pour poursuivre cette conversation, il prit un verre.

Bex croisa les bras sur sa poitrine et reprit :

— Will m'a demandée en mariage et cela s'est aussi terminé en catastrophe, même si c'était d'un autre genre. Je ne plaisantais pas. Je ne veux *pas* que tu me demandes de t'épouser.

Voilà qu'il était tombé amoureux de la seule femme au monde qui refusait la bague, la demande en mariage et le genou à terre !

— Ce qui est arrivé à Will t'a rendue superstitieuse.

— Probablement.

Elle semblait terriblement sérieuse.

Il s'était juré de ne jamais se remarier, or, par une ironie du destin, au moment même où il était tenté de changer d'avis, il se retrouvait privé de ce choix. Force était de reconnaître que sa crainte du mariage s'appuyait, comme celle de Bex, sur des peurs anciennes mâtinées d'un certain degré de superstition. Parce que Bex n'avait rien à voir avec Sandra.

— Je joue cartes sur table, ajouta-t-elle. C'est à prendre ou à laisser, pouilleux.

La légèreté dans sa voix l'aida à se ressaisir.

— C'est carrément odieux ! protesta-t-il avec un petit sourire en coin. En plus, je suis persuadé que tu as triché.

— Prouve-le, répliqua-t-elle en allant chercher deux assiettes dans un placard. Maintenant, dépêche-toi de me servir, sinon je vais m'évanouir. A 13 heures, j'ai déjeuné en tout et pour tout d'une pomme.

Comme prévu, la horde choisit cet instant précis pour déferler. Evidemment, aucun des garçons n'avait pensé à essuyer les pattes des chiots, et le carrelage se retrouva maculé de boue en trois secondes chrono. Tate aurait pu s'emporter, bien sûr, mais le mal était fait. Et puis les garçons avaient suivi ses ordres à la lettre : ils étaient rentrés pile à l'heure, ce qui constituait en soi une victoire. Les pattes sales n'étaient qu'un dommage collatéral.

Ignorant la pagaille, il servit des spaghettis aux garçons, puis lança à Bex :

— Je te l'avais dit ! Ça ne manque jamais. Dès que je veux regarder un match de foot, il y en a toujours un qui se pointe pour me demander de l'aider à faire ses devoirs. Quand je réponds à un coup de fil important, ils ont tous les deux une chose cruciale à me dire. Et les nuits où j'ai désespérément besoin de dormir, ils s'arrangent pour tomber malades.

— Pourtant, tu voudrais d'autres enfants, répliqua-t-elle en levant sur lui ses yeux qui avaient pris un doux reflet d'or pur.

— Oui.

Se retenant d'ajouter « D'autres enfants, peut-être, mais seulement avec toi », il demanda :

— Veux-tu bien apporter le pain à l'ail ?

Les trois garçons dévorèrent leur assiette en quatrième vitesse, négligeant le parmesan dont Bex saupoudra généreusement ses spaghettis. Dès qu'ils eurent fini, ils demandèrent en marmonnant qu'on les « s'cuse », et s'envolèrent aussitôt, les laissant tous les deux finir tranquillement leur dîner.

Néanmoins, l'ambiance romantique était un peu gâchée par le déferlement d'eau en provenance de la salle de bains et par la ronde incessante des chiots autour de la table. Tate en conclut qu'un des garçons prenait un bain, et de sa propre initiative, ce qui était un petit miracle en soi.

— Que t'a dit Greg, précisément ? s'enquit-il, désireux de profiter de ce moment de répit pour aborder le sujet.

Bex s'arrêta de manger et soupira.

— Il m'a rappelé que Josh était son fils. Si j'étais sûre qu'il soit un bon père, je serais dans un autre état d'esprit. Pour être honnête, il l'est peut-être… N'empêche qu'il ne t'arrive pas à la cheville.

Eh bien, c'était un sacré compliment ! D'autant plus qu'elle ne cherchait pas à le flatter.

Il resta silencieux un instant, et malgré le désarroi qu'il lisait dans les yeux de Bex, il se sentit obligé de lui faire remarquer qu'elle devait s'attendre à une telle réaction de la part de Greg.

— Oui, reconnut-elle, les yeux brillants de larmes. Mais c'est dur…

Un des chiots — ce devait être As, mais ils se ressemblaient tant qu'il ne pouvait en être sûr — tenta de grimper sur ses genoux pour la consoler, et elle lui caressa distraitement la tête.

— Josh est résistant, dit-il pour la réconforter.

— Je ne veux pas qu'il se trouve obligé de l'être et je ne veux pas non plus que Tara retourne avec Greg.

Il aurait pu lui dire qu'elle ne pouvait dicter à sa sœur ce qu'elle devait faire de sa vie, mais le moment était mal choisi.

— Je crois que Greg bluffe, dit-il. Je connais ce genre de types. Il en aura rapidement marre de courir après un ballon et de faire la lessive. Il ne tiendra pas plus de deux jours.

— Dit l'homme d'expérience.

— Oh ! Ça me sort par les yeux aussi, avoua-t-il, refusant de mentir. C'est un boulot fou. Il m'arrive d'être si fatigué et exaspéré que je dois me remémorer que, même si cela n'a rien d'un voyage de rêve, ça vaut tout de même le coup.

— Moi, ce qui me fait peur, c'est que Greg ne se soucie pas de jouer au ballon ou de faire la lessive. Tate, il refuse même de payer la cantine de son fils !

Elle était vraiment anxieuse, et il s'apprêtait à la rassurer lorsqu'une dispute éclata dans la salle de bains, probablement entre Ben et Adam, car, d'après ce qu'il avait pu en juger, Josh ne provoquait jamais de conflit.

— Non ! lança Bex, comme il se levait pour intervenir.

— Non, quoi ?

— Assieds-toi et finis de manger. Je vais m'en occuper. J'ai besoin de m'entraîner. Si nous vivons ensemble, je ne peux plus me cantonner au rôle de tatie Bex.

Elle se débrouilla très bien. En tout cas, les garçons l'écoutèrent suffisamment pour ne reprendre leurs chamailleries qu'une fois dans leur chambre, où le volume sonore de la dispute baissa progressivement, avant de s'évanouir. Les chiots se réfugièrent aussi dans leur panier. Tate avait exigé qu'ils restent dans la cuisine, mais la nuit dernière, quand il était allé vérifier que tout le monde était couché, il avait découvert un des petits voyous pelotonné contre Adam. Ecrasé par un sentiment d'inéluctable, il avait baissé les bras. Des petits garçons et des chiots… Il y avait toutes les chances pour que, sous peu, les trois chiens dorment sur les lits.

Quand Bex le rejoignit, elle prit une longue gorgée de vin.

— Je n'ai jamais prétendu que c'était facile d'élever des enfants, dit-elle, sur la défensive, comme il la regardait d'un air entendu.

— Non.

Les reflets d'or de ses cheveux semblaient l'appeler, et il éprouva une furieuse envie d'y glisser les doigts…

— Que dirais-tu de finir notre dîner et, une fois que nous serons sûrs que les enfants sont endormis, d'aller en fabriquer un autre ? proposa-t-il, la voix légèrement enrouée.

22

Elle ne savait pas ce qui l'attirait le plus.

Le fait que Tate admette ouvertement qu'il voulait d'autres enfants ou savoir qu'il était aussi préoccupé qu'elle par la situation de Josh.

Oh ! il était terriblement sexy, aussi — c'était d'ailleurs ce qui l'avait attirée au début chez lui —, mais il avait bien d'autres qualités. Si le physique d'un homme et sa manière d'agir n'avaient souvent rien à voir, Tate, lui, gagnait sur les deux tableaux.

Sa chambre, typiquement masculine, était occupée par un lit à baldaquin king-size en noyer. A part cela, il n'avait qu'une commode et une petite table de chevet où étaient posés une banale lampe en bronze et un livre, une histoire de la guerre de Sécession — sur laquelle il n'avait pas dû beaucoup avancer, d'ailleurs, vu que le soir, il faisait autre chose que lire… Et ce qu'elle aimait par-dessus tout, c'était l'immense dressing où il lui restait bien assez de place pour ses vêtements, car à part quelques costumes, Tate ne semblait posséder que des jeans, des chemises et des santiags. L'absence relative de fouillis et du moindre objet superflu dans la chambre était tout aussi typique de sa personnalité.

Cet endroit ressemblait de manière troublante à la maison de ses rêves : le confort rustique, la vue magnifique, la terre, les enfants, les chevaux et les chiens. Le pack complet.

Avec Tate en prime.

Et… un bébé en vue. Allait-elle vraiment le faire ?

— Simple observation, mais tu es bien trop habillée à mon goût, murmura-t-il en déboutonnant sa chemise.

Oui, elle allait le faire…

Elle ôta son haut et lança :

— C'est mieux, comme ça ?

— Oh oui, continue, répondit-il en arrachant ses bottes sans la quitter des yeux.

Elle dégrafa son soutien-gorge.

— Et comme ça ?

— Beaucoup mieux…

Elle l'ôta, consciente de son regard brûlant, puis se tortilla pour enlever son jean. Le temps qu'ils s'écroulent enchevêtrés sur le lit en s'embrassant, elle était déjà prête pour la suite des événements.

Du moins le croyait-elle.

Car si les caresses de Tate étaient les mêmes, leur effet était bien différent. Ses doigts parcouraient sa poitrine avec la même vénération, sa bouche caressait sa gorge aussi délicatement, mais il régnait entre eux un degré de conscience aigu auquel rien ne l'avait préparée. La conscience qu'une décision cruciale avait été prise. Pourtant, elle savait que si elle se ravisait, Tate l'accepterait.

Alors qu'ils changeaient de position, elle sentit qu'il était prêt à l'attaque.

— Est-ce que tu as des doutes ? demanda-t-il. Tu es crispée. Quelque chose ne va pas ? Parle-moi.

— Juste un petit choc avec la réalité, avoua-t-elle en repoussant une boucle folle tombée sur son front. J'ai l'impression que je m'apprête à sauter d'un avion sans savoir si mon parachute va s'ouvrir.

— Je serai à côté de toi et te tiendrai la main, pendant toute la descente.

— Je sais.

Si elle n'en avait pas été persuadée, elle n'aurait pas été là.

— C'est partagé, non ? demanda-t-il, un peu inquiet.

Elle enroula son bras autour de son cou et l'embrassa.

— La décision de faire un bébé, ce moment, ou les deux ?

— Je n'ai jamais été amoureux avant, chuchota-t-il contre

sa bouche, si bas qu'elle l'entendit à peine. J'ai cru l'être, brièvement, mais je me trompais. Je n'ai jamais ressenti ce que je ressens pour toi.

Elle sentit sa gorge se nouer. Bien qu'elle ait déjà connu l'amour, elle éprouvait le même sentiment. Combien de personnes avaient-elles droit à cette merveille deux fois dans leur vie ?

— Je t'aime aussi, murmura-t-elle.

Il lui sourit tendrement.

— Je m'en doutais un peu, ma belle. Même si tu ne l'avais jamais dit, beaucoup d'indices pointaient dans cette direction.

— Fais-moi l'amour, souffla-t-elle en resserrant son bras autour de son cou.

— Vos désirs sont des ordres…

Il ne dit plus un mot, et quand leurs deux corps s'unirent, la sensation fut si forte qu'elle cria son nom.

Elle avait beaucoup appris, au cours de ces dernières semaines. Sur son corps. Sur l'harmonie sexuelle qui pouvait exister entre un homme et une femme, du moins entre Tate et elle. Elle commençait à reconnaître l'accélération de son souffle à l'approche de la libération, la crispation de ses paupières et la chaleur soudaine qui crépitait sur sa peau, signes précurseurs de son abandon final.

Lui la connaissait encore mieux. Il savait quand elle voulait qu'il accélère le rythme, ou ralentisse et change de caresse. Il savait la projeter à la distance idéale quand elle frôlait l'orgasme, et comment rendre l'expérience encore plus intense en chuchotant un mot salace à son oreille au moment opportun.

Elle jouit la première en se cabrant sauvagement dans ses bras, puis l'entendit lâcher un gémissement sourd et sut qu'il l'avait rejointe. Il répétait son nom si fort qu'elle se réjouit que la porte soit verrouillée et en bois massif.

Hors d'haleine, aucun d'eux ne put parler, jusqu'à ce que Tate murmure :

— J'espère que cela n'a pas marché et que l'on va devoir faire une nouvelle tentative.

Elle éclata de rire et lui mordilla l'épaule.

— C'est possible, mais seulement si tu es très sage.

— Ou très coquin ?

Et, aussitôt, il se mit à lécher son téton, faisant vibrer son corps déjà surexcité.

— Arrête ça !

— Pas question ! riposta-t-il en caressant sa lèvre inférieure avec son pouce. Tu me rends heureux. Je crois n'avoir jamais dit ça à personne.

— Toi, tu m'as rendu le bonheur. Je ne croyais pas pouvoir le dire un jour. J'étais satisfaite de mon existence. Ma vie agréable, paisible, et…

— Papa ! lança un des garçons en cognant à la porte.

— Une seconde !

Tate se rua sur son jean en marmonnant :

— Tu peux faire une croix sur la tranquillité. Elle n'est plus à l'ordre du jour.

— J'en ai bien l'impression, répondit-elle en remontant le drap sous son menton.

— Et n'espère pas que cela va s'arranger. Bon, je vais régler le problème et je reviens. Gérer une complication à la fois, c'est tout ce que l'on peut faire.

— Je me suis occupée du conflit dans la salle de bains, c'est ton tour.

— Ne bouge pas et reste toute nue, compris ? ordonna-t-il en lui décochant un clin d'œil gourmand.

— Je n'ai pas d'autres projets en vue, répliqua-t-elle sur un ton léger. Amuse-toi bien. J'ai l'intuition qu'As, Joker ou King sont impliqués dans l'affaire.

— Moi aussi ! lança Tate en fonçant vers la porte.

Il l'ouvrit brutalement, mais prit un ton patient pour s'adresser à Ben, trop chou dans son pyjama Batman.

— Bon, me voilà. Que se passe-t-il ?

— Pourquoi tu as fermé ta porte à clé ? s'enquit le petit garçon, sur un ton maussade.

— Cela ne te regarde pas. Donne-moi juste les mauvaises nouvelles.

— Je crois qu'un des chiens a… euh…

— Viens me montrer.

Dès que la porte se referma, Bex, qui avait tout de même attendu qu'il soit sorti, éclata de rire.

C'était un premier pas. Elle avait enfin été capable de dire : « Je t'aime. »

Nue, oui.

Réveillée, tu parles !

Tate s'était dépêché de revenir, dans l'espoir de refaire un petit tour au paradis, mais Bex était profondément endormie.

Il se glissa à côté d'elle et l'écouta respirer. Aucun doute, il avait une sacrée chance, songea-t-il en croisant les bras sous sa nuque. Bien sûr, les garçons donnaient du fil à retordre, et il venait de nettoyer, sur son sol flambant neuf, des saletés peu ragoûtantes, sous le regard contrit d'un chiot tout penaud. Son père et son ennemie jurée voulaient intervenir dans ses affaires, tout en se livrant une bataille effrénée, et il devait encore attendre un mois ou deux avant que son chantier soit fini.

Malgré tout, il se sentait terriblement chanceux.

Bex faisait partie de sa vie.

Tout ensommeillée, elle se retourna contre lui en poussant un petit soupir. Il mourait d'envie de l'embrasser pour la réveiller, mais se retint, car elle semblait vraiment épuisée quand elle était rentrée, tout à l'heure.

Il songea soudain à ce qu'elle lui avait dit : pas de demande en mariage.

A l'évidence, elle ne plaisantait pas. Il se mit à réfléchir, étendu dans le noir. Alors qu'une part de lui refusait toujours de se remarier, une autre part… envisageait les choses sous un jour très différent.

Comme la main de Bex reposait sous sa joue, il effleura du bout des doigts la minuscule breloque suspendue à son bracelet. Il ne l'avait jamais examinée d'aussi près et ce n'est qu'à cet instant précis qu'il réalisa ce qu'elle représentait : un avion. C'était sans doute une coïncidence, mais qui prouvait que les choses étaient écrites : ils étaient destinés l'un à l'autre.

Pas question qu'il lui demande de signer un papier qui réduirait leur relation à une question de gros sous. En même temps, il avait beau en avoir très envie, Bex lui avait interdit de lui proposer le mariage. Il fallait donc trouver le moyen de contourner le problème. Il devait bien en exister un.

Immobile, il continua un moment à se creuser la tête et, avant de plonger dans le sommeil, se dit qu'il existait peut-être une solution à laquelle il n'avait pas encore pensé.

Possible, mais…

Oh ! Et puis, zut ! Cela valait le coup d'essayer.

Bex versa du jus d'orange dans trois verres et les fit passer à la ronde. Les toasts étaient prêts, les céréales distribuées, et les enfants avaient le nez plongé dans leur bol. Les chiots étaient en pleine forme. Néanmoins, elle avait la situation sous contrôle.

Elle pouvait assurer.

Tate dormait encore.

C'était plutôt surprenant, car d'ordinaire il était levé aux aurores et préparait le petit déjeuner des enfants. Peut-être étaient-ils en train d'instituer une nouvelle routine où elle partageait la responsabilité des garçons. Une idée tout à fait séduisante.

L'équipe de construction était en train d'arriver, comme l'indiquaient les grincements de freins des camions et les claquements de portières. Flora dressa brusquement les oreilles et, par la fenêtre, Bex la vit se réfugier prudemment vers l'extrémité nord de la pâture.

— Bonjour ! lança Tate en se frottant le visage. J'ai trop dormi. Cela ne m'arrive jamais. Au fait, quelle heure est-il ?

Elle lui tendit une tasse de café avec crème et sans sucre, avant de répondre :

— 7 heures environ. Tu devais avoir besoin de récupérer.

— Il faut que je nourrisse Flora, que j'emmène les garçons à l'école et que j'aille chercher du foin supplémentaire pour pouvoir ramener les chevaux en pension chez Tripp. Ensuite, j'irai voir si je peux obtenir une date définitive de livraison pour les écuries et la grange.

— Les garçons sont prêts, bois d'abord ton café, lui conseilla-t-elle.

Puis elle se pencha sur le comptoir pour ajouter, à voix basse, car elle n'avait pas envie d'être entendue par les enfants :

— J'ai une idée.

Tate retint la tasse de café qu'il portait à ses lèvres.

— Oh oh ! Quand une femme dit ça, je deviens tout de suite nerveux.

Elle le foudroya de son regard le plus meurtrier en répliquant :

— Tu peux arrêter de plaisanter.

— Pardonne-moi, s'excusa-t-il en arborant une mine contrite, démentie par son sourire. Bon, quelle est ton idée ?

— Ma directrice n'arrête pas de prendre des congés maladie. Je n'ai pas envie de la renvoyer, mais pas envie, non plus, de bosser douze heures par jour, comme hier. Je pourrais la changer de poste et offrir le sien à Tara, qui, si elle était d'accord pour revenir à Mustang Creek, pourrait louer ma maison. Qu'est-ce que tu en penses ? Je doute qu'elle soit heureuse à Denver, loin de son fils. En fait, je sais qu'elle déprime.

Ses nombreux mails en étaient la preuve. Elle avait beau savoir que son fils était en sécurité avec Tate et elle, il lui manquait. Ses amis aussi.

— A sa place, je déprimerais aussi, observa-t-il.

C'était une des raisons pour lesquelles elle était tombée amoureuse de Tate Calder — une parmi tant d'autres. Il comprenait ce que pouvait ressentir sa sœur et l'importance des liens familiaux.

Il but une gorgée de café, appuyé au comptoir.

— L'idée paraît idéale, si on ne tient pas compte de Greg, précisa-t-il. Si elle revient, qu'est-ce qu'il va faire, à ton avis ?

Elle tritura une mèche de cheveux, son tic habituel quand elle réfléchissait.

— J'ai tendance à penser que la perspective d'un front uni, d'un bon job et d'une maison fera la différence, assura-t-elle. Si Tara n'a plus besoin de Greg, l'affaire sera réglée. Elle a eu le courage de le quitter. Je crois qu'elle aura celui de revenir.

— Un front uni ?

— Hadleigh, Mel et moi pouvons l'aider à retomber sur ses pieds. Et à résoudre les problèmes que Greg pourrait lui poser.

— Tu sembles confiante.

— Je le suis. Nous sommes efficaces, tu sais.

— Je n'en doute pas ! riposta-t-il, amusé. Et, ainsi, tu ne perdrais pas Josh.

Il fallait avouer que cela faisait aussi partie du plan.

— Reconnais que c'est un gentil gamin.

— Tout à fait d'accord. Il a également une tante charmante.

— Je suis très attachée à lui.

— Moi, à lui *et* à sa tante.

— Alors ? lança-t-elle, incapable de réprimer un rire. Qu'est-ce que tu en penses ?

— Que c'est la solution idéale pour tout le monde. Mais méfie-toi, les choses pourraient ne pas tourner exactement selon tes vœux.

C'était bien ce qu'elle craignait.

— Josh est heureux à l'école, affirma-t-elle. Mustang Creek est son foyer. Je ne veux pas qu'il en soit privé.

— Si ta sœur ne peut pas trouver un billet à bas prix, on peut aller à Denver la chercher en avion. Je suis prêt à apporter toute l'aide possible, alors n'hésite pas à me solliciter.

— Pourquoi ai-je toujours l'impression troublante que tu es trop bon pour être vrai ?

Il éclata de rire, manquant s'étouffer avec son café.

— Ne me refais jamais un coup pareil, lui reprocha-t-il en s'essuyant le menton d'un revers de main. Bon, jouons cartes sur table. Je ne t'ai pas tout dit. Par exemple, je ne passe jamais l'aspirateur et, si cela ne dépendait que de moi, la planète serait recouverte d'une épaisse couche de poussière. Autrement dit, ce sera à toi de te coltiner cette corvée. J'ai négligé d'en parler avant exprès, pour éviter de t'effrayer. La lessive, je m'en occupe, mais sans rien trier au préalable. Alors, si tu as, euh… des vêtements délicats exigeant des soins particuliers, je te conseille de ne pas les mettre dans le panier, parce qu'ils se retrouveront mêlés à des chaussettes de sport écarlates et seront lavés à température normale. Durant la finale de la ligue de basket, j'ai la réputation de nous nourrir, mes enfants et moi, exclusivement de pizzas, et ce, pendant plusieurs soirs d'affilée. Voyons voir, qu'est-ce qu'il y a encore ? Ah oui ! Je ne me rase jamais le week-end. Et je déteste les haricots blancs.

Si tu t'obstines à en servir, j'imiterai Adam et refuserai d'en manger. J'oublie certainement d'autres tares, mais de si bon matin, cette mise à nu outrepasse déjà mes forces. Allez les enfants, on y va !

Quand les garçons furent sortis, avec leur sac sur le dos, abandonnant derrière eux trois chiots désappointés qui pressaient leur museau contre la porte en gémissant, Bex envoya un texto à sa sœur.

J'ai une idée. Appelle-moi.

23

— Quand j'ai lâché les chevaux en liberté, il y a quelques jours, mon jeune étalon s'est montré très intéressé par une de tes juments, annonça Tripp. Il la suivait comme son ombre. Tu pourrais bien être opérationnel plus tôt que prévu.

— Si ça se vérifie, je te verserai le prix de la saillie, répondit Tate, plutôt content, car l'étalon en question était une splendeur.

— C'est ma faute. J'aurais dû l'isoler dans le pré nord, mais j'étais pressé parce que Hadleigh avait une échographie. Cette première saillie sera pour moi. Je ne peux rien promettre, mais je pense que ta jument est prise.

Ils chargèrent avec précaution les chevaux dans le long van flambant neuf que Tate venait d'acheter. C'était une sacrée dépense, mais sachant depuis le début qu'elle était indispensable, il s'y était résigné. De plus, il pouvait légalement la déduire de ses impôts au titre de frais professionnels.

Quand le dernier animal fut chargé et en sécurité, il lança, sur un ton moins décontracté qu'il ne l'aurait voulu :

— Bex veut que sa sœur rentre à Mustang Creek. Quant à Greg, il brandit la menace de récupérer Josh pour récupérer sa femme. Et moi, je suis coincé, car je voudrais intervenir sans savoir comment m'y prendre.

Tripp hocha la tête d'un air ennuyé.

— C'est un problème ardu, dit-il. Greg et Tara ont une relation à sens unique, son sens à lui. Il a toujours agi comme bon lui semble, sans se préoccuper de sa femme et de son gamin.

— Je comprends le point de vue de Bex. Et je me sens

concerné aussi. Josh a beaucoup changé depuis que je le connais. Il mérite de rester ici, avec ses amis. Le contexte serait totalement différent si son père et sa mère s'entendaient bien et si, par exemple, il devait déménager à Denver pour une autre raison. C'est ce que j'ai fait avec mes garçons. Une nouvelle vie. Un nouvel endroit. Résultat, ils adorent être ici. En même temps, ils ne sont pas l'enjeu d'une dispute acharnée, eux. J'avoue que je m'inquiète un peu pour Bex.

Tripp haussa les épaules.

— Bex est née pour rendre le monde meilleur, accepte-le. Melody enrobera les choses avec style. Hadleigh, la reine absolue, imposera sa loi à coup de fouet et tout marchera comme sur des roulettes. Je pense qu'il faut laisser les femmes se charger du problème. En face d'elles, Greg n'a aucune chance.

— Je dois rester les bras croisés ?

— Un bon conseil, ne t'en mêle pas et laisse Bex agir. Je comprends que tu veuilles arranger les choses, mais elle est tout à fait capable de gérer la situation.

Un conseil certainement avisé.

— Si ce type fait du mal à Tara ou à Josh, je lui…

— Prends du champ et fais confiance à Bex, répliqua posément Tripp. Contente-toi d'être présent à cent pour cent et de l'aider à ramasser les morceaux. Je connais Bex depuis longtemps, elle sait exactement ce qu'elle fait.

Ce n'était pas une mince affaire de réprimer son instinct de protection, mais Tripp avait probablement raison.

— Pourquoi Bex et ses amies n'ont-elles pas réagi avant ? demanda-t-il.

— Tara n'avait jamais rien fait d'aussi radical que de partir pour Denver et d'engager un avocat. Aucune d'elles ne la croyait capable d'assumer un divorce. Un changement ne peut porter ses fruits que si la personne concernée est prête à changer. Ça fait longtemps que Tara et Greg sont ensemble. Le plus désolant, c'est que je crois qu'elle l'aime et qu'à sa manière tordue, il l'aime aussi, mais il ne peut s'empêcher de sauter sur tout ce qui bouge. J'ai rencontré plein de types comme lui. Des femmes aussi, d'ailleurs, incapables de résister aux avances d'autres hommes. Des gens qui trompent leur conjoint à répétition. Hadleigh a bien failli en épouser un spécimen.

Lui, il en avait épousé un, songea Tate.

Comme Tripp était un homme raisonnable et réfléchi, il prit ses propos au sérieux.

— Je ferais mieux de rentrer, lança-t-il à contrecœur. Mon père revient une fois de plus en ville, soi-disant pour affaires. Je suis sûr que c'est un prétexte, car à ma connaissance, il n'a aucune affaire en cours à Mustang Creek, à part me pourrir la vie. Comme Mme Arbuckle est au courant de sa visite, et qu'ils veulent tous deux visiter les écuries et voir mes chevaux, une enquête pour meurtre pourrait bien venir entraver nos projets.

— Commis par Lettie Arbuckle ? Oui, possible, répondit Tripp en riant. Au fait, comment vont les chiots ?

— Voyons voir…, marmonna Tate avec une grimace. Ils sont crasseux, indisciplinés, mangent comme des ogres et grandissent à vue d'œil. Dès que j'ai le dos tourné, ils dorment avec les garçons, mais sont suffisamment futés pour sauter du lit dès qu'ils m'entendent arriver. Ils n'atterrissent pas en douceur et mes oreilles fonctionnent à merveille, alors je ne suis pas vraiment dupe. Et puis, ce sont des chiots. Dès l'extinction des feux, ils s'endorment si profondément que rien ne peut les réveiller. Une de mes bottes favorites est portée disparue, mais j'ai choisi de faire comme si j'avais une chance de la retrouver en un seul morceau. Un jour.

— Oui, peut-être au printemps prochain… si tu as de la chance. Le tableau que tu dépeins correspond un peu à ce que j'imaginais.

— Les gosses adorent ces satanés chiens, ce qui fait que je leur pardonne la plupart de leurs méfaits.

— Allons donc ! Je suis sûr que tu les aimes aussi. Avec Ridley et Muggles, j'ai deux règles essentielles : on ne monte pas sur le canapé ou sur mon fauteuil favori. Hadleigh est un peu plus exigeante. Si elle me surprenait en train de leur glisser de la nourriture sous la table, je ne donnerais pas cher de ma peau.

— Je voudrais t'y voir, avec trois gamins ! répliqua Tate en grimpant au volant de son 4x4. J'ai tenté de faire appliquer cette règle, mais s'ils ont entendu, ils n'ont rien écouté. Merci encore d'avoir gardé mes bêtes en pension. Si ma jument attend un poulain, il sera pour toi. Je te suis infiniment redevable pour toute l'aide que tu m'as apportée.

— On réglera ça plus tard.

— Très bien.

Tate vérifia l'heure et grommela :

— Mon père doit être arrivé. Souhaite-moi bonne chance.

— Hé, j'aime bien ton père, moi. Et Lettie Arbuckle aussi, d'ailleurs.

— Moi aussi. La plupart du temps. Ce sont eux qui ne s'aiment pas. La bonne nouvelle, c'est que mon père apprécie Bex. La mauvaise c'est que, s'il découvre qu'elle vit chez moi, il va se demander pourquoi nous ne nous marions pas.

— Ce sont tes affaires, pas les miennes. Mais je suis très attaché à Bex, que je considère comme ma petite sœur. Qu'est-ce qui vous empêche de vous marier ?

— Le fait qu'elle m'a interdit tout net de la demander en mariage.

Tripp arracha ses gants de travail en fronçant les sourcils.

— La connaissant bien, ça me paraît bizarre. Elle est plus du genre à accepter une demande en mariage qu'à vivre en concubinage.

— Sa réticence vient du fait que Will lui avait demandé de l'épouser, juste avant de mourir, expliqua Tate qui, perdu dans ses pensées, fixait les montagnes sans les voir. Si je suis doué pour régler les problèmes de deux petits garçons dépendant totalement de moi, j'ignore comment la rassurer sur ce point. Moi non plus, au début, je ne voulais pas me remarier, mais maintenant, je sens que c'est celle que j'ai attendue toute ma vie. Nous sommes tous deux d'accord pour avoir des enfants et pourtant, elle refuse de m'épouser.

— Elle a peur de le faire. Nuance. Quand Bex aime, elle aime à fond. Il suffit de voir comment elle se décarcasse pour sa sœur et Josh. Will était mon meilleur ami et j'étais là quand on a appris sa mort. J'ai eu un choc terrible, mais rien de comparable à Bex. Il y a « aimer », et il y a « être amoureux ». Ce n'est pas la même chose.

Tate ne pouvait pas le contredire, vu qu'il avait dit la même chose.

— Souhaite-moi bonne chance, répéta-t-il.

— Bonne chance et que les dieux t'accompagnent, répliqua Tripp avec un rire rauque.

Bex avait passé une heure au téléphone avec Tara, à essuyer ses larmes à plusieurs centaines de kilomètres de distance, puis une autre heure avec sa mère et son père qui, tous deux à la retraite, vivaient à présent à Sacramento. Au cours de cette dernière conversation, elle avait omis de préciser que Tara revenait de Denver pour s'installer dans sa maison, parce qu'elle-même vivait ailleurs.

Après avoir pris sur le pouce une délicieuse salade de poulet de chez Billy — ce type était peut-être un peu fruste sur les bords, mais il savait faire la cuisine comme personne —, elle alla courir pour se vider la tête.

Sa sœur avait sauté sur sa proposition de revenir à Mustang Creek en jurant qu'elle était déterminée à aller jusqu'au bout de la procédure de divorce. Sa directrice étant de nouveau absente pour raison de santé, c'était une bonne idée d'engager Tara, puisque cela réglait deux problèmes à la fois. Il n'empêche que la remarque de Tate trottait toujours dans son esprit.

« Les choses pourraient ne pas tourner selon tes vœux… »

Quoi qu'il en soit, Josh vivrait dans un lieu familier, il fréquenterait la même école et continuerait à voir régulièrement Ben et Adam, sans parler de Tate qui, à ses yeux, représentait la stabilité et l'autorité virile, dans l'acception positive du terme. Quant à elle, elle pourrait s'appuyer sur une directrice fiable, qui s'occuperait de la paperasse et permettrait au centre de rester ouvert, en la déchargeant d'une surveillance constante. Cerise sur le gâteau, sa maison serait louée. Donc, tant que Tara camperait sur ses positions, tout irait pour le mieux pour tout le monde. Sauf peut-être pour Greg. Ce qui, à l'heure actuelle, était le cadet de ses soucis.

Maintenant, il aurait été sympa de pouvoir organiser aussi efficacement sa vie personnelle…

Premièrement, elle avait trahi le pacte.

Elle devait confesser sa faute à Melody et Hadleigh. Admettre qu'elle s'était montrée lâche et que, malgré le fait que Tate était l'homme de ses rêves, elle avait peur.

Elle avait l'intuition que ses amies, ayant déjà tout deviné, lui laissaient le temps de résoudre son conflit intérieur. Un répit qui ne serait pas éternel. Les connaissant autant qu'elles la connaissaient, elle s'attendait, tôt ou tard, à subir un assaut d'ampleur épique de la part de deux femmes aux opinions bien arrêtées. Et qui plus est, enceintes.

La course était un super exercice pour le cœur, mais est-ce que cela lui éclaircissait les idées ? Pas vraiment…

Son malaise s'amplifia encore quand, remontant le chemin du ranch au milieu de la cohue des ouvriers, elle reconnut les deux voitures de grand luxe garées dans l'allée. Un immense van flambant neuf était accroché au 4x4 de Tate et des chevaux inconnus paissaient dans le pré clôturé. Il ne manquait plus que…

Trois garçons et leurs chiots géants. La meute jaillit en trombe sur le perron, alertée par le crissement des freins de sa voiture. Elle tenta, sans grand succès, de parer l'offensive des chiens, puis serra les garçons sur son cœur. C'était bien sa chance de débarquer en survêtement, si Lettie Arbuckle et Randolph Calder étaient à la maison.

Ils y étaient. L'une en tailleur rayé beige, marron et bleu ciel, assise raide comme la justice dans son fauteuil de prédilection — un siège qu'elle avait choisi elle-même —, l'autre trônant sur l'immense canapé en cuir de Tate.

A l'évidence, les deux ennemis refusaient de s'adresser la parole et un silence tendu régnait dans le salon.

De loin, Tate lui adressa un regard d'excuse.

— Nous tenons une réunion de travail impromptue, annonça-t-il en venant l'embrasser. Comme tu peux le constater, ça ne se passe pas au mieux, murmura-t-il à son oreille. Ne te sens surtout pas obligée de rester. Je t'encourage même à te sauver. Ce qui prouve à quel point je t'aime.

— Message reçu, répondit-elle sur le même ton. Je ne veux surtout pas vous déranger, ajouta-t-elle plus fort. D'ailleurs, je viens de courir et j'ai besoin de prendre une douche. Bonne réunion.

Elle s'esquiva donc et, une fois dans la chambre, choisit une tenue propre, une robe à manches longues et des chaussures plates, au cas où on la traînerait dîner quelque part. Heureusement, elle avait rapporté la plupart de ses vêtements ici et pouvait donc parer à, sinon toutes, du moins beaucoup d'éventualités. Elle referma la porte de la salle de bains de la suite parentale et, ignorant la baignoire à remous qui lui tendait les bras, choisit de prendre une douche. On ne sait jamais. Cela détendrait peut-être l'atmosphère si elle se dépêchait de revenir, décemment habillée et le sourire aux lèvres.

Au sortir de la douche, elle se brossa les cheveux, les fit bouffer du bout des doigts et appliqua un soupçon de rouge à lèvres. A son retour au salon, elle se réjouit d'avoir fait vite.

Tate était visiblement soulagé de la voir, car il se démenait pour maîtriser la cohue des trois garçons et de leurs compagnons à quatre pattes qui sautaient partout. Quoi qu'il en soit, elle jugea que Lettie Arbuckle aurait eu mauvaise grâce de se plaindre si un des chiots exubérants, *qu'elle* avait amenés, lui salissait son tailleur chic.

Bex attrapa au vol un des chiens — a priori, Joker — par son collier, et tout en essayant de calmer ses manifestations d'affection, lança à la cantonade :

— Salut les gars ! Que diriez-vous d'aller manger du pop-corn dans la chambre de Ben en regardant un film ?

Elle faisait montre d'audace, car l'heure du dîner n'était pas encore arrivée et aucun des garçons n'était son fils. Il n'empêche que la manœuvre eut l'effet escompté. Immédiatement, les gamins s'engouffrèrent dans le couloir, poursuivis par les chiots, tandis qu'elle priait pour que le sachet de pop-corn qu'elle avait acheté quelques jours plus tôt soit toujours dans le placard.

— Joli coup ! observa Randolph qui, quand il daignait s'en servir, avait le même sourire que son fils.

Jusqu'ici, leur ressemblance s'était limitée à la taille et à la structure du visage.

Mais ce sourire était… inimitable.

— Merci, répondit-elle. Il faut que je me dépêche de leur apporter leur pop-corn, sinon ils vont revenir.

— Je vais t'aider, proposa Tate, et, sans attendre, il lui emboîta le pas vers la cuisine.

— M'aider à préparer du pop-corn au micro-ondes ? lui fit-elle remarquer, moqueuse. Je crois que je peux me débrouiller.

— J'ai saisi le premier prétexte pour m'esquiver une minute de la pièce, répondit-il, nullement gêné. D'ailleurs, le grand saladier en plastique se trouve sur l'étagère du haut et je suis plus grand que toi. Tu vois ? Il est là. La preuve qu'il faut que je t'aide.

— Ça se passe donc si mal que ça ?

— Que ces deux-là aient accepté d'investir ensemble dépasse l'entendement, répliqua-t-il en attrapant l'objet en question. D'autant plus que c'était leur idée.

Le visage sombre, il lui tendit le saladier en ajoutant :

— Je suis trop engagé pour reculer, mais le jour où je pourrai racheter leurs parts, on fêtera l'événement en sablant le champagne. Individuellement, ils sont déjà pénibles, mais réunis, il faudrait l'adresse au lasso d'un cow-boy, pour les faire tenir tranquilles. A part être arrivés à la conclusion qu'ils devaient tous deux investir dans mon élevage, ils sont en désaccord sur tout. Sauf sur leur affection pour toi. Là, tu remportes tous les suffrages.

Même si ce n'était pas sympa, elle ne put s'empêcher de rire devant sa mine sinistre.

— Prends le bon côté des choses, lui fit-elle remarquer. Ils sont d'accord sur le fait que l'élevage de chevaux peut être une entreprise rentable, même si je doute qu'ils aient besoin de cet argent. D'après ce que j'en sais, Lettie Arbuckle distribue une grosse part de sa fortune, et j'ai vu la voiture et le manoir de ton père.

— Je ne te contredirai pas sur ce point. J'espère seulement que le résultat vaudra tout le stress que j'endure à me montrer diplomate avec deux têtes de cochon habituées à agir comme bon leur semble. Je commence à penser que je ne suis pas doué pour la diplomatie.

— Tu as d'autres qualités, rétorqua-t-elle en mettant le sachet de pop-corn au micro-ondes.

— Ah bon ? Lesquelles ? Remonte-moi le moral !

— Tu embrasses pas mal.

— « Pas mal » ? Quel compliment ! J'en suis tout émoustillé. Quoi d'autre ? insista-t-il en se rapprochant sans la quitter des yeux.

— On en discutera plus tard, éluda-t-elle, car le maïs commençait à éclater.

Il fit courir un doigt le long de son sourcil.

— Oui, tu n'y couperas pas..., murmura-t-il, enjôleur. Excuse-moi de te l'annoncer au dernier moment, mais nous sortons dîner avec mon père. Les trois chiots resteront enfermés dans la chambre de Ben. J'ignore comment c'est arrivé, mais Mme Arbuckle nous accompagne. Ils ont comploté ça pendant que j'étais sorti voir ce que fabriquaient les garçons et les chiens. Je sens que l'on va passer la soirée à les regarder s'invectiver, si ce n'est pire. A propos, tu es fantastique dans cette robe.

— Il faut que j'apporte le pop-corn aux garçons, lança-t-elle, comme le micro-ondes sonnait. Je m'efforce toujours de tenir mes promesses.

— Je compte bien là-dessus.

Intriguée, elle vida le pop-corn dans le saladier.

Qu'avait-il voulu dire par là ?

24

La soirée ne fut pas aussi désastreuse que Tate l'avait redouté.

Les garçons se conduisirent relativement bien, tout comme son père et Mme Arbuckle qui, s'ils s'ingéniaient à s'ignorer superbement, ne se montraient pas moins polis. Ce qui, à tout prendre, était préférable à leurs chamailleries continuelles. Bex et lui, ayant entretenu seuls la conversation, furent toutefois très soulagés de voir arriver la fin des desserts et de remonter dans le 4x4.

— Cela aurait pu être pire, lui fit remarquer Bex en bouclant sa ceinture.

Elle portait un long et élégant manteau en lainage sombre, qui contrastait avec ses vestes habituelles, et son adorable bonnet avec des flocons de neige.

— Oui, on a évité le bain de sang, reconnut-il en quittant le parking de l'hôtel. Aujourd'hui, nous n'avons pas eu l'occasion de parler. Tu vas bien ?

Conscient de la présence de Josh sur la banquette arrière, il ne voulait pas trop en dire, même si le petit garçon n'écoutait probablement pas la conversation.

— Je crois que j'ai trouvé ma nouvelle directrice, répondit Bex, aussi peu désireuse que lui de parler ouvertement. Elle déborde d'enthousiasme et a réussi à trouver un vol bon marché pour la semaine prochaine. Un bilan positif, comparé à l'après-midi que tu viens de passer.

— C'est vrai, marmonna-t-il. Si on les avait laissés seuls, je ne sais pas jusqu'où ces deux-là auraient pu aller. Si j'ai mon mot à dire, la garde nationale sera présente à la prochaine rencontre. Aujourd'hui, une bouffée de gaz lacrymogène aurait pu être utile, pour calmer le jeu. En fait, le mieux serait qu'il n'y ait *plus* de réunion du tout. Ou pas au ranch, en tout cas. Mais revenons à Ta… ta nouvelle directrice et compagnie. Que va-t-il se passer, maintenant ?

— Aucune idée. On dirait que chaque fois que je projette quelque chose, un événement inattendu vient pulvériser mes plans. Alors à présent, je me contente d'attendre que chaque chose prenne sa place.

— J'ai une surprise qui devrait ensoleiller tes pensées.

Et il lui avait fallu un trésor d'ingéniosité pour mettre l'affaire au point.

Les yeux verts de Bex réfléchissaient les lumières de la rue quand elle se tourna vers lui.

— Quoi donc ?

— J'ai parlé d'une *surprise*, il me semble.

— Je déteste les surprises. Demande à Mel ou à Hadleigh.

Justement, il leur avait déjà demandé si celle qu'il prévoyait avait une chance de lui plaire et elles avaient répondu par un « oui » franc et massif.

— Je m'efforce de te faire changer d'avis sur la question, et puis cette surprise n'est pas que pour toi, rétorqua-t-il.

— Tu m'intrigues, marmonna-t-elle, peu enthousiaste.

Quand il s'engagea dans l'allée du ranch, qui menait à sa maison accueillante et chaleureuse, il ressentit cette sensation de plénitude, de bonheur simple. Comme à chaque fois qu'il rentrait chez lui, il avait la certitude d'arriver exactement à l'endroit où il devait être.

Dès qu'il coupa son moteur, les gamins se ruèrent hors de la voiture. Il était grandement l'heure d'aller au lit. Une fois les chiens sortis, les dents brossées, l'inévitable dispute à propos d'une broutille éclata entre Ben et Adam. Comme ils avaient été sages pendant le dîner, Tate choisit de ne pas s'en mêler et de les laisser régler la question entre eux. Enfin, les chiens rentrèrent, on se souhaita une bonne nuit et on éteignit la lumière. Laissant Bex gérer la suite, Tate alla s'occuper des chevaux.

Cette corvée l'absorbait de plus en plus. Son travail ne

suivrait jamais des horaires de bureau, mais il s'en moquait éperdument. C'était sa vie. La vie qu'il s'était choisie. Et il ne l'aurait échangée pour rien au monde, même si cela avait été encore possible. Des enfants, des chiots, des chevaux, un père intrusif, une Mme Arbuckle à la personnalité haute en couleur. Des amis sincères. Et Bex.

A son retour, le silence régnait dans la maison. Il trouva Bex installée dans son fauteuil favori, un livre posé sur les genoux. Elle buvait une tisane et s'était changée, aussi charmante qu'ensommeillée dans son pantalon de pyjama et son T-shirt.

— Le temps de me laver les mains et ce sera l'heure de la surprise, annonça-t-il. Au fait, Flora est une jument exceptionnellement affectueuse.

— C'est un amour, oui.

Comme elle le regardait avec un air inquiet, il lui sourit.

— Pas de demande en mariage, assura-t-il. Même si la surprise est pour nous deux. Je t'ai donné ma parole, tu te souviens ?

— Alors ça va, murmura-t-elle, nettement plus détendue.

Quand il revint dans le salon, après avoir été vérifier que les garçons et les chiots dormaient tous à poings fermés, il lui saisit la main et la tira de sa chaise.

— Allons-y !

— Où ça ? demanda-t-elle en posant sa tasse.

— Dehors.

— Sérieux ? Attends. Je vais mettre un manteau.

— Tu n'en as pas besoin.

Il l'entraîna dans la cuisine et lui fit franchir la porte de service qui donnait sur une véranda.

Tripp était vraiment un ami du tonnerre.

Le Wyoming n'étant pas exempt d'insectes, Tate avait fait installer des moustiquaires sur une partie de la véranda, comptant y disposer une table et des chaises. Puis une autre idée avait jailli…

Ravi du projet d'agrandissement des écuries, l'entrepreneur avait effectué l'installation gratuitement.

Le jacuzzi était incrusté dans le plancher. Pendant qu'ils étaient au restaurant, Tripp était venu ôter le couvercle et allumer les lumières. Quelqu'un d'autre, Hadleigh probablement, avait apporté deux flûtes, une bouteille de champagne dans un seau à glace et deux épaisses serviettes, plus une assiette de ces gâteaux au citron dont Bex raffolait. Le tout était artistiquement arrangé sur une petite table décorée, sûrement l'œuvre de Melody — il fallait qu'il l'examine de plus près, mais elle ressemblait au décor qu'elle avait créé pour son horloge.

Un ciel constellé d'étoiles et des montagnes couronnées de neige complétaient le tableau. Il n'aurait pu obtenir un résultat aussi parfait.

— J'ai pensé que l'on pourrait s'y plonger de temps en temps pour se détendre et discuter, expliqua-t-il, la voix enrouée par l'émotion. Simplement toi et moi. Sans tout ce capharnaüm autour. En ce moment, la vie n'est pas de tout repos avec les enfants, les bêtes, ton travail et le mien. Sans compter les à-côtés. J'en ai déduit que nous avions besoin d'un lieu à nous. Si tu tombes enceinte, nous ne pourrons pas l'utiliser pendant un moment, mais…

Bex le coupa en posant son index sur ses lèvres.

— Je l'adore. Je cours le marathon et je m'entraîne tous les jours, tu te souviens ? Alors c'est idéal. J'ai toujours désiré un jacuzzi, mais je ne me voyais pas m'y baigner toute seule.

C'était la réponse qu'il attendait.

— Tu n'es pas vraiment seule. Du moins, pas ici. Prête à l'inaugurer ?

— Je n'ai pas de maillot de bain. Ils sont tous restés chez moi.

Il lui retourna la réponse classique du mâle lambda.

— Pas besoin. D'ailleurs, c'était ce que j'espérais.

— Je dois me baigner *nue* ?

— J'aime assez cette idée, répondit-il en sortant la bouteille de champagne du seau. La beauté de l'affaire, c'est que si un gosse se pointe, il suffira de mettre les jets en marche. Mais pour l'instant, rien à craindre, ils sont profondément endormis. Allez. Inutile de jouer les effarouchées, Becca Stuart.

Il aurait préféré l'appeler Becca Calder, mais…

Le bouchon sauta et il remplit les deux flûtes avec une pensée reconnaissante pour ses amis. Sa reconnaissance redoubla quand Bex lui tourna le dos et commença à se déshabiller.

— Je le fais, si tu le fais, lança-t-elle par-dessus son épaule.

*
* *

Bex plongea un orteil dans l'eau chaude, puis se laissa doucement glisser. L'impression était divine. Si les surprises ressemblaient toutes à celle-ci, elle allait devoir réviser son jugement à leur sujet.

— Oh ! Que c'est bon…, laissa-t-elle échapper dans un soupir. Après un tel délice, je me sens capable d'affronter les garçons, les chiots, et même toi.

— « Même moi » ? Merci ! Je me sens soudain très spécial. Du champagne ?

Tate l'avait déjà servi, alors pourquoi pas ? Elle n'irait nulle part. Et le fait d'être nue rendait encore plus attirant le spectacle de son torse musclé, droit dans sa ligne de mire.

Non, ce n'était pas la Bex Stuart qu'elle connaissait. Cette Bex-là n'entrait jamais dans un bain, nue, avec un homme également nu.

Elle ne s'installait pas chez un père de deux enfants.

Elle acceptait encore moins de porter son bébé.

Cette Bex-là ne partait pas non plus en expédition de pêche dans des cabanons perdus au fond des bois. Bref, elle ne faisait rien de tout ce qu'elle avait expérimenté dernièrement. Mais la vie évoluait et il fallait s'adapter.

Qu'allait-elle accomplir de nouveau ? Laisser Tate la demander en mariage ? Non.

En revanche, ce serait peut-être différent si c'était elle qui le lui proposait…

— Ça va ? s'enquit-il, certainement intrigué de la voir le fixer comme si elle ne l'avait jamais vu.

Comprenant qu'en fait il parlait du champagne, elle en avala une gorgée.

— Oh. Oui. Il est parfait.

Mais elle revint aussitôt à son dilemme. Si c'était elle qui faisait sa demande, Tate allait-il répondre « oui » ? Bien sûr il avait envie qu'ils vivent ensemble et fassent un bébé, mais il ne s'était jamais clairement exprimé sur le mariage. C'était elle qui avait d'emblée refusé toute proposition. Et si elle avait de bonnes raisons pour cela, lui avait aussi de sérieux motifs pour refuser de s'engager dans cette voie. Mais… elle n'en était pas sûre, en fait.

Tout en admirant le corps superbe de Tate, elle se mit à réfléchir à leur malchance ou leur mauvais karma — selon le nom que l'on choisissait de lui donner. Aucun doute, ils avaient tous les deux leurs problèmes.

— C'est fabuleux de flotter à l'air libre, dit-elle soudain.

— Je confirme. Et regarde les étoiles.

Mais elle n'avait que faire des étoiles. A la place, c'est lui qu'elle fixa longuement avant de lancer :

— Veux-tu m'épouser ?

Ebahi, Tate renversa la moitié de sa flûte à champagne dans le bain, puis, s'étant ressaisi, il s'assit.

— *Quoi ?*

— Veux-tu m'épouser ? Si tu ne veux pas, libre à toi, mais cohabiter et avoir des enfants… ça paraît aller avec… le mariage.

— Je ne dis pas non, mais si je me souviens bien, et je m'en souviens parfaitement bien, tu m'as quasiment interdit de te poser cette question.

— Tu n'en as toujours pas le droit. Mais si ça vient de moi, c'est différent.

— Et pourquoi donc ? demanda-t-il, perplexe.

— Eh bien, parce que c'est l'inverse de la première fois, quand Will m'a fait sa demande. Tu comprends ce que je veux dire ? Je suis superstitieuse, je sais, mais cette manière de faire me paraît juste. Comme si j'avais le contrôle de la situation et que j'envoyais un message à l'univers.

— Oui, je crois que je comprends… De mon côté, je suis certain qu'être marié avec toi n'aura rien à voir avec ma première expérience.

— Je parie que dans quelques jours, Mel va te fabriquer une bague.

— Parce que je suis censé porter une bague de fiançailles ? s'exclama-t-il, étonné.

— Rassure-toi, je lui demanderai de te faire une petite chose toute simple.

— Bex, j'ai beau comprendre ton raisonnement, traditionnellement, c'est tout de même *moi* qui suis supposé faire ma demande.

— Ne t'y risque surtout pas, le menaça-t-elle. Et puis depuis quand est-on obligé de respecter la tradition à la lettre ?

— D'accord, d'accord, je me tais ! répondit-il en riant. Est-ce que Melody peut aussi te fabriquer une bague ou est-ce que c'est contre les règles ?

Bonne question. Mais qui demandait réflexion. Le bain chaud était fabuleux et Bex soupira d'aise, avant de reprendre :

— Je sais que je suis ridicule, mais je t'aime. Je t'aime vraiment. C'est ce qui m'angoisse et m'a toujours angoissée. Depuis Will. Le risque, tu comprends ?

— Pour partager ma vie avec toi, je suis prêt à prendre tous les risques.

C'était plus beau qu'une demande en mariage… Voilà que soudain, elle avait les larmes aux yeux.

— Est-ce que c'est un oui ? bredouilla-t-elle, les paupières brûlantes.

— Je ne vois pas comment tu pourrais l'interpréter autrement, mais oui !

— Alors, d'accord pour la bague de fiançailles, répliqua-t-elle. La mienne, je veux dire. Mel la choisira.

— Oh ! Génial ! Maintenant, c'est mon goût qui est remis en question.

— Eh bien… oui. Il suffit de voir ton canapé. La moitié d'une équipe de foot pourrait s'y prélasser.

— C'est ça qui est bien. Pouvoir s'y vautrer, regarder le sport à la télé et, si on pique du nez, renverser sa bière sans que ça porte à conséquence…

— Je crois qu'il figurera comme condition *sine qua non* dans notre contrat prénuptial.

— Qui a parlé de contrat ? lança-t-il vivement, la mine sombre soudain. Pas moi en tout cas.

— Je te rappelle que j'ai rencontré ton pragmatique de père. Je crois que je cerne à peu près bien le personnage, maintenant, et…

— Jamais je ne te ferai signer quoi que ce soit !

— Tate, ce n'est pas grave.

— Non. Pas question ! Je m'y refuse. Tu m'as dit de ne pas te proposer le mariage et j'ai obéi. Alors c'est mon tour. Je ne te ferai jamais signer un document qui dirait pour l'essentiel : « Je n'ai pas confiance en toi. » Que je n'ai pas confiance en *nous*. Je l'ai fait une fois et mon mariage est tombé à l'eau.

Il leva la main pour couper court à sa protestation.

— Je sais ce que tu vas dire. Que cela n'aurait pas marché, de toute façon, et tu as raison. Mais tu n'es pas la seule à être superstitieuse.

Elle posa son verre et traversa le jacuzzi pour enrouler ses bras autour de sa nuque.

— Je le signerai, murmura-t-elle dans un souffle.

— Tu n'auras pas à le faire, parce qu'il n'y aura pas de contrat, répliqua-t-il en l'embrassant.

— Et si je te demandais de sacrifier ton canapé ? Tu serais prêt à signer un accord ?

— Tu as un stylo sur toi ? répliqua-t-il en faisant glisser ses mains sur sa peau nue. Dommage, tu n'en as pas, parce que si tu y tiens tant que ça, je suis prêt à le faire tout de suite. Mais à mon avis, le mariage devrait être l'union de deux personnes qui s'aiment, pas un arrangement commercial.

— Je ne te contredirai pas sur ce point, promit-elle. Garde ton canapé, ajouta-t-elle avec un petit rire. Les chiots et les enfants l'adorent.

Il déposa un léger baiser sur ses lèvres et lui sourit.

— L'avantage c'est qu'ils ne peuvent pas l'abîmer, dit-il. Le prochain, c'est toi qui le choisiras. Le jour où ces monstres, chiens et garçons, arrêteront de poser leurs mains poisseuses, leurs pattes boueuses et d'autres choses que je ne préciserai pas, partout, tu pourras redécorer complètement la maison. Je ne l'avouerai qu'à toi, mais la semaine dernière, je me suis baladé une bonne partie de la journée sans m'apercevoir que j'avais un bonbon collé sur le fond de mon pantalon. Or je sais que ni toi ni moi ne l'avions laissé sur ce canapé. Une expérience plutôt castratrice. Je me fiche d'être affublé d'un surnom, mais pas question que ce soit « Bonbon aux fesses ».

— Ou pire, « Cul Poisseux » ! renchérit-elle en éclatant de rire. Dommage que j'aie raté ça !

— Eh bien, ce n'est pas le cas des équipes d'ouvriers. Heureusement que depuis que je suis père, ma sensibilité aux humiliations a sensiblement baissé.

— Monsieur Calder, je crois que vous allez vous mordre les doigts de m'avoir offert de redécorer votre maison. Je fais généralement mes courses avec Hadleigh et Mel, qui ont une fâcheuse tendance à taper dans le haut de gamme. Avant de me donner carte blanche, tu aurais dû consulter Spence et Tripp.

— Tu penses que je devrais me mettre à compter mes sous ?

— Ce serait une excellente idée.

— A propos d'excellente idée… Tu as déjà fait l'amour dans un jacuzzi ? murmura-t-il en se rapprochant en douce.

— Non. Et toi ?

Il lui caressa la nuque de ses lèvres en chuchotant :

— Jamais, mais j'aimerais bien essayer.

Ma foi, elle aussi…

— Alors, tu as accepté ma proposition ? demanda-t-elle en passant ses doigts dans ses cheveux.

— La vraie question c'est : as-tu *réellement* proposé à un homme chargé de deux enfants, de trois énormes chiots et sans emploi actuel de t'épouser ?

— On dirait bien.

— Donc, plus de retour en arrière possible.

Faire l'amour dans un bain chaud sous un splendide ciel étoilé était, comme elle le découvrit, une nouvelle magnifique surprise.

25

— Vous êtes fiancés ?

Tate et son père se dirigeaient vers le chantier, mains dans les poches et cols remontés pour combattre la bise qui, déferlant du Nord, apportait des nuées de flocons de neige.

— Papa, je viens de te le dire, fit patiemment remarquer Tate.

— Officiellement ?

— Bien sûr, sinon est-ce que je t'en parlerais ?

— Mes félicitations ! Bex est brillante et c'est une battante.

« Dotée d'un super sens de l'humour, gentille, belle et sexy », compléta intérieurement Tate, qui se contenta de répondre :

— Merci.

Son père avait l'air content, et cela lui faisait plutôt plaisir.

— A quand le mariage ?

— Je n'en ai aucune idée. A Bex de décider. C'est quand elle veut.

— Ta mère tenait dur comme fer au mois de juin, qu'elle appelait « la saison des mariages ». Et bien sûr, elle a obtenu ce qu'elle voulait. Je lui aurais accordé la lune.

L'allusion n'avait rien de subtil, mais la subtilité n'était pas le fort de Randolph Calder.

Tate ne se souvenait guère de sa mère, qui était morte quand il avait approximativement l'âge d'Adam — une épreuve que ses fils et lui avaient en commun. Elle avait succombé à une insuffisance rénale due à un type rare d'infection. Son père n'en parlait jamais, ce qui expliquait peut-être pourquoi lui-même évoquait si rarement Sandra devant Ben et Adam.

— Je l'ignorais, dit-il, étonné.

— Tu ignorais quoi ? demanda son père en lui jetant un regard en biais. La date de notre anniversaire de mariage ?

— Non. Que tu l'aimais autant.

C'était un pari risqué, car son père semblait ne pas connaître le mot « aimer ».

— Ta mère ? Evidemment que je l'aimais, répliqua-t-il, sur un ton bourru.

Il n'y avait rien d'évident là-dedans, songea Tate, qui se garda bien de le faire remarquer.

— Entre Sandra et moi, ça n'a pas marché, dit-il. Ce n'est pas parce que l'on décide de se marier que c'est obligatoirement le paradis. Il n'y a qu'à voir tous ceux qui demandent le divorce. Tripp est un des gars les plus gentils que je connaisse, et ça ne l'a pourtant pas empêché de divorcer de sa première épouse. En revanche, Hadleigh et lui forment un couple idéal.

— Et entre Bex et toi, c'est différent de la première fois ?

— Oui. Incontestablement.

— Ce n'est pas parce que l'on frappe sa première balle qu'on va l'envoyer obligatoirement hors du terrain, tu sais.

Tate avait de nombreux arguments à opposer à ce cliché éculé, mais, n'en voyant pas l'intérêt, il répondit simplement :

— Je suis très heureux de ce qui arrive, papa.

— Tu peux l'être.

Le silence s'installa, uniquement troublé par le cri d'un rapace tournant haut dans le ciel et le crissement de leurs bottes sur le gravier de l'allée.

C'était le moment d'annoncer à son père qu'il ne demanderait pas à Bex de signer un contrat de mariage.

— Tu t'es bien débrouillé tout seul, déclara ce dernier, à contrecœur.

— Nous n'avons jamais crevé de faim.

— Fils, arrête de jouer au plus malin.

Son père, ex-militaire, n'avait pas l'habitude de tourner autour du pot pour exprimer sa pensée. Tate décida de changer de ton.

— Tout ce que je dis, c'est que Bex est plus importante pour moi que l'argent de ton fonds de pension. Tu as travaillé dur pour l'établir et je t'admire, mais jamais je ne demanderai à

Bex de signer un papier insinuant que notre mariage pourrait échouer. J'admets volontiers que tu avais vu juste à propos de Sandra, mais cette fois, il ne sera pas question de contrat de mariage. Maintenant, agis à ta guise. La décision t'appartient.

— Becca Stuart n'a rien à voir avec ta première femme.

— C'est une évidence.

— Ravi que l'on trouve au moins un terrain d'entente.

Tate hocha la tête. En effet, c'était peu fréquent. Un événement si rare qu'il méritait d'être marqué d'une pierre blanche. Leurs affrontements passés auraient pu être bien plus sanglants, si tante Gina n'avait été une médiatrice hors pair.

— Au fait, nous avons légèrement modifié la structure des écuries, annonça soudain son père.

Tate se réjouissait de voir les murs montés, mais, même s'il n'avait pas les plans en tête, le bâtiment ne lui paraissait pas plus grand que prévu.

— Vous avez *quoi* ? s'exclama-t-il en s'immobilisant.

— Si on avait ajouté un étage au bâtiment, cela aurait bloqué en partie la vue de ta maison. Nous avons donc décidé de les étendre à l'extrémité nord pour y inclure des quartiers plus vastes à l'intention du personnel et un bureau séparé, doté d'une réception pour les clients.

Pas étonnant que son entrepreneur ait reculé la date de finition des travaux !

Stupéfié par le toupet de son père, il lui fallut un moment pour trouver une réponse, disons… diplomate.

— Peux-tu m'expliquer pourquoi moi, le propriétaire des lieux, je n'ai pas été consulté ?

— Oui. Parce que c'est un cadeau de mariage en avance.

Pourquoi fallait-il que chaque conversation qu'il tenait avec son père prenne un tour surréaliste ?

— Cela fait à peine quelques minutes que je t'ai annoncé mon mariage, répliqua-t-il. Et d'abord, de quel *nous* parles-tu ?

— Lettie m'a juré que ce mariage allait se faire, et nous en avons déduit que c'était judicieux, répliqua son père en désignant les écuries.

Lettie ? Son père appelait Mme Arbuckle « Lettie » ? Soudain, la situation passait de surréaliste à bizarre.

— Tu parles bien de Mme Arbuckle, là ? Vous avez réussi à vous mettre *d'accord* sur un point ?

— Et pourquoi pas ? Nous sommes des personnes raisonnables. Même si je reconnais qu'elle peut se montrer autoritaire et veut toujours imposer son point de vue.

Tate eut grand-peine à ne pas se rouler par terre de rire.

— *Elle*, autoritaire ? Papa, je t'aime beaucoup, mais regarde la réalité en face.

Sur la défensive, son père ignora la remarque et désigna le bâtiment en construction.

— Ce n'est pas un beau cadeau ?

Tate n'était pas un ingrat, il était seulement sidéré par l'outrecuidance de son père. De plus, il savait que Nate Cameron bondirait de joie en apprenant la nouvelle.

— Bien sûr que si ! répliqua-t-il. C'est un cadeau plus que généreux. Mais dis-moi, comment Mme Arbuckle a-t-elle su que Bex et moi allions nous marier ?

— Elle connaît Bex et elle te connaît. Après en avoir discuté et être arrivés à la conclusion que le mariage était au programme, nous nous sommes lancés.

Ils avaient discuté de Bex et lui ?

— Pendant que vous y étiez, vous n'avez pas choisi le prénom de notre premier enfant ? demanda-t-il sèchement.

— Je penche pour « Randolph » si c'est un garçon, et Lettie a suggéré « Laetitia » pour une fille.

Tate ne put s'empêcher de rire. Au moins, cette initiative déplacée leur donnait l'occasion de plaisanter, tous les deux, ce qui n'arrivait pas souvent.

Son père se retourna et contempla les montagnes.

— J'aime bien cet endroit, dit-il. Comment le prendrais-tu si je me rapprochais d'ici ?

Ce soir, c'était sortie entre filles.

Une détente dont Bex avait le plus grand besoin. Hadleigh, Melody et elle choisirent des amuse-gueules et des salades à se partager et, avant de lâcher sa bombe, elle se commanda un punch aux fruits, avec des morceaux d'ananas et des cerises, piqués sur une brochette. Après tout, elle pouvait se le permettre vu qu'elle avait deux chauffeurs sobres pour la raccompagner.

— Le pacte a marché pour nous trois, annonça-t-elle. Tate et moi sommes fiancés.

A ces mots, Hadleigh et Melody se regardèrent, puis Hadleigh tendit la main, paume ouverte.

— Envoie la monnaie, Melody Hogan.

— Tu t'es trompée de date, objecta Melody. Tu avais juré qu'ils sauteraient le pas *avant* Columbus Day.

— J'avançais d'une semaine. Tu ne vas pas en faire un fromage.

— Quand même…

— Admets-le. J'ai gagné.

— Que tu dis ! On ne connaît même pas la date du mariage ou la couleur de nos robes.

— Ho, ho ! lança Bex en agitant la main. Je suis là. Si je comprends bien, vous lancez des paris sur ma vie sentimentale ?

— C'est que tu es notre seul lien avec le monde des femmes normales, expliqua Hadleigh, nullement confuse. Je t'en supplie, ne te venge pas en choisissant des robes violettes.

— C'est de la triche ! protesta Melody. Tu n'as pas le droit de l'influencer.

— J'ignorais qu'il y avait des règles en la matière et je *hais* le violet.

— Il ne te flatte pas, je l'admets, mais c'est son choix, non ?

— Très bien ! Alors j'espère qu'elle choisira du marron. Le marron ne te va pas au teint.

C'était un coup bas, car Melody portait justement un pull pain brûlé.

Bex mit fin à la guerre amicale en lançant :

— Hé, il me semble que des félicitations s'imposent.

— Allons donc ! répliqua Hadleigh en balayant sa remarque d'un gracieux revers de main. Cela fait belle lurette que tu connais nos sentiments sur la question.

En effet. Dans le monde, il existait un certain nombre de choses sur lesquelles on pouvait compter et, dans *son* monde à elle, ses amies étaient l'une d'elles.

— Tu pourrais me créer une bague ? demanda-t-elle en se tournant vers Melody.

— Bien sûr. Avec des diamants, des rubis ? Autre chose ?

— C'est pour Tate. Un anneau tout simple.

Médusée, Hadleigh s'exclama :

— Tu veux obliger un *homme* à porter une bague de fiançailles ?

— C'est *moi* qui l'ai demandé en mariage, alors ça s'impose, non ?

Si quelqu'un pouvait comprendre, c'était bien Hadleigh, la sœur de Will.

— Je crois que j'arrive à suivre ta logique tarabiscotée, murmura cette dernière.

— Je vais t'en dessiner une, bien sûr, promit Melody. Mais ne me fais pas pleurer. En ce moment, tout me bouleverse. Une publicité larmoyante, un adorable chaton en vidéo, ça…

Naturellement, le reste du dîner tourna autour du mariage. Ses deux amies votèrent pour que la cérémonie *et* la réception aient lieu au ranch de Tate. Elles décrétèrent aussi que la mariée devait porter une robe à bustier, peut-être dans le style sirène — elles étaient encore divisées sur la question. Bien qu'elle en soit persuadée, Bex n'osa pas leur demander si elles avaient déjà choisi sa lingerie.

— Je voudrais aussi un de tes modèles d'invitation, dit-elle à Melody. Celui avec les bords crénelés et les rubans. Je regarderai sur Internet si je trouve une carte du pouilleux.

Comme ses amies échangeaient des regards interloqués, elle ajouta :

— Ce n'est rien, je plaisante.

Sur le chemin du retour, Bex ne put s'empêcher de sourire en repensant à sa soirée. Si ce mariage lui avait donné quelques craintes, elle se sentait à présent légère et sûre d'elle. Oui, elle avait fait le bon choix.

A son arrivée, Tate, étendu sur l'immense canapé, devant la télé allumée, lança :

— Comment s'est passé ton dîner ?

— Nous avons mangé de bonnes salades bien saines, accompagnées de bâtonnets de mozzarella et de cœurs d'artichaut. Un repas équilibré. Et le tien ?

— Les garçons voulaient de la pizza. A la place, j'ai préparé des côtes de porc avec des épis de maïs. J'échouerai peut-être au prix du Père de l'année, mais ces enfants ne peuvent pas vivre exclusivement de pizzas. Comment vont Hadleigh et Melody ? Tiens, au fait, je crois que mon père en pince pour Mme Arbuckle, ajouta-t-il sur un ton dégagé.

De saisissement, Bex fit tomber son sac sur le plancher.

— Pardon ?

— Comment vont Hadleigh et Melody ?

— Non, pas ça. Ton père et Lettie Arbuckle. Tu n'as pas oublié qu'ils n'ont jamais été capables d'échanger deux mots courtois ?

— Ah, une éventuelle idylle entre eux ? Appelons cela une intuition lumineuse. A propos d'intuition, ils nous ont offert un cadeau de mariage.

— S'il s'agit de trois girafes, c'est gentil mais c'est non, répondit-elle en ôtant son manteau.

— Mon père et Mme Arbuckle ont pris une décision arbitraire. Sans me consulter, ils ont réaménagé les écuries. Je suis déchiré entre l'irritation que des gens décident avec une telle désinvolture à ma place, et la gratitude. Car le résultat sera parfaitement conforme à nos désirs, à Nate Cameron et à moi. Certes, mon père est arrogant, mais il sait ce qu'il fait.

Bex se laissa tomber à côté de lui sur le gigantesque canapé.

— Oh ! je sais ce que tu ressens, laissa-t-elle échapper dans un soupir. Parce que de mon côté, je crains de n'avoir pas voix au chapitre sur ma robe de mariée. Hadleigh et Mel ont des idées bien arrêtées sur la question. J'espère avoir au moins le choix des chaussures… Et si on s'enfuyait ?

— C'est une idée. Mais irréalisable, hélas. Au fait, j'ai appris que ma mère voulait absolument se marier en juin. Qu'en penses-tu ?

— Va pour juin, même si c'est encore loin, répondit-elle en posant sa tête sur sa poitrine.

Ces mois supplémentaires de cohabitation ne feraient que renforcer leur conviction qu'ils faisaient le bon choix.

— Peut-être aurons-nous le droit de planifier notre lune de miel, reprit Tate. Mais je suis sûr que Mme Arbuckle doit déjà avoir sa petite idée.

— Je sais où je veux aller.

— Ah bon ? Où ça ? Saint Kitts, ça te dirait ? J'y suis souvent allé en avion.

— Non.

— Et l'Italie ?

— Non plus.

— Tu dis non aux Caraïbes, à l'Italie, tu es dure à satisfaire. Quel endroit as-tu en tête ?

— Si on allait au chalet où je suis tombée amoureuse de toi ? Tu sais, celui avec les toilettes extérieures et la douche en plein air ? Et le lit plein de souris ?

— Ce cabanon ? C'est vraiment ce que tu veux ?

Oh oui.

— Tate, réfléchis, je t'en prie. Ce lac est une splendeur. C'est un des plus beaux endroits où je sois jamais allée. Et il est totalement isolé du monde. Nous pourrions emmener les garçons pêcher. Oh ! Il faut penser à acheter un matelas sans souris pour notre chambre.

— Je croyais que l'aspect « isolé du monde » participait à l'équation. Tu tiens vraiment à ce que les enfants nous accompagnent ?

— Oui. Ce sera amusant.

— Amusant… Oui, si tu le dis. Ça tombe bien, j'ai envie de m'amuser. Je trouve l'idée géniale. D'ailleurs, à qui pourrions-nous les confier ? A sa manière, mon père est gentil avec eux, mais il ne sait absolument pas comment s'en occuper. Ce qui me rappelle quand j'étais petit. Bien sûr, nous pourrions demander à Melody ou à Hadleigh de les garder, mais elles ont déjà du pain sur la planche. Je vote donc pour ton idée. Emmenons-les ! Ainsi que Josh, si les circonstances le permettent. Juin, c'est le moment idéal. Le lac sera dégagé des glaces et on pourra mettre le bateau à l'eau pour que tu charmes les poissons, comme tu sais si bien le faire. Les garçons vont être aux anges.

— On dirait que l'on a trouvé notre destination.

— Et le mois de la cérémonie : juin, la saison des mariages.

Bien que les sentiments soient un sujet tabou entre mon père et moi, je crois que cela le rendra heureux.

— Et toi, est-ce que cela te rend heureux ?

— Oh oui !

— En plus, juin laissera tout le temps à Hadleigh et à Mel d'organiser le mariage à leur guise.

— Les détails peuvent attendre ! décréta-t-il en l'attirant sur lui. Maintenant, embrasse-moi.

Elle obéit, puis recommença encore et encore.

La saison

Le nombre d'invités était à tomber à la renverse.

Et il y avait probablement des traces de pattes sur sa traîne. Mais, consciente qu'il était impossible de faire tenir As, Joker et King tranquilles, Bex laissa tomber l'affaire. Après tout, une robe de mariée ne se portait qu'une fois.

Les chiens, surexcités par la présence de tous ces inconnus, étaient déchaînés. Tout comme l'avaient été Mme Arbuckle et Randolph, en ce qui concernait l'organisation du mariage. Il y avait des fleurs à profusion. En particulier dans les tentes qu'ils avaient louées et fait installer à proximité de la maison et qui croulaient sous les bouquets.

Les chevaux, intrigués, observaient les festivités par-dessus la barrière du corral.

Parmi la foule des invités, Hadleigh, Melody et Tara étaient rayonnantes, Tripp tenait son fils dans ses bras, Spence sa fille. Bex aperçut l'équipe complète de son centre de fitness, puis ses parents, heureux et fiers. Et, évidemment, Tate, qui, aux côtés de Ben, Adam et Josh, l'attendait près du pasteur.

Il lui semblait évoluer dans le brouillard, mais il paraît que c'était la sensation qu'éprouvaient toutes les mariées, le grand jour.

Au bout du compte, sa robe longue, choisie avec l'assistance éclairée de Hadleigh et Melody, n'était pas à bustier. C'était un modèle sans manches, à jupe ample, aussi élégant qu'estival.

Après la cérémonie, on porta des toasts au champagne, auxquels Tate ne fit honneur qu'une fois, car il devait conduire jusqu'au chalet. Melody et Hadleigh, qui allaitaient encore, se contentèrent d'y tremper leurs lèvres, Bex les imita, par solidarité. Puis elle jeta son bouquet, attrapé au vol par Junie McFarlane ; et Tate, les enfants et elle filèrent à l'anglaise.

De toute façon, à son avis, ces festivités étaient plus destinées à Randolph et à Lettie Arbuckle qui, trois mois auparavant, s'étaient envolés vers une destination exotique où ils s'étaient mariés, avant d'inviter pratiquement *tout* l'Etat du Wyoming à une réception. *Cette* réception…

A présent, en compagnie de Tate et des garçons, Bex faisait route vers le nord et le chalet au bord du lac. Sans oublier les chiens ! Tara avait bien proposé de les garder pendant une semaine, mais les garçons avaient voté contre.

Elle regrettait amèrement de ne pas s'être changée avant de partir, mais d'un autre côté, elle était pressée d'arriver au plus vite au chalet. Tate aussi. Mais lui avait trouvé, on ne sait comment, l'occasion d'enfiler une tenue normale.

— Pour une fois, les seules choses confortables que je porte sont mes chaussures, dit-elle en envoyant tout de même valser un de ses escarpins. Dans mon futur proche, je vois un jean et un sweat-shirt.

— Si cela peut te consoler, tu es sublime, lui fit remarquer Tate avec un sourire en coin.

— Je vois que tu t'es débrouillé pour te glisser en douce dans la maison pour te changer.

— Je n'ai manqué à personne. Ce n'était pas moi, la radieuse mariée.

Elle rejeta son deuxième escarpin et, très tentée de se débarrasser par la même occasion de son collant, déclara :

— C'était mon premier et dernier rodéo. Jamais je ne recommencerai un tel cirque.

— J'espère bien, madame Calder.

C'est vrai. Elle était Mme Tate Calder… Becca Stuart Calder. La gorge nouée par cette prise de conscience, elle laissa échapper un petit soupir.

— Oh ! Lettie Arbuckle et moi nous appelons toutes deux Mme Calder, dit-elle soudain. Ça fait bizarre. Comment suis-je censée l'appeler ?

— Lettie ?

— Ah non ! Pas question ! Toi, comment vas-tu l'appeler ? Après tout, techniquement, c'est ta belle-mère.

— Et la tienne par alliance.

Là, il marquait un point.

Il n'empêche que c'était dur à digérer. Lettie Arbuckle, sa *belle-mère* ! Hadleigh et Melody en faisaient des gorges chaudes.

Comme, depuis la banquette arrière, les garçons ne leur accordaient aucune attention, elle pouvait peut-être ôter discrètement son collant ? Comment avait-elle pu enfiler cet instrument de torture ? C'était un mystère.

Tout en se tortillant le plus discrètement possible, sous le regard moqueur et intéressé de Tate, elle suggéra, pleine d'espoir :

— Et si on jouait au pouilleux et qu'on laissait le perdant prendre la décision ?

— En d'autres mots, tu veux que je m'en charge ? Tu es adorable, quand tu cherches à être drôle. Si tu veux mon avis, pour régler la question, il suffirait de lui demander comment elle désire être appelée. Donc le problème est résolu.

La pancarte indiquant la direction du chalet avait dû succomber aux rigueurs de l'hiver, car au début elle crut que Tate avait raté le sentier. Mais dès qu'il bifurqua, elle reconnut de loin le vieux cabanon niché au bord du lac. A l'arrière, les garçons lancèrent des « hourras » retentissants, déclenchant chez les chiens un chœur d'aboiements enthousiastes.

Josh était aux anges de passer le week-end avec Joker, qui vivait sur le ranch. Tara avait clairement déclaré que, en dépit de sa reconnaissance pour tout ce que sa sœur et Tate avaient fait pour son fils, elle ne pouvait s'occuper d'un chien. A présent que Greg avait quitté l'Etat et complètement disparu du tableau, l'ambiance était paisible. Tate, devenu le père honoraire de Josh, prenait cette responsabilité très à cœur.

Les trois garçons discutaient entre eux avec animation des poissons qu'ils allaient attraper. Bex, elle, se demandait comment ils allaient réussir à pêcher avec cinq personnes et trois chiens entassés dans le bateau. Ce serait un miracle s'ils ne finissaient pas tous dans le lac. Malheureusement, il était inenvisageable de laisser les chiens seuls dans un chalet ne leur appartenant pas. Et on ne pouvait pas non plus les laisser vagabonder dehors — et encore moins les attacher —, d'autant plus que les enfants refusaient de les quitter d'une semelle.

Dès que Tate se gara, les portières s'ouvrirent à la volée et garçons et chiens bondirent dehors en se bousculant, pour se disperser dans toutes les directions. Bex tomba pratiquement du 4x4, sans chaussures…

Mais Tate la rattrapa au vol.

— J'ai une petite surprise pour toi.

— Tu sais que les surprises m'angoissent toujours, lui fit-elle remarquer en nouant les bras autour de son cou.

— Tu as aimé le jacuzzi.

— Oui, tu as réussi ton coup une fois, ce n'est pas pour ça qu'il faut te monter la tête.

— Celle-ci, tu vas l'aimer aussi, affirma-t-il en la portant jusqu'au perron. Surtout si je parviens à faire que ce moment romantique se passe tout de suite. Voici les clés. Ça t'ennuierait d'ouvrir la porte ?

Elle y parvint, même si tous deux riaient aux éclats à la fin, car les garçons s'étaient rués à l'intérieur en repoussant ses longs jupons encombrants de côté et en se disputant à propos de la répartition des couchettes, tandis que les chiens sautaient en tous sens.

Dès que Tate la déposa à terre, Bex aperçut sa surprise dans la minuscule cuisine.

— Oh ! Je n'y crois pas. Mel a fabriqué une horloge pour le chalet ?

L'œuvre de son amie démontrait le même génie artistique que les autres, avec la silhouette découpée du chalet environnée d'arbres, le lac représenté par un petit morceau de verre teinté, et son cadre rustique en bois.

Bex s'approcha pour l'examiner de plus près.

— Le propriétaire doit l'adorer, murmura-t-elle.

— J'espère que tu veux dire par là que *les* propriétaires l'adorent.

— Pardon ? lança-t-elle en faisant volte-face.

— Il se trouve que mon ami Russ ne se sert pas souvent de ce chalet et qu'il avait envie de le vendre à un prix intéressant. Je pensais t'acheter les toilettes extérieures en cadeau de mariage, mais il a refusé de les vendre séparément. J'ai donc été obligé d'acheter tout le lot. Grâce à la compétition insensée entre Mme Arbuckle et mon père pour financer mes écuries, il me restait suffisamment d'argent pour ça.

— Tu as *acheté* le chalet ?

— Dès qu'ils ont appris que tu devenais propriétaire, les poissons du lac ont organisé une insurrection, mais je ne me suis pas laissé intimider. Depuis, tout ce qui porte nageoires a émigré dans un comté voisin.

— Tate…, murmura-t-elle en se jetant dans ses bras.

Il n'aurait pu lui offrir cadeau plus merveilleux…

Quelques instants plus tard, elle entendit Ben lancer dans leur dos :

— Beurk ! Ils s'embrassent encore.

— Ils s'embrassent beaucoup, renchérit Josh, tout aussi dégoûté.

— J'embrasserai jamais une fille, déclara Adam.

Tate s'écarta d'elle, mais sans lui lâcher la taille.

— Alors, votre dispute est terminée à propos du lit de chacun ou je dois décider pour vous ?

Comme à l'ordinaire, ce fut Ben qui servit de porte-parole.

— Oui, on s'est arrangés. Maintenant, on voudrait descendre au lac avec les chiens. On peut ?

— D'accord, mais mettez vos gilets. Et dépêchez-vous, parce que la nuit va tomber. Nous irons à la pêche demain.

Une sorte de tornade, mêlant enfants et chiens, se rua vers la porte.

— Pour demain, je prédis, au minimum, deux chiens et un garçon à l'eau, dit Bex en éclatant de rire.

— Je tiens le pari et je relance avec un garçon de plus.

— Encore heureux qu'il fasse doux !

— Il ne fait aucun doute que quelqu'un va tomber, dit-il en la fixant intensément. Moi, en l'occurrence.

— J'adore cet endroit, éluda-t-elle.

— Moi aussi.

— *Toi*, je t'aime.

— Je t'aime autant.

— Tu m'aides à ôter ma robe ?

Tate ne bougea pas.

— Les enfants ne vont pas tarder à revenir en réclamant du pop-corn ou je ne sais quoi encore, dit-il. Et puis il faut que je nourrisse les chiens pour qu'ils deviennent encore plus gros. Même s'ils peuvent déjà rivaliser avec des veaux. En clair, je pense ne pas avoir suffisamment de self-control pour t'aider à… enlever juste ta robe.

— Alors je vais rester coincée dans la dentelle pour l'éternité.

— Arrête de t'inquiéter pour ça. Je daignerai peut-être t'aider dès que les enfants seront couchés et les chiens endormis. A peine une heure ou deux à patienter.

— Tu *daigneras* peut-être ?

— Excuse-moi, je corrige : tu peux compter sur moi.

Dessinant du bout du doigt la courbe de ses seins, avec un regard lourd de promesses pour la nuit qui les attendait, il précisa :

— C'est *toi* qui as réclamé que les enfants participent à notre lune de miel. Subis-en les conséquences.

— Comme si tu ne te serais pas rongé d'inquiétude, s'ils n'étaient pas venus !

— C'est vrai, j'ai horreur de les laisser, reconnut-il.

— Je sais.

— D'autant plus qu'ils raffolent de cet endroit. En fait, ce chalet n'est pas uniquement un cadeau pour toi, mais pour toute la famille.

— Moi, mon cadeau de mariage, c'est d'accepter les toilettes extérieures que tu m'offres, ironisa-t-elle. Ça tombe bien, j'ai toujours désiré en avoir.

— Une femme qui pense une chose pareille est un vrai trésor, répliqua-t-il en lui décochant son sourire le plus sexy.

— J'ai une autre surprise à ton intention. Une surprise peut-être encore plus belle que la tienne.

— Je croyais que tu détestais les surprises.

— Eh bien, j'adore celle-ci, et je suis sûre que tu vas l'adorer aussi.

Elle fit un grand geste en découvrant délibérément son poignet. La nouvelle breloque que Melody avait fabriquée pour son bracelet étincela dans la lumière. Tate, qui ne l'avait pas encore remarquée — à sa décharge, la journée avait été fertile en événements —, lui saisit la main et examina le minuscule talisman : une chaussure de bébé.

— Est-ce que ça veut dire ce que je crois ?

Elle hocha la tête.

— Je sais qu'après nos fiançailles, nous nous étions mis d'accord pour patienter jusqu'au mariage... mais j'ai arrêté d'utiliser des contraceptifs dès que j'ai été sûre de pouvoir rentrer dans ma robe, au cas où. Eh bien... c'est arrivé.

La joie sur le visage de Tate valait la peine de s'être forcée pendant un mois à garder le secret. Au moment où il ouvrait la bouche pour parler, il y eut un ramdam de tous les diables au bord du lac. Il piqua un baiser sur sa joue et fonça à la fenêtre pour regarder.

— Gagné ! Un homme à la mer ! s'exclama-t-il. Celle-là, on l'a bien cherchée.

— A ton avis, combien de chiens mouillés vont charger par cette porte ?

— Attends... J'en vois au moins deux dans l'eau. A l'évidence, notre lune de miel ne restera pas dans les annales comme la plus paisible de l'histoire. Bon, il faut que j'aille régler le problème. Tu viens avec moi ?

— Amuse-toi bien, mon chéri ! C'est trop bête. Je t'aurais bien aidé, mais je suis en robe de mariée, tu te souviens ?

Une lueur sensuelle brilla dans les yeux de Tate quand il murmura :

— Pas pour longtemps...

Si vous avez aimé ce roman,
découvrez sans attendre
les précédents romans de la série
« Les mariées de Bliss County » :

1) *Promesse d'alliance*

2) *Une bague au doigt*

La chaleur de tes bras, de Cara Connelly - N°38

UN MARIAGE À TOUT PRIX - TOME 1/3

Tyrell ne décolère pas. Alors qu'il se rend en avion au mariage de sa meilleure amie, le voilà assis – ou plutôt piégé – à côté de Victoria Westin, l'avocate qui a osé défendre l'assassin de son épouse.... Victoria, qu'il déteste car elle lui rappelle la tragédie qui a anéanti sa vie... mais qui, par sa présence magnétique et sa grande intelligence, l'attire malgré lui. Hors de question pour autant de lui laisser entrevoir le moindre signe du désir qu'elle lui inspire...

L'enfant de l'espoir, de Jodi Thomas - N°39

NOUVELLE VIE À RANSOM CANYON - TOME 1/3

Elle est... enceinte ? Quand Quinn O'Grady apprend cette nouvelle inattendue, elle est bouleversée. Car lorsqu'elle a laissé entrer dans son lit Staten Kirkland, c'était uniquement pour lui apporter le réconfort et la tendresse dont il avait besoin suite à la mort de sa famille. Certes, elle l'aime depuis toujours, mais elle le sait, il ne lui donnera jamais son cœur. Alors, très vite, sa décision est prise : cet enfant, elle l'élèvera seule...

Un lien si fort, de Susan Andersen - N°40

LE DÉFI DES FRÈRES BRADSHAW - TOME 3/3

La nuit qu'a passée Tasha Riordan avec l'agent Luc Bradshaw a été la plus belle de sa vie. La suivante beaucoup moins, car elle s'est retrouvée derrière les barreaux d'une prison des Bahamas, accusée à tort de trafic de drogue. Elle en a toujours été persuadée : c'est Luc, qui venait de quitter sa chambre, qui l'a piégée... Alors quand celui-ci débarque sept ans plus tard dans le restaurant qu'elle tient, Tasha ne pense qu'à se venger. Et tant pis si, pour parvenir à ses fins, elle doit faire taire l'attirance irrépressible qu'elle éprouve toujours pour lui...

COUP DE CŒUR

HARLEQUIN

Vous n'avez pas le temps de lire tous les romans Harlequin ce mois-ci ?

Découvrez les 4 meilleurs avec notre sélection :

COUP DE CŒUR

HARLEQUIN

www.harlequin.fr

Composé et édité par HARLEQUIN

Achevé d'imprimer en Italie (Milan)
par Rotolito Lombarda
en mai 2016

Dépôt légal en juin 2016